文春文庫

ボーン・コレクター
上

ジェフリー・ディーヴァー
池田真紀子 訳

文藝春秋

私の家族、ディー、ダニー、ジュリー、エセル、ネルソンに
……リンゴは離れた場所には落ちない。
そして、ダイアナに。

目次

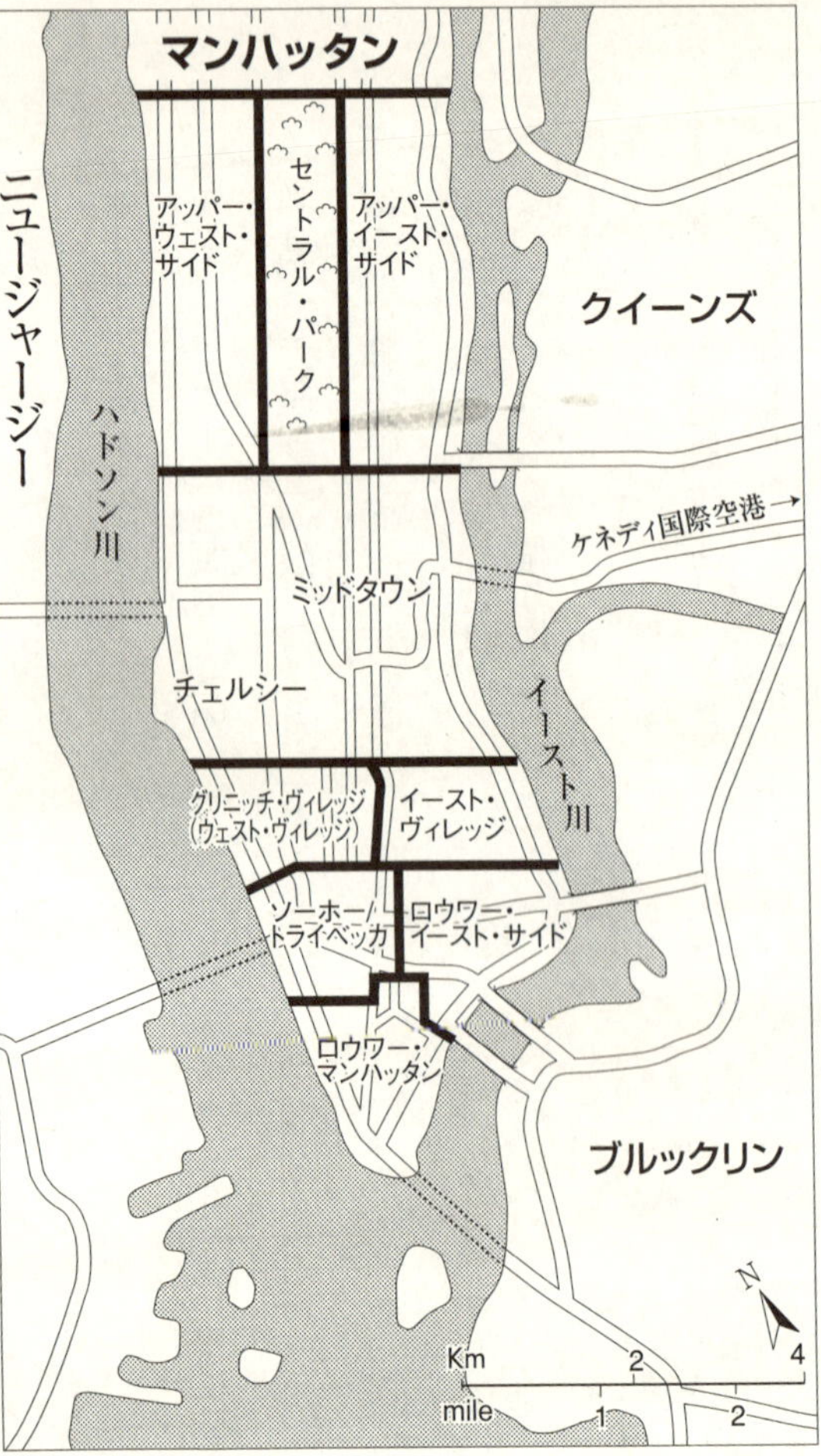
マンハッタン
ニュージャージー
ハドソン川
アッパー・ウェスト・サイド
セントラル・パーク
アッパー・イースト・サイド
クイーンズ
ケネディ国際空港→
ミッドタウン
チェルシー
イースト川
グリニッチ・ヴィレッジ（ウェスト・ヴィレッジ）
イースト・ヴィレッジ
ソーホー／トライベッカ
ロウワー・イースト・サイド
ロウワー・マンハッタン
ブルックリン
N
Km
2
4
mile
1
2

ボーン・コレクター　上

主な登場人物

リンカーン・ライム……………元ニューヨーク市警中央科学捜査部長
トム……………………………ライムの介護士
ロン・セリットー……………ニューヨーク市警殺人課刑事
ジェリー・バンクス…………同右
ジム・ポーリング……………同右
ボー・ハウマン………………ニューヨーク市警SWAT隊、ESU隊長
メル・クーパー………………ニューヨーク市警鑑識課員
アメリア・サックス…………ミッドタウン・サウス分署警官
ジョン・ウルブリクト………第一の被害者
タミー・ジーン・コールファクス…第二の被害者
モネール・ゲルガー…………第三の被害者
ウィリアム・エヴェレット…第四の被害者
キャロル・ガンツ……………第五の被害者
ピーター・テイラー…………脊髄損傷の専門医
ウィリアム・バーガー………安楽死団体の医者
テリー・ドビンズ……………精神科医
フレッド・デルレイ…………FBIマンハッタン支局捜査官
ヴィンス・ペレッティ………ニューヨーク市警中央科学捜査部長

第1部　一日王

生命力に満ちたニューヨークの現在の陰で、過去は失われてゆく。
ジョン・ジェイ・チャプマン

金曜日午後十時三十分から土曜日午後三時三十分

1

とにかく眠りたかった。

　飛行機の到着が二時間遅れ、手荷物受け取りは持久戦の様相を呈した。ようやく荷物が出てきたかと思えば、今度は交通機関が大混乱に陥っている。空港リムジンは一時間前に出発していた。そこでしかたなくタクシーの順番を待っている。

　タクシーの待ち列で、彼女の華奢な体がラップトップコンピューターの重量に傾ぐ。ジョンは利率やら為替取引の新手法についてまくしたてているが、彼女の頭に浮かぶことはただ一つだった——金曜の夜、十時三十分。さっさとスウェットスーツに着替え、ベッドにもぐりこみたい。

　無限に続くタクシーの黄色い行列。その色と相似形の繰り返しが、どこか昆虫を連想させた。背中にざわざわと悪寒を感じ、彼女は身を震わせた。子どものころ兄と山で遊んでいて、はらわたを食われたアナグマの死体を発見したとき、そしてアカアリの巣を蹴り壊してぬらりと光る虫が右往左往する様子を眺めたときにも、いまと同じ寒気を覚えたことをふと思い出す。

タクシーがタイヤをきしらせて停車し、T・Jは重い足を引きずるようにして進み出た。

トランクは開いたものの、運転手は降りてこない。自分たちで荷物を積みこむしかなく、それがジョンの癇にさわったらしい。彼は世話を焼かれることに慣れきっている。しかしT・Jは怒る気にもならなかった。彼女に代わってタイプを打ち、書類を整理してくれる秘書の存在に、あらためて驚くことがいまだにあるくらいだった。タミー・ジーンはスーツケースを放り込んでトランクを閉め、座席に滑りこんだ。

ジョンはT・Jに続いて乗りこみ、乱暴にドアを閉めると、スーツバッグをトランクに放りこむという重労働で疲労困憊したとでもいうように、額の後退しかけた丸顔の汗を拭った。

「最初に東七十二丁目に行ってくれ」ジョンが仕切り板越しにぼそぼそと伝える。

「そのあとアッパー・ウェスト・サイドにお願い」T・Jはつけくわえた。前部座席と後部座席を仕切るプレキシグラスは傷だらけで、運転手の表情はうかがえない。

タクシーは急発進して歩道を離れ、まもなくマンハッタンに向けてエクスプレスウェイを快適に飛ばし始めた。

「見ろよ」ジョンが言った。「この混雑の原因はあれだな」

彼が指さす先には、月曜に開会予定の国連平和会議使節団を歓迎する広告板があった。会議期間中に一万人がニューヨークを訪れると見積もられている。T・Jは広告板を見上げた――黒人、白人、アジア人がにこやかに手を振っている。しかし、そう出来の良い広告とは思えなかった。デザインや色づかいがどこか垢抜けない。それに、どの顔にも生気が感じられなかった。

「死体の展示会みたい」Ｔ・Ｊはつぶやいた。

自動車専用道路の電灯特有のどぎつい黄色に照らされた広いエクスプレスウェイを、タクシーは飛ばした。海軍工廠跡を過ぎ、ブルックリンの波止場を過ぎる。

やっとのことでジョンが口を閉じ、テキサスインスツルメンツ社製コンピューターを取り出して数値を入力し始めた。Ｔ・Ｊは座席に背中を預け、湿気で揺らめく歩道を眺め、高速道路を見晴らすテラスハウスの玄関ポーチに腰を下ろした住民たちの憂鬱な顔を観察した。猛暑のなか、朦朧としているように見える。

タクシーの中にも熱気がこもり、Ｔ・Ｊは窓を開けようとボタンに手を伸ばした。窓は開かなかったが、タクシーでは珍しいことではなかった。ジョンの側に手を伸ばす。そちらも故障していた。ドアロックがないことに気づいたのは、そのときだった。

ドアハンドルもない。

Ｔ・Ｊはドアの内側に掌《てのひら》をすべらせ、ハンドルのでっぱりを探した。ない――まるで誰かが弓のこで切り落としたように。

「どうした？」ジョンが訊いた。

「いいえ、ドアなんだけど……どうやって開けるの？」

ジョンが左右のドアを探っている間に、クイーンズ－ミッドタウン・トンネルの看板が近づき、去った。

「おい！」ジョンが仕切り板を軽く突いた。「いまのを曲がるんじゃないのか。どういうつもりだ？」

「クイーンズボロ・ブリッジをまわる気かもしれないわ」橋を経由すれば遠まわりにはなるが、トンネル通行料は浮く。T・Jは身を乗り出し、指輪を使ってプレキシグラスを叩いた。

「橋を通るつもり？」

運転手は答えない。

「ちょっと！」

その直後、タクシーはクイーンズボロ・ブリッジ方面の分岐点を猛スピードで通り過ぎた。

「何だよ」ジョンが大声を出す。「どこへ連れていくつもりだ？ そうか、ハーレムだな。ハーレムに連れこもうって魂胆だろう」

T・Jは窓の外を見た。一台の車がタクシーと並走しながら、じりじりと追い抜こうとしている。彼女は窓を力まかせに叩いた。

「助けて！ お願い……」

その車の運転手が振り向き、それから眉を寄せてもう一度振り返ると、スピードを緩めてタクシーの後ろについた。するとタクシーは急ハンドルを切り、尻を振りながらクイーンズ地区に下りる出口ランプを抜けて裏通りに入ると、人気《ひとけ》のない倉庫街を疾走し始めた。時速六十マイルは出ている。

「いったいどういうつもりだ？」

T・Jは仕切り板を平手で叩いた。「スピードを落として。どこに——？」

「くそ、まずい」ジョンがつぶやく。「見ろ」

運転手はスキーマスクをかぶっていた。

「何が欲しいの？」T・Jは怒鳴った。

「金か？　金ならやるぞ」

前部座席から返答はない。

T・Jはタルガス社製のキャリングバッグを開け、黒いラップトップコンピューターを引っ張り出した。大きく振り上げて、角をウィンドウに打ちつける。ガラスは割れなかったが、運転手は大きな音にひるんだらしい。車体が大きく揺れ、飛ぶように過ぎ去る煉瓦の建物の壁にあやうく激突しかけた。

「金だろう！　いくら欲しい？　金ならいくらでもやるぞ！」唾を飛ばしてそう叫ぶジョンの頬を、涙の粒が転がり落ちる。

T・Jはもう一度コンピューターをウィンドウに叩きつけた。衝撃でディスプレイ部が吹き飛んだが、ガラスはびくともしなかった。

もう一度打ちつけると、コンピューター本体が真っ二つに割れてT・Jの手から吹っ飛んだ。

「何よ、役立たず……」

そのとき、タクシーが横滑りしながら街灯もまばらな薄暗い袋小路に急停車し、その勢いで二人の体は前に投げ出された。

運転手が車を降りた。小型の拳銃を手にしている。

「お願い、助けて」T・Jは祈るようにつぶやいた。

運転手はタクシーの後部ドアに近づくと、腰をかがめ、脂で汚れたガラス越しに車内をのぞきこんだ。そしてそのまま長い時間二人を見つめていた。T・Jとジョンは後ずさりして、反対側のドアに背中を押しつけた。汗ばんだ体どうしが張りつく。

運転手は丸めた掌をガラスにかざして街灯の反射を遮り、二人をまじまじと観察している。

突然、爆発音が轟《とどろ》き、T・Jはすくみあがった。ジョンが短い叫び声を漏らす。

運転手の背後の遠い空に、赤と青の光の筋がいくつも走った。どんどんという音や口笛が続く。運転手は振り返り、街の上空に脚を伸ばす巨大なオレンジ色の蜘蛛を見上げた。

花火ね――T・Jはタイムズ紙の記事を思い出した。地球最大の都市を訪れた平和会議使節団に歓迎の意を表するための、ニューヨーク市長と国連事務総長からの贈り物。

運転手が車に向き直った。がたんとやけに耳に響く音とともに運転手がハンドルを引き、ドアはゆっくりと開いた。

通報者は名乗らなかった。例によって。

だから、通報者が調べてみろと言った空き地がどれなのか確かめるすべはない。本部からの無線連絡はこうだった。「通報者によれば、十一番街寄りの西三十七丁目。以上」通報者というのは、えてして道案内としては三流だ。

アメリア・サックスは、まだ朝の九時だというのにすでに汗だくになりながら、丈のある草をかき分けて進んだ。S字を描いて捜索するストリップ・サーチ——本来は身体検査をそう呼ぶが、鑑識課では犯罪現場の徹底捜索をそう呼んでいる——を行なう。収穫ゼロ。頭を傾けて、紺色の制服のブラウスに留めたスピーカー／マイクに唇を寄せた。

「パトロール五八八五より本部へ。異常ありません。その後、詳しい情報は入りましたか？」

ぱちぱちという雑音とともに通信指揮官の声が応答した。「場所についての情報はありません、五八八五。しかし一点だけ……通報者は、被害者が死んでいることを祈ると言っていました。どうぞ」

「もう一度お願いします、本部」

「通報者は被害者が死んでいることを祈ると言っていました。被害者のために、と。どうぞ」

「了解」

被害者が死んでいることを祈る?

サックスは錆の浮いた金網をよじのぼり、奥の空き地を捜索した。収穫なし。

このへんで打ち切りにしたかった。10-90、該当なしと本部に報告し、本来の巡回区域である四十二丁目に帰りたかった。膝は痛み、八月のうだるような暑さで体中が汗みずくだ。ポート・オーソリティ・バスターミナルに立ち寄って少年たちとだべり、大容量のほうの缶入りのアリゾナ・アイスティーをがぶ飲みしたかった。そして十一時半になったら——あとほんの二時間ほどだ——ミッドタウン・サウス分署のロッカーを片づけ、ダウンタウンの市警本部で行なわれる研修に出席する。

しかし、サックスは通報を無視しなかった——無視できなかった。捜索を続行する。熱を帯びた歩道、廃屋に挟まれた路地、雑草が伸び放題に茂った空き地。

頭頂部が平らになった制帽の下に長い人さし指を突っこんで、頭のてっぺんに高く巻き上げた長い赤毛をかき分ける。心ゆくまで頭皮をかきむしってから、さらに指先を帽子の奥へ突っこみ、さらにかきむしる。汗の粒が額を転がり、サックスは眉毛の中もひっかいた。

考える。パトロール生活最後の二時間。どうにか乗り切れるだろう。

草むらをさらに奥深く分け入ったとき、サックスはその朝初めて不安を覚えた。

誰かに見られている。

熱い風に草が揺れる乾いた音、リンカーン・トンネルを往来する車やトラックの轟音。サックスは、パトロール警官がしばしば悩まされる強迫観念にとらわれた――騒音に満ちたこの街では、いつのまにか誰かが背後にそっと近づいて、手を伸ばせばナイフの切っ先が届く場所に立ったとしても、私は気づかないかもしれない。

あるいは誰かが私の背中に照準を合わせていたとしても……

サックスは勢いよく振り返った。

誰もいなかった。草の葉と、錆のきた機械と、がらくただけ。

額に皺を寄せて石材の山を登る。アメリア・サックス、三十一歳――たかだか三十一と母親なら言うだろう――は関節炎に悩まされていた。母親からすらりとしなやかな体つきを、父親から美貌と職業を受け継いだ（赤毛は誰の遺伝だろう？）ことに疑いの余地がないのと同じく、関節炎の出所が祖父だというのは明らかだった。枯れかけた草のカーテンをかき分けてそろそろと向こう側へ抜けたとき、またしても激痛が走った。しかし、その痛みに立ちすくんだおかげで、高さ九メートルの断崖から足を踏みはずさずにすんだ。

眼下には、鬱然とした峡谷が口を開けていた――ウェスト・サイドの地盤に深々と刻みこまれた谷。その谷を、北へ向かう列車が通過するアムトラックの線路が走っている。

サックスは目を細め、峡谷の底の、線路からそう離れていない地点を見つめた。

あれは何だろう？

こんもりとした盛り土のてっぺんに、細い木の枝が突き出している？　どことなく――

まさか、そんな……

サックスは身を震わせた。吐き気がこみあげ、炎に舐められたように皮膚がざわめき立つ。心の片隅で控えめに頭をもたげた、何も見なかったことにして背中を向けてしまいたいという衝動を、どうにか抑えこむ。

――被害者が死んでいることを祈る。被害者のために。

サックスは歩道から線路に下りる鉄製の梯子《はしご》に駆け寄った。手すりをつかみかけたが、触れる寸前で思い止まった。だめ。犯人はこの梯子伝いに逃げた可能性がある。梯子に手を触れれば、せっかくの指紋を台無しにしてしまうかもしれない。しかたがない、険しい道を行くか。関節の痛みを和らげようと深呼吸を一つしたあと、サックスは制式の靴を――新しい部署での初日に備えて鏡のように磨き上げた靴を岩肌の割れ目に滑り込ませ、絶壁を下り始めた。残り一メートルのところで路盤に飛び降り、塚に向かって走る。

「まさか……」

地面から突き出しているのは枝ではなかった。人間の手だった。死体が垂直に埋められてその上から土が盛られ、前腕部と手首、そして掌だけが地上に突き出している。サックスは薬指を凝視した。肉はすっかり削ぎ落とされ、肉の代わりに、女物のダイヤモンドのカクテルリングが血まみれの指骨にはまっていた。

サックスは膝をついて地面を掘り始めた。

犬かきのように手を動かして土を跳ね散らかしながら、サックスは、肉を削がれていない四本の指が開ききっていることに目をとめた。常態では曲がっているはずの関節も、いっぱいに伸びている。つまり、最後のシャベル一杯分の土が顔にかけられたとき、犠牲者はまだ生きていたことになる。

ならば、いまも生きている可能性がある。

サックスは緩く固められた地面を猛然と掘り進んだ。ガラス瓶のかけらで手を切り、黒っぽい血液がそれよりももっと黒い土と交じり合う。やがて毛髪が見え、その下に、酸素欠乏のためにチアノーゼを起こし、灰青色に染まった額が現れた。さらに掘ると、うつろな目と、苦しげに歯をむき出した唇が見えた。まるで、黒い土の満ち潮から顔を出そうともがいた、被害者の最後の数秒を物語るように。

指輪は女物なのに、被害者は女性ではなかった。ずんぐりした体つきの五十代の男性だった。彼の体を支える土と同じく、命は宿っていない。

サックスは被害者の両目から視線をそらせぬまま後ずさりをし、線路に足を取られてあやうく尻餅をつきかけた。まる一分ほど、何も思い浮かばなかった。あんな死に方をするなんてどんな気持ちだったろうかという想像以外には。

次の瞬間——しっかりしなさい、ハニー。目の前のこれは殺人事件の現場で、あなたは現場に最初に到着した警察官なのよ。
手順は心得ているはず。
ADAPT
Aは「犯人逮捕（Arrest）」のA
Dは「証拠と容疑者の確保（Detain）」のD
Aは「現場の見極め（Assess）」のA
Pは……
Pは何だっけ？
サックスはマイクに唇を寄せた。「パトロール五八八五より本部へ。経過報告。10－29、現場は三十七丁目と十一番街の角、線路脇。殺人事件と思われます。刑事、現場鑑識班、救急車、当番監察医を要請します。どうぞ」
「了解、五八八五。容疑者は拘束済みですか。どうぞ」
「犯人の姿はありません」
「五－八－八－五、了解」
サックスは指を、肉を削られて骨だけになった指を見つめた。不似合いな指輪。目。そしてあの笑み……そう、あの忌まわしい笑みに似た表情。全身に震えが走る。かつてサマーキャンプで蛇がうごめく川を泳いだアメリア・サックス、高さ三十メートルの橋からだって躊躇なくバンジージャンプしてみせると吹聴したアメリア・サックス。しかし閉じこめられたらと考えるだけで……閉所で、動くことさえできずにいる自分を想像するだけで、恐怖が電気ショックのようにサックスの体を貫いた。常に早足で歩き、光と見まがうばかりのスピードで車を走らせるのはそのせいだった。

——走ってさえいれば振り切れる……

物音がして、サックスは顔を上げた。

太い唸りが迫ってくる。

線路脇の路盤を紙片が舞った。砂埃が、怒った幽霊のようにサックスの周囲に小さな竜巻を作り、踊っている。

そして、物悲しげな低い音……

身長百七十二センチのパトロール警官アメリア・サックスに向かって、重量三十トンのアムトラックの機関車が迫っていた。赤と白と青に塗り分けられた鋼鉄の厚板が、時速十五キロの速度を緩めることなく近づいてくる。

「ちょっと、停まって！」サックスは声を張り上げた。

運転士はその声を無視した。

サックスは小走りに路盤を駆け上がり、足を開いて線路の真ん中に立ちはだかると、両腕を大きく振って停まれと合図した。機関車が車輪の音を響かせて停まる。機関士が窓から顔を出した。

「ここは通行禁止よ」

機関士はそりゃどういうことだよと聞き返した。あんな子どもみたいな男にこんな巨大な列車を運転させるなんてとサックスは思った。

「犯罪現場なの。エンジンを停止してください」

「お嬢ちゃん、犯罪なんかどこにも見えやしないぞ」

だが、機関士の言葉はサックスの耳に入っていなかった。サックスは、線路をまたぐ高架橋の西の端、十一番街に近い側の金網の切れ目を見上げていた。

あそこからなら、誰にも見られずに死体を路盤へ運びこむことができる——十一番街に車を停め、死体を引きずって細い路地を抜けてあの崖に出れば。十一番街と交差する三十七丁目には十棟以上のアパートの窓が面しており、そちらから運びこめば目撃される可能性が高い。

「その列車ですけど。そのままそこに停めておいてください」

「ここに放っていくわけにはいかねえな」

「エンジンを切って」

「こういう列車のエンジンは停めないものだよ。年中回しておくんだ」

「それから配車係だか誰だかに連絡を。南行きの列車も停めるように伝えてください」

「それは無理な相談ってやつだ」

「直ちに連絡してください。あなたの車両のナンバーは控えさせてもらいましたから」

「車両だって？」

「いますぐ指示に従ったほうが身のためよ」サックスは嚙みつくように言った。

「従わなかったらどうするっていうんだ、お嬢ちゃん？　違反切符でもよこすのか？」

しかしそのときには、アメリア・サックスはまたもや岩の壁を登っていた。哀れな関節は悲鳴をあげ、唇は石灰岩の塵と粘土と汗の味がした。登りきると、線路から見えた抜け穴に小走りに近づいて振り返り、十一番街と、それを挟んだ向かいにあるジャヴィッツ・コンベンション・センターを観察した。コンベンション・センターは、野次馬やマスコミでごった返している。〝ようこそ、国連使節団のみなさん！〟と書かれた横断幕がでかでかと掲げられていた。とはいえ、早朝の人通りがまばらな時間帯なら、十一番街にも容易に駐車スペースが見つかっただろうし、誰にも見とがめられずに被害者を線路まで運んでいけただろう。サックスは早足で十一番街に近づき、渋滞の六車線道路を見わたした。

よし、やろう。

サックスは車やトラックの海に飛び込むと、北行きの車線を通行止めにした。何人かのドライバーがエンドランを試みたため、サックスは二度も出廷通告書を発行するはめになり、しかたなく道路の真ん中にごみ箱を並べてバリケードにして、善良な住民が市民としての務めを確実に果たせるようお膳立てしてやった。

そのときになってようやく、最初に現場に到着した警察官向けＡＤＡＰＴルールの次の項目を思い出した。

Pは「現場保存（Protect）」のP
苛立たしげなクラクションの音が霞のかかった朝の空に響きわたり、ほどなく、ドライバーたちのいよいよ苛立たしげな罵声がそれに加わった。やがてその耳障りな大合唱にさらにサイレンが加わって、最初の緊急車両が到着した。

四十分後、現場には数十人の制服警官や捜査官があふれていた。もし現場がヘルズ・キッチンだったら、どんなに残忍な殺人事件であっても、これほどの人数が動員されることはないだろう。しかしサックスが別の警察官から聞いたところでは、これはセンセーショナルな事件、マスコミ受けする事件らしい――被害者は、昨晩ケネディ国際空港に到着したあと、タクシーでマンハッタンへ向かった二人組の乗客の一人だった。二人はそれきり自宅に帰りついていない。

「CNNも取材に来てる」と制服警官は声をひそめた。

だから、現場鑑識班を監督するIRD（中央科学捜査部）部長、金髪のヴィンス・ペレッティが現場に現れ、土手を登っててっぺんで足を止め、千ドルのスーツから塵を払ったときも、アメリア・サックスは驚かなかった。

しかし、ペレッティが彼女に目をとめ、整った顔にかすかな微笑みを浮かべて、こちらに来いと手振りで示したときは、さすがに驚いた。とっさに頭に浮かんだのは、『クリフハンガー』ばりのアクションにねぎらいの言葉をかけてもらえるのだろうという期待だった。諸君、彼女はあの梯子の指紋を保存しておいてくれたのだよ。ひょっとすると表彰状だって出るかもしれない。パトロール警官として最後の日、最後の一時間。輝かしい栄誉に見送られての転属。

ペレッティはサックスの全身を露骨に眺めまわした。「巡査、きみはまさか新米《ルーキー》ではないな？　まあ、見たところ違うだろう」

「何とおっしゃいましたか？」

「きみはルーキーではないんだろう」

確かにルーキーではない。ただ、九年から十年の経験がある同年配のパトロール警官とは違い、警察に入ってまだ三年にしかならない。サックスは、警察アカデミー入学前の数年間を、回り道をして過ごしていた。「ご質問の意味がわかりかねますが」

ペレッティの顔に苛立ちが現れ、笑みは消えた。「初動捜査を行なったのはきみなんだろう？」

「そうです」

「いったい何だって十一番街を通行止めにした？　いったい何を考えていたんだね？」

サックスは、ごみ箱のバリケードで相変わらず封鎖されたままの大通りに目を走らせた。クラクションの音には耳が慣れてしまっていたが、その大合唱がいよいよやかましくなっていることにあらためて気づく。車の列は何マイルも先まで伸びていた。

「部長、現場に最初に到着した警察官の任務は、犯人を逮捕し、証拠を保全し、現場を

――」

「ADAPTルールなら知っている。きみは現場保存のために道路を封鎖したのかね？」

「そうです。細い三十七丁目に犯人が車を停めたとは思えませんでした。周辺のアパートから丸見えですから。ほら、あのへんのアパートですけど。十一番街が賢い選択と思えました」

「ほほう、しかしその選択は誤りだったな。線路の十一番街側には足跡が残っていない。だが三十七丁目に通じる梯子に向かう足跡は残っている」

「ですから三十七丁目も封鎖しました」

「私が言いたいのはそこだよ。三十七丁目さえ通行止めにすれば済んだはずだ。それに列車のこともある」ペレッティは言った。「なぜ列車まで止めた？」

「それは、部長。現場を列車が通過すれば損なわれると思ったんです。証拠が。あるいは何かが」

「あるいは何かが、だと？」

「適切な言い方ではありませんでした、部長。つまり――」

「ニューアーク国際空港については？」

「はい、部長」サックスは救いを求めて周囲を見まわした。すぐ近くに制服警官が何人かいたが、仕事に気をとられてサックスが叱責されていることに気づかないふりを決め込んでいる。「ニューアーク国際空港について、何でしょう？」

「なぜ空港行きの高速道路まで封鎖した？」

素敵。頭の固い女教師って感じ。ジュリア・ロバーツ似の唇をひくつかせながら、サックスは落ち着いた口調で答えた。「私の判断では、おそらく――」

「どうせ、ニューヨーク・スルーウェイも賢い選択と思えたから、だろう。それからニュージャージー・ターンパイクとロングアイランド・エクスプレスウェイも。セントルイスに至る州間高速七〇号線全線も。逃亡の経路に適当だから」

サックスはわずかに首をすくめてペレッティを見つめ返した。ペレッティの靴のかかとのほうが高かったが、二人の目の高さはちょうど同じだった。

「苦情の電話がかかりっぱなしだ。たとえば市警本部長」ペレッティが続ける。「ポート・オーソリティ・バスターミナル所長、国連事務総長のオフィス、あの会議の責任者――」そう言ってジャヴィッツ・コンベンション・センターのほうに顎をしゃくる。

「会議のスケジュールは滞り、上院議員のスピーチは中止され、ウェスト・サイド全域の交通が混乱している。線路は被害者から五十フィート離れていたし、きみが封鎖した道路までの距離はいずれも二百フィートはあり、路面は三十フィートも上だというのに。いいかね、あの巨大ハリケーンのエヴァが近づいたときでさえ、アムトラックの北東部幹線は運休しなかったんだぞ」

「私はただ――」

ペレッティは頬を緩めた。サックスが美しい女だから——警察アカデミーに入る以前の無為な時間の大部分は、マディソン街のシャンテール・モデル・エージェンシー所属モデルとして、切れ目なく仕事をこなすことに費やされた——放免してやろうと決めたのだ。

「サックス巡査」——ペレッティはアメリカン・ボディ・アーマー製防弾チョッキの下に、慎み深く押し隠された胸の名札にちらりと目をやった——「今回のことを教訓にするんだな。犯罪捜査はバランスが肝心だ。殺人事件が起きるたびにいちいち全市に非常線を張り、三百万人に足止めを食わせてもいいなら楽だ。しかし、それは許されない。今後のために言っておくよ。きみの後学のために」

「実は」サックスは無愛想に言った。「警邏《けいら》課から転属になるんです。今日の午後零時をもって」

ペレッティはにこやかに微笑んでうなずいた。「そうか、ならばこれ以上言うことはない。しかし記録のために確認しておくが、列車を止め、道路を封鎖したのはきみなんだな」

「ええ、私の判断でしたことです」サックスは如才なく答えた。「その点に間違いはありません」

ペレッティは汗で滑るペンを握ると、乱暴な手つきでその旨を手帳に書きつけた。

もう、いい加減に……

「さあ、あのごみ箱をどけてこい。渋滞が解消するまできみが交通整理をするんだ。いいな？」

はいともいいえとも答えず、重い足取りで十一番街に出ると、サックスはのろのろとごみ箱を片づけ始めた。脇をすり抜けていくドライバーが一人の例外もなく彼女を罵り、あるいは不平らしきことをつぶやいた。サックスは腕時計に目をやった。

あと一時間。

どうにか乗り切れるだろう。

2

小気味よい羽ばたきの音が聞こえ、窓台にハヤブサが降り立った。午前も半ばを過ぎ、窓の外の陽射しはまぶしく、猛暑の気配が感じられた。

「やあ、お帰り」男はそっとささやいた。そのとき玄関のブザーが階下から聞こえ、彼は頭を上げた。

「来たのか？」男は階下に向かって大声を張り上げた。「彼なんだな？」

階下から返事はなく、リンカーン・ライムはふたたび窓に顔を向けた。ハヤブサがくるりと首を回転させる。性急な、ぎこちない動きだったが、同じ仕草でもハヤブサならば優雅に見える。ライムは血まみれの鉤爪に目をとめた。黒い小ぶりのくちばしから黄色い肉片がぶら下がっている。ハヤブサは短い首を伸ばし、鳥ではなく、蛇を思わせる動作でそろそろと巣に近づいた。くわえてきた肉片を、青みがかった羽毛のかたまりのようなひなの大きく開いた口に落とし込む。私はいま、ニューヨーク全市で唯一天敵の存在しない生物を眺めているのだ——ライムはふと思った。たぶん、神をのぞけば唯一の。

ゆっくりと階段を上る足音が聞こえた。

「彼なんだな？」ライムはトムに尋ねた。

青年は「いいえ」と答えた。

「じゃあ誰が来た？　玄関のブザーが鳴っただろう？」

トムは窓に目を向けた。「ハヤブサが帰ってきたようですね。ほら、窓枠に血の痕がある。見えますか？」

雌のハヤブサが徐々に視界に現れる。魚の鱗のような、虹色の輝きを帯びた青灰色の羽。頭をもたげてさっと空を見わたす。

「いつ見ても二羽一緒だ。一生同じ相手とつがうのかな」トムはつぶやいた。「おしどりみたいに」

ライムはトムに目を戻した。トムは贅肉のない青年らしい腰を曲げ、汚れた窓ガラス越しにハヤブサの巣を眺めている。

「誰が来た？」ライムは繰り返した。時間稼ぎをするトムに腹が立った。

「お客さんですよ」

「客だと？　ふん」ライムはせせら笑うように言った。最後に客が訪れたのはいつだったか。三か月前か。来たのは誰だ？　記者か、遠縁のいとこあたりだったか。いや、ピーター・テイラーだ。脊髄の専門医の一人。それにブレインも何度か訪ねてきた。もっとも、彼女は〝お客さん〟の数に入らない。

「これじゃ凍えてしまいますよ」トムが不平を漏らした。そして不満を解消しようと窓を開ける。手近な解決策。それが若さというものか。

「窓は開けるな」ライムは命令口調で言った。「それから、いったい誰が来たのかさっさと言え」

「凍えてしまいますよ」

「鳥が怯えるだろうが。エアコンを弱めればすむ話だろう。もういい、自分でやる」

「この家に先に住んでいたのは僕らですよ」トムはそう言うと、巨大な窓をさらに持ち上げた。「鳥の一家はあなたがここにいるのを承知で越してきたんでしょうに」ハヤブサは物音のするほうをにらみつけた。そうは言っても、ハヤブサの目つきはもともといつ見ても鋭かった。二羽は窓台を離れようとはせず、自分たちの縄張り、暑さで元気のないイチョウ並木と道路の両側に互い違いに並ぶ駐車車両の列を、胸を反らせて見晴らす。

ライムは繰り返した。「誰が来た?」

「ロン・セリットーです」

「ロンが?」

いったい何の用だろう。

トムは部屋をつくづく眺めた。「それにしてもまあひどい有様ですね」

ライムは掃除の騒がしさを嫌っていた。あの騒音、掃除機のやかましさ——ともかくあの音にはいらいらさせられる——がどうも好きになれない。それに彼はこの状態に満足していた。ライムがオフィスと呼ぶこの部屋は、アッパー・ウェスト・サイドに建つゴシック様式のタウンハウスの二階にあり、窓からはセントラル・パークが望めた。幅、奥行きとも六メートルほどあって広々としているが、文字通り足の踏み場もないほど散らかっている。ライムはときおり目を閉じてゲームをした。寝室内の品物一つ一つの匂いを嗅ぎ分けるゲーム。数千冊に上る本や雑誌、ピサの斜塔のように傾いた書類のコピーの山、熱せられたTVのトランジスター、霜のように埃をまとった電球、コルクの掲示板。ビニール、漂白剤、ラテックス、布。

三種類のシングル・モルト・スコッチ。

ハヤブサの糞。

「会いたくない。忙しいと断ってくれ」

「若い刑事も一緒でしたよ。アーニー・バンクスと言ったたな。いや、それは野球選手の名前でしたね。まじめな話、ぜひとも掃除させてもらいますよ。どうせ客人でもなければ、不潔きわまりない部屋だってことにも気づかないんでしょうからね」

「客人？　これはこれは、古風な言い方だな。お堅いね。じゃあ、その客人とやらをこう追い返してやるというのはどうだ？　とっとと失せろ。当世風の礼儀に適《かな》った言葉遣いだろう？」

ひどい有様……

トムは部屋についてそう言ったが、その表現には自分の雇い主のことも含まれていたに違いない。

ライムの髪は、二十歳の青年のように――実際にはその倍の年齢だが――黒々と豊かではあるものの、伸び放題乱れ放題で、すぐにでも洗って切りそろえる必要に迫られている。三日も剃刀を当てていない顎は黒い無精髭に覆われていたし、今朝は耳の中がくすぐったくてたまらずに目が覚めたことを考えると、そこの産毛《うぶげ》も処理する必要がありそうだ。手足の爪は伸びっぱなしで、一週間も同じ服――目を背けたくなるほどみっともない水玉模様のパジャマ――を着たままだった。切れ長の深い茶色の目、ブレインがベッドの中で、あるいは他の場所で幾度となくハンサムだと褒めた顔立ち。

「話があるそうですよ」トムが続けた。「何でも、非常に重要な話とか」

「ほう、そりゃ結構だな」

「ロンと会うのは一年ぶりくらいでしょう」

「だからっていまさらあの男と会いたくなるものでもないだろう？　鳥が怯えてしまったんじゃないか？　だとしたら、きみに大いに腹が立つね」

「重要な話なんですよ、リンカーン」

「非常に重要な、じゃなかったのか？　例の医者はどうした？　電話がかかってきたかもしれないな。私はさっきまでうたた寝してたからね。きみは外出していたし」

「朝の六時から起きてるくせに」

「いや」ライムは口ごもった。「一度は目が覚めたよ、確かに。しかしまた眠りこんでしまった。ぐっすり眠っていたんだ。留守番電話は確認したのか？」

「ええ。メッセージはありません」

「昼前には来ると言ってたのに」

「まだ十一時をまわったばかりですよ。あわてて航空海上救援隊に通報するほどのことじゃない。でしょう？」

「きみが電話を使っていたからじゃないのかね？」ライムは無愛想に言い返した。「きみの電話中に連絡してきたかもしれない」

「僕が電話したのはですね――」

「私は何か気にさわることを言ったかね？」ライムは訊いた。「怒ってるらしいな。電話を使うなと言ったわけじゃないぞ。電話は使っていい。いままで通り。ただ、きみの電話中に彼から電話があったかもしれないと言ってるだけだ」

「それは違いますね。あなたは徹底的にいやな奴を演じてるだけだ」

「ほら、やっぱり怒ってる。ところで、便利なサービスがある――キャッチフォンサービスだよ。一度に二本の電話を受けられる。うちにもあれがあったらよかったんだな。で、我が旧友ロンは何の用だ？　ロンと、野球選手のお友だちは？」

「お二人に訊いてください」

「私はきみに訊いている」

「あなたに会いたいそうです。それしか知りませんよ」

「非常に重要な話があって、だろう」

「リンカーン」美青年は溜息をつき、ブロンドの髪をかきあげた。薄い茶のスラックスに白いシャツ、文句のつけようもなくきちんと結ばれた青い花柄のタイ。一年前にトムを採用したとき、ライムは、お望みならジーンズとTシャツでもかまわないと言った。しかしトムはいつでも非の打ちどころのないきちんとした服装をしていた。この青年のどこが気に入ってずっと雇っておくことにしたのかライムにも定かではなかったが、ともかくいまだに首にしていない。六週間以上ライムにつきあえたのはトムが初めてだった。自ら辞めていった者とライムが解雇した者はちょうど半々だった。

「わかったよ。で、きみは連中に何と答えた?」

「あなたが見苦しくない格好をしていないか確かめてくるから少し待っていてください、そのあとお通しします、と。ほんの短時間ですから、とね」

「そう答えたのか。私の都合も確かめずに。それはどうも」

トムは数歩後ろに下がり、幅の狭い階段の上から一階に向けて、大きな声で言った。「どうぞ」

「連中はきみに用向きを話したんだろう」ライムが言った。「ところがきみは知らん顔をしている」

トムは答えず、ライムは近づいてくる二人の男を眺めた。二人が部屋に足を踏み入れたとたん、ライムは彼らよりも先に口を開いた。トムに指示する。「カーテンを閉めてくれ。あの鳥たちをこれ以上怖がらせることはない」

つまり、窓に照りつける陽射しにライム自身がうんざりしたということだ。


声が出せない。

嫌な匂いがする粘着テープで口をふさがれているせいで、一言も発することができない。手首をぎりぎりと締め上げる金属製の手錠よりも、そのことのほうが無力感を募らせた。あるいは、上腕をつかむ男の短く力強い指の感触よりも。

タクシー運転手はスキーマスクを被ったまま、水の滴り落ちる薄汚れた通路伝いに彼女を歩かせた。両脇にダクトやパイプの列が並んでいる。オフィスビルの地下らしい。どこのオフィスビルかは見当もつかないが。

この男と話すことさえできれば……

T・J・コールファクスは敏腕ディーラーだった。モルガン・スタンレー銀行三階フロアきってのやり手。交渉のプロフェッショナル。

お金？　お金が欲しいの？　お金ならあげるわ、いくらでも。使いきれないくらい。頭の中で何度もそう繰り返し、男の視線を捉えようとする。まるで念じれば自分の言葉を男の頭にねじこむことができるかのように。

お願いよ――彼女は声なき悲鳴を発しながらも、４０１Kを引き出してこの男に渡すには、どんな手続きが必要だろうかと考えを巡らせ始めた。ああ、お願いだから……

昨夜の出来事が蘇る。花火を見上げていた男は、向き直ると、二人をタクシーから引きずり出すようにして降ろし、手錠をかけた。それから二人を車のトランクに押しこみ、またしても車を走らせた。まずは荒れた砂利道にひび割れたアスファルトの道路、次に平坦な舗装路、そしてふたたび凸凹の悪路。橋の路面にタイヤがこすれるひゅうという音。幾度となく角を曲がり、幾度となく凸凹の道路を通った。ようやくタクシーが停まって運転手が降り、門かドアらしきものを開ける気配が伝わってきた。車庫にタクシーを乗り入れたらしい。街の喧騒はふつりと遮断され、タクシーのくぐもった排気音が四方を囲む壁に反響した。

次にトランクが開いて、男が彼女を引きずり出した。ダイヤモンドの指輪を彼女の指から乱暴に引き抜き、ポケットにしまう。それから男は、薄気味悪い、色あせた顔の絵が並ぶ壁に沿って彼女を歩かせた。崩れかけた漆喰の壁から、肉切り包丁を手にした男、悪魔、悲しげな表情をした三人の子どものうつろな瞳が彼女を追う。男は彼女を引きずるようにしてかび臭い地下室に連れこむと、床にどさりと転がした。暗闇に彼女を残して、男は足音も高く一階へ上がっていった。胸の悪くなるような悪臭——腐りかけた肉や生ごみの臭いがまとわりつく。彼女はそこに何時間も横たわっていた。束の間眠り、だが大部分の時間は泣きながら。やがてふいに大きな音がして目が覚めた。甲高い爆発音。すぐそばで聞こえた。やがてふたたび断続的な眠り。

三十分ほど前、男は彼女を連れ出しに戻ってきた。車のトランクに押しこまれ、さらに二十分車に揺られた。そしてここに着いた。ここというのがどこであれ。

男に連れられて、薄暗い地下室に入る。中央に太い黒のパイプが見えた。男は彼女の手錠をそのパイプに固定し、次に彼女の足首をつかむと、座った姿勢になるように彼女の脚をまっすぐ前に伸ばした。それからしゃがんで細いロープで足首を縛った——男は革手袋をしていたため、これには少々時間がかかった。それがすむと男は立ち上がって長い間彼女を見つめていたあと、腰をかがめ、彼女のブラウスの前をはだけた。そして彼女の背後にまわった。彼女は息を呑んだ。男の手が肩に触れ、吟味するように肩甲骨をぐっと絞る。

テープの下で泣き叫び、懇願する。

次に何が起きるか察して。

男の手は下へ滑っていった。腕をなぞり、脇の下を通って体の前面へ。しかし、乳房には触れなかった。男の両手は胸には触れず、肋骨を探しているのか、蜘蛛のように彼女の肌を這った。肋骨を探り当てて押し、指先でたどる。T・Jは身を震わせ、その手から逃れようとした。しかし男は彼女を押さえつけてなおも愛撫した。強く押し、肋骨がしなる感触を確かめる。

男が立ち上がった。足音が遠ざかっていく。長い沈黙が続いた。聞こえるのは、エアコンやエレベーターの低い唸りだけ。やがて背後から物音が聞こえ、彼女は声にならない悲鳴をあげた。規則正しい音。すう。すう。耳慣れた、しかし正体不明の音。振り返って男が何をしているのか確かめようとしたが、できない。何の音だろう。周期的な音の繰り返し、繰り返し、繰り返し。実家の様子が頭に浮かぶ。

すう。すう。

土曜の朝、テネシー州ベッドフォードの小さなバンガロー。土曜日は母の唯一の休日で、母はほぼ丸一日かけて家中を掃除した。暑い陽射しに目を覚ますと、T・Jはふらつきながら一階へ下り、母を手伝った。すう。その思い出に涙をこぼしながら、T・Jはその音に耳を澄まし、考えた。いったいなぜ床を掃いているのだろう？　なぜあれほど丁寧に規則正しく箒を動かすのだろう？

二人の顔に驚愕と当惑が浮かんだ。

ニューヨーク市警殺人課刑事には珍しい反応だ。

ロン・セリットーと年若きバンクス（アーニーではなくジェリーだった）は、ライムがぼさぼさの頭を振って勧めた椅子——埃が積もった、座り心地のよくない揃いの籐椅子——に腰を下ろした。

セリットーは、前回この家を訪れたとき以来のライムの変貌ぶりに衝撃を隠しきれなかった。バンクスのほうは比較しようにも尺度がないが、衝撃を受けたことに変わりはない。だらしなく散らかった部屋、いぶかしげな目でこちらを見つめる浮浪者じみた男。

それにこの匂い——排泄物の悪臭がリンカーン・ライムの周囲を包んでいる。

ライムは二人を家に入れたことを心の底から後悔した。

「来る前に電話くらいしたらどうだ、ロン？」

「そうしたらおまえは来るなと言っただろう」

確かに。

トムが階段のてっぺんに現れたのを見て、ライムは先まわりした。「いや、トム、結構だ」客が来るとトムが必ず、飲み物は、お食事はと尋ねることを思い出したのだ。

いまいましいマーサ・スチュワート（有名な家事評論家）め。

一瞬の沈黙。大柄で何かと皺だらけのセリットー——刑事歴二十年のベテラン——は、何事か言いかけながら、何気なくベッド脇の箱の中に目をやった。成人用紙おむつが見えたとたん、言いかけていた言葉が引っこむ。

ジェリー・バンクスが口を開いた。「あなたの本を読みました」若き刑事はひげ剃りが苦手らしく、顔が切り傷だらけだった。それにしても、あの前髪の立ち毛の初々しいことといったら。やれやれ、あの顔ではせいぜい十二歳にしか見えないな。世界が疲弊すればするほど、そこの住人は若返っていくような気がする——ライムはしみじみ考えた。

「どの本だ？」

「現場鑑識の教則本ももちろん読みました。だけど、いま言ったのは、写真集みたいなあの本のことです。二年くらい前に出版されたあの」

「あの本には文章も入っていた。いや、ほとんど文章で埋まっていたはずだぞ。本文は読んだのかね？」

「え、ええ、も、もちろん」バンクスはあわてて答えた。

一方の壁際に、売れ残った『犯行現場』が高々と積み上げられている。

「ロンとあなたがパートナーだったとは知らなかった」バンクスがつけくわえた。

「ほう、ロンは卒業記念アルバムを見せびらかさなかったかね？」「写真を見せなかったかい？　袖をまくり上げて傷痕を見せつけ、リンカーン・ライムと捜査中に負傷したと吹聴したりはしなかったか？」

セリットーはにこりともしなかった。ふん、そっちがその気なら、こっちだって金輪際、軽口など叩いてやらんぞ。ベテラン刑事はアタッシェケースをごそごそとかきまわしている。いったい何を持ってきた？

「お二人はどのくらいパートナーを組んでいたんですか？」バンクスが会話を途切れさせまいとして訊く。

「きみは沈黙は金なりって格言を知ってるか」ライムはつぶやき、時計に目をやった。

「組んでたわけじゃない」セリットーが答えた。「俺は殺人課、こいつはＩＲＤ部長だった」

「へえ」バンクスはなおさら感銘を受けたらしい。ＩＲＤ部長の地位は、ニューヨーク市警でもっとも権威ある職の一つだった。

「そうさ」ライムは窓の外を眺めた。医師がハヤブサの翼に乗ってやってくるかもしれないとでもいうように。「三銃士といったところかな」

「七年間、間があくこともあったが、俺たちは一緒に捜査をした」感情を抑えた声でセリットーが言い、その声がライムをひどく苛立たせた。

「実り多き歳月だったよ」ライムは単調な声で言った。

トムがライムをにらみつけたが、セリットーはそれを皮肉とは思わなかった。あるいは、気づかぬふりをしたというほうが当たっているだろう。「実は厄介な事件が起きてね、リンカーン。助言が必要だ」

どさり。書類の束がベッドサイドテーブルに音を立てて着地する。

「助言だと？」正真正銘、生来のものであるほっそりと整ったライムの鼻がふんと鳴った。その鼻は、整形外科医の理想の具現化ではないかとブレインは常々疑っていたが。彼女は、ライムの唇の形も完璧すぎると考えていた（傷でもつけてみたらと冗談で言ったこともあったし、喧嘩の最中にあやうく本当に傷がつきそうになったこともあった）。それにしても今日はなぜ、こう何度もブレインのなまめかしい幻が蘇る？　その朝、目を覚ましたとき、前妻のことが一番に頭に浮かび、ライムは彼女に手紙を書かなくてはいけないような気になった。その手紙はいま、コンピューターの画面上にある。ライムは手紙をディスクに保存した。沈黙のなか、指一本でコマンドを入力する。

「リンカーン?」セリットーが呼びかける。

「ああ。助言だろう。私の。聞こえてるよ」

バンクスは場違いな笑みを顔に張りつけたまま、気まずそうに尻をもぞもぞと動かした。

「人と会う約束があってね。そうだ、もう来るころだ」ライムが言った。

「約束か」

「医者が来る」

「本当ですか?」バンクスが、おそらく、またしても部屋にのしかかった沈黙を埋めるためだろう、そう聞き返した。

会話の行く先を見失ったセリットーが訊いた。「で、調子はどうなんだ?」

バンクスとセリットーは、この部屋に入ったとき、ライムの体のことを尋ねなかった。それは、リンカーン・ライムを前にした人々がとかく避けようとする質問だった。それに対する返答はきわめて複雑なものになりかねなかったし、しかもまず間違いなく喜ばしい答えは返ってこない。

ライムは簡潔に答えた。「元気だよ、おかげさまで。そっちは? ベティはどうだい?」

「離婚した」セリットーは口早に言った。

「まさか」

「家はベティが、俺は子どもの半分をもらったよ」ずんぐりむっくりの刑事は、以前にも同じ台詞を使ったことがあるのか、不自然に朗らかな口調で言った。離婚の背景に何か苦い思い出があるのだろうとライムは察した。聞きたいとも思わない。ただ、彼らの結婚が失敗に終わったと聞いても驚きはなかった。セリットーは仕事の鬼だった。ニューヨーク市警に百名ほどいる一級刑事の一人で、昇格したのは何年も前のことだ。奉職年数だけでなく、実績を評価されての昇格だった。彼の勤務時間は週八十時間近かった。捜査で協力するようになった直後の数か月、ライムはセリットーに家庭があることさえ気づかなかったくらいだ。

「いまはどこに住んでるんだ?」ライムは、二人があたりさわりのない世間話にうんざりして、そのまま辞去してくれればいいと願った。

「ブルックリンだ。ブルックリン・ハイツ。署まで歩いて通ってるよ。ほら、俺はいつも食事制限してただろう? 秘訣がわかったよ、食事制限はしないのがこつだ。運動のほうが効く」

しかし見たところ、三年半前のロン・セリットーと比べて太ってもいなければ痩せてもいない。いや、十五年前と比べてもちっとも変わっていなかった。

「ところで」大学生にしか見えないバンクスが口を挟む。「医者が来るとおっしゃいましたね。それは……」

「新たな治療を施すためか、かね?」ライムは尻すぼみになった質問を補った。「その通り」

「幸運を祈ります」

「それはどうも」

時刻は午前十一時三十六分だった。もはや午前中の半ばとは呼べない時間だ。医学に携わる者に遅刻は許されない。

バンクスの目がライムの脚の上を二度往復した。にきび面の青年は、二往復目の途中でライムの視線に気づいて赤面したが、ライムは驚かなかった。

「というわけで」ライムは言った。「あいにくだが、きみたちの相談に乗る暇は本当にない」

「しかしまだ来ていないじゃないか、え、その医者とやらは」セリットーは、殺人容疑者の作り話のあらをつつくときと同じ、隙のない口調で切り返した。

そのとき、トムがコーヒーポットを手に部屋の戸口に現れた。

くそ、よけいなことを。ライムは内心で罵った。

「リンカーンはお客様に飲み物を勧めるのを忘れたようで」

「トムは私を子ども扱いしてばかりでね」

「〝批判に思い当たる節があるのなら、その批判を活かしなさい〟ですよ」介護士が言い返す。

「もういい」ライムがぴしゃりと言った。「コーヒーをどうぞ。私にはママのお乳を頼む」

「早すぎます。バーはまだ開店していません」トムはそう答え、ライムの渋面を見てもたじろがなかった。

バンクスが視線をまたライムの全身に走らせた。彼は骨と皮だけの体を想像して来たのかもしれない。しかし事故後まもなく萎縮は止まり、治療初期に担当した理学療法士は、患者のほうがうんざりするほど時間をかけて運動療法を施した。また、ときには嫌みのかたまりにもなり、そうかと思えば過保護な母親にもなるトムも、きわめて優秀な理学療法士だった。毎日欠かさずライムに関節可動域運動療法を施した。ゴニオメトリー——各関節をどれだけの角度動かしたか——を綿密に記録し、一定の円を描いて腕や脚を外転させたり内転させたりしながら、筋肉の痙縮の度合いを慎重に観察する。関節可動域運動療法が奇跡をもたらすことはないにしても、ライムの筋肉にはいくらか弾性が戻ったし、拘縮も食い止められ、血行は改善された。三年半前を境に、自力で動かせるのは首、頭部、左の薬指の筋肉に限られた男にしては、リンカーン・ライムの肉体はさほどの衰えを見せていなかった。

青年刑事は、ライムの指のそばに置かれた黒い環境制御装置から目をそらした。その装置は別の制御装置に接続され、そこからさらに何本もの管やケーブルが、コンピューターや壁面の制御パネルに伸びている。

四肢麻痺患者の命綱はワイヤだ——かなり前のことだが、ある療法士がライムにそう言ったことがある。ともかく、金のある患者にとっては。つまり、運のいい患者にとっては。

セリットーが口を開いた。「今朝早く、ウェスト・サイドで殺しがあった」

「一月《ひとつき》ほど前からホームレスの男女が失踪する事件が続いていまして」バンクスが言う。「今朝の事件もその一つだろうと初めは考えました。でも違ったんです」彼は芝居がかった調子で続けた。「被害者は、昨夜の行方不明者だったんですよ」

ライムは表情一つ変えずにきび面の青年に顔を向けた。「昨夜の行方不明者？」

「この人はニュースを見ないんですよ」トムが口を挟んだ。「おっしゃってるのがあの誘拐事件のことだったら、リンカーンは知りません」

「ニュースを見ないだと？」セリットーが吹き出した。「毎日四紙も新聞に目を通したうえに、帰宅してからは録画しておいたニュースまで見てた奴が？　ブレインから聞いたぞ。ある晩、セックスの最中に、間違えてケイティ・クーリック（著名なニュースキャスター）って呼んだらしいじゃないか」

「いまでは文芸書しか読まないものでね」ライムはもったいぶった口調で言ったが、それは嘘だった。

トムが割りこむ。「エズラ・パウンドによれば、〝文学は鮮度の落ちないニュース〟ですからね」

ライムは聞こえないふりをした。

セリットーが先を続けた。「西海岸の出張から戻った男女だ。ケネディ国際空港でタクシーに乗った。そのまま自宅に帰っていない」

「午後十一時三十分ごろ通報がありました。クイーンズのブルックリン－クイーンズ・エクスプレスウェイを走っていたタクシーを見たと。後部座席に白人の男女が乗っていた。どうやら窓を破ろうとしていたらしいです。ウィンドウを叩いていたそうですから。ナンバーや営業許可メダルは誰も見ていません」

「その目撃者だが――タクシーを見たという人物だがね。運転手の顔は見たのか？」

「いいえ」

「女性客の行方は？」

「不明です」

十一時四十一分。ライムはドクター・ウィリアム・バーガーに猛烈な怒りを覚えた。

「許し難い医者だな」ライムはぼんやりとつぶやいた。

セリットーが聞こえよがしに長い溜息をついた。

「聞いてる、聞いてるよ」ライムは言った。

「彼は彼女の指輪をしていたんです」バンクスが先を続けた。

「誰が何をしてたって？」

「被害者です。今朝、発見されました。被害者は女性の指輪をしていたんです。もう一人の乗客の」

「その女性のものだというのは間違いないのか？」

「内側にイニシャルが彫られていました」

「つまり、こういうことだな」ライムは続けた。「未詳はその女性を監禁していて、しかも女性がまだ生きていることを知らせたい、と」

「みしょう？」トムが訊く。

ライムが答えないので、セリットーが教えた。「身元未詳の犯人」

「犯人はどうやってサイズの合わない指輪を被害者の指にはめたかわかります？」バンクスが目を見開くようにして訊き、ライムはそれは少しばかりやりすぎだと思った。

「女性の指輪を、ですが？」

「降参だ」

「男の指の皮膚をそいだんですよ。全部。骨がむき出しになるまで」

ライムはわずかに頬を緩めた。「ほほう、頭の切れる男らしいな」

「どうして頭が切れることになるんです？」

「そうしておけば、通りすがりの人間に指輪を盗られずにすむからさ。血まみれだったわけだろう？」

「ええ、それはもう」

「第一に指輪を見分けにくい。第二にエイズや肝炎。たとえ指輪に目をとめたとしても、大方の人間は、そのめっけものに手を出すのはやめておこうと考えるだろう。ところで女性の氏名は、ロン？」

ベテラン刑事はパートナーにうなずいて見せ、青年刑事は手帳をぱらぱらとめくった。

「タミー・ジーン・コールファクス。通称T・J。年齢は二十八。モルガン・スタンレー銀行勤務」

ライムはバンクスも指輪をしていることに気づいた。どこかのスクール・リングらしい。高校卒業後、まっすぐ警察アカデミーに入ったと考えるには、いかにも教養がありそうだ。かといって軍隊経験者らしい雰囲気もない。あの指輪にイェール大学と刻まれていたとしても意外ではなかった。その学歴で殺人課の刑事だと？　世の中どうなってる？

コーヒーカップを包みこんだ青年刑事の手はときおり震えていた。ライムは、ストラップで左手を固定した、エヴェレスト＆ジェニングス製環境制御装置のパネルの上で薬指をほんのわずかに動かして数度クリックし、設定を変更してエアコンの出力を弱めた。彼は暖房や冷房などを調節するのに集中力を浪費しないことにしていた。電灯やコンピューター、読書用の自動ページめくり機といった必要不可欠な機器を操るために温存しているのだ。それでも、室温が下がりすぎれば鼻水が出る。それは四肢麻痺患者にとっては拷問に等しい。

「身代金要求の手紙は？」ライムは訊いた。

「届いていません」

「捜査主任はきみなんだな？」ライムはセリットーに確かめた。

「俺の上にジム・ポーリングがいるが、な。現場の指揮は俺がとる。ところで、現場鑑識報告書に目を通してもらいたいんだがね」

ライムはまたしても鼻で笑った。「私が？　現場鑑識報告書などもう三年も見ていないぞ。私が読んだところで何の役に立つ？」

「大いに役立つと思うよ、リンカーン」

「現ＩＲＤ部長は誰だ？」

「ヴィンス・ペレッティ」

「議員の息子か」ライムは記憶をたどった。「彼に頼めよ」

一瞬の躊躇。「我々としては、できればおまえに頼みたい」

「我々とは？」

「市警本部長。それに俺」

「で」ライムは女学生のような笑みを浮かべて尋ねた。「ペレッティ警部殿ご本人はこの不信任決議をどう受け止めていらっしゃる？」

セリットーは立ち上がり、ゆっくりと部屋を横切りながら、雑誌の山を端から眺めた。『法科学評論』。ハーディング＆ボイル科学機器会社商品カタログ。『ロンドン警視庁科学捜査年鑑』。『全米法科学者研究会ジャーナル』。『全米犯罪鑑識官協会報告書』。ＣＲＣプレス刊『科学捜査』。『国際法科学研究会ジャーナル』。

「よく見ろよ」ライムは言った。「定期購読契約はとっくに期限切れになってる。それにどれも埃をかぶってるだろう」

「この部屋にあるものはどいつもこいつも埃まみれじゃないか、リンカーン。いいかげんそのだらけたけつを持ち上げて、豚小屋の掃除でもしたらどうだ？」

バンクスが見るからにうろたえた。ライムは腹の底からこみあげる笑いを噛み殺した。その笑いは異質なものと感じられた。警戒心がふと緩み、苛立ちは愉快さに変わっていく。束の間、セリットーと疎遠になっていたことを悔やんだ。しかし、次の瞬間にはその後悔を吹き飛ばし、つぶやくように言った。「私には手伝えない。悪いな」

「月曜日には例の平和会議が始まる。だから――」

「会議？」

「国連のだよ。外交官、国家元首。一万人の高官が勢ぞろいすることになってる。二日前のロンドンのあの一件は知ってるだろう？」

「あの一件とは？」ライムは辛辣な口調で聞き返した。

「誰かがユネスコの会議が開催されたホテルを爆破しようとした。市長はその誰かさんが今回の会議も狙うんじゃないかとびびってる。ポスト紙の一面に不面目な記事を書かれちゃたまらんとな」

「そこへ追い打ちをかけるように、またしても不面目のネタが飛び出したわけだな」ライムは苦々しげに言った。「ミス・タミー・ジーンだって自宅までの帰り道をお楽しみだとは思えないのに」

「ジェリー、もう少し詳しく話してやってくれ。こいつの食欲を刺激してやろう」

バンクスはライムの脚からベッドへと関心を移した。その二つのうちでは——ライムも即座に認めた——確かにベッドのほうがはるかに興味をそそられる対象だった。ことに、付属のコントロールパネル。スペースシャトルから失敬してきたような代物で、金額でも負けていない。「拉致後、十時間経過した時点で、男性客——ジョン・ウルブリクト——は撃たれ、三十七丁目と十一番街の交差点そばのアムトラック線路脇に生き埋めにされました。といっても、発見時には死亡していましたが。埋められたときは生きていたということです。使われた弾丸の径は三二」バンクスは顔を上げてつけくわえた。「ホンダ・アコード並みにありふれた弾ですね」

つまり、凶器の特殊性から容疑者を割り出すという裏技は使えないということになる。このバンクスとやらは頭が切れるらしいな。欠点は若さだけだ。それを克服できるかできないか。リンカーン・ライムは、自分には若い時代などなかったと信じていた。

「旋条痕は？」ライムは尋ねた。

「旋丘旋底ともに六本、左巻き」

「すなわち奴はコルトを所持している、と」ライムはもう一度現場の見取り図に目をやった。

「〝奴〟とおっしゃいましたね」青年刑事が続けた。「実は〝奴ら〟なんです」

「え？」

「犯人です。二人組なんですよ。墓と、道路につながる鉄梯子の間に、二人分の足跡が残っていました」バンクスは見取り図を指しながら説明した。

「梯子に指紋は？」

「ゼロ。拭き取られていました。念入りに消したようですね。足跡は墓と梯子を往復しています。どのみち、二人いなければあの被害者は運べなかったでしょう。体重九十キロ超の大男ですからね。一人では無理です」

「それで」

「犯人は被害者を墓に運んで中に放りこみ、銃で撃ち、土を埋め直して梯子に引き返し、上って、消えた」

「墓の中に入れてから撃っているのかね？」ライムが訊いた。

「そうです。梯子の周囲にも、墓に至るまでの地面にも、血痕は一つも見当たりませんから」

　好奇心がじりじりと頭をもたげた。しかしライムはこうはぐらかした。「で、なぜ私が必要なんだ？」

　セリットーが黄色くなった不揃いの歯を見せてにやりとした。「不可解な事件でね、リンカーン。まるで説明のつかない物証がぞろぞろ出てきてる」

「だから？」そもそも証拠物件に残らず説明がつく事件のほうがまれなのだ。

「いやいや、今度ばかりは本当に奇々怪々だよ。とにかく報告書を読んでくれ。頼む。ここに置くぞ。おい、こいつはどういう仕組みになってる？」セリットーはトムを振り返った。トムが報告書を自動ページめくり機にセットする。

「そんな暇はないよ、ロン」ライムはきっぱりと言った。

「すごい装置ですね」ページめくり機を観察しながら、バンクスが感心したように言う。

ライムは答えなかった。最初のページをざっと眺め、次に念入りに目を通す。薬指をミリ単位で正確に左に動かした。ゴム製の細棒がページをめくった。

読みながら考える。なるほど、確かに奇妙な事件だ。

「現場鑑識を指揮したのは？」

「ペレッティさ。被害者がタクシー誘拐事件の一人とわかったとたんに現れて、采配を振るったってわけだ」

ライムは読み進んだ。味気ない警察用語が彼の関心をしばし独占した。そのとき玄関のブザーが鳴り響いて、ライムの心は武者震いをし、全速力で駆けだした。視線をさっとトムに向ける。ライムの目は冷たく、戯れの時間が終わったことを明確に告げていた。

トムはうなずき、即座に階段を下りていった。

タクシー運転手、証拠物件の数々、そして拉致された二人の銀行員は、リンカーン・ライムのはやる心から、一瞬にしてかき消えた。

「ドクター・バーガーがお見えです」インターコムからトムの声が聞こえた。

ついに。待ちに待った時が。

「悪いな、ロン。お引き取り願うよ。久しぶりに会えて楽しかった」微笑み。「なかなかおもしろそうな事件だな」

セリットーは逡巡したが、やがて立ち上がった。「しかし報告書には目を通してくれるだろう、リンカーン？　おまえの意見を聞かせてくれ」

ライムは「ああ、必ず」と答え、頭を枕に預けた。ライムのように、四肢が麻痺していても首から上の動きが制限されない患者は、頭を三次元的に動かすことで十種以上の機器をコントロールすることが可能だった。しかしライムはヘッドレストを使うのをやめていた。五感を喜ばせてくれる刺激をすべて奪われたも同然のいま、二百ドルの羽毛枕に頭を預ける楽しみまで手放す気にはなれない。訪問客の相手は、彼を疲労困憊させた。まだ正午にもならないというのに、ともかく眠りたかった。首の筋肉がずきずきとうずく。

ライムは部屋を出ようとしたセリットーとバンクスを呼び止めた。「ロン、ちょっと」

刑事が振り返った。

「一つ教えておくよ。犯行現場はもう一か所あるはずだ。重要なのはそっちだ――第一の現場のほうさ。犯人の家だ。犯人はそこにいる。探し出すのは至難の業だろうが」

「もう一つ現場があると考える根拠は？」

「犯人が被害者を撃った場所は墓ではないからだ。撃ったのはそっちだ――第一の現場でだよ。女性を監禁しているのもそこだろう。地下にあるか、きわめて人通りの少ない地域にあるか。あるいはその両方の条件に合致するか……理由は、バンクス」ライムは青年刑事の質問に先まわりして答えた。「静かで人目のない場所でなければ、発砲したり、捕虜を監禁したりするような危険を冒さないはずだからだ」

「サイレンサーを使ったのかも」

「弾丸には消音材のゴムや綿の痕跡がない」ライムは反論を封じた。

「しかし、被害者が別の場所で撃たれたとする根拠は何です？」バンクスが応酬した。

「だって、現場には血が飛び散った痕がなかったんですよ」

「犠牲者は顔を撃たれていたんだろう？」

「ええ、そうです」バンクスは間の抜けた笑みを浮かべた。「どうしてご存じなんです？」

「三二口径で顔を撃てば、非常な苦痛を伴うが、体の機能はほとんど損なわず、しかも出血はごく少量ですむ。脳さえ外せばまず致命傷にはならない。その状態なら、犯人は被害者を自力で歩かせつつ、どこへでも連れていける。私が犯人を単数で呼ぶのは、単独犯だからだ」

沈黙。「ですが……足跡は二組ありました」バンクスは、いままさに地雷の信管を抜き取ろうとしているように声をひそめた。

ライムは溜息を漏らした。「靴底の模様がまったく同じじゃないか。一人の男が二度歩いてつけた足跡だよ。我々を欺くために。それに、足跡の深さは、北へ向かうものも南へ向かうものも同一だ。つまり、行きも帰りも九十キロの大荷物など担いではいなかったんだよ。被害者は裸足だったのか？」

バンクスは手帳をめくった。「靴下は穿いていました」

「そうか。それなら、犯人は被害者の靴を履いて、梯子まで如才なく散歩に出かけたわけだ」

「梯子を下りたのではないとすると、犯人はどうやって現場に来たんでしょう？」

「線路伝いにだ。おそらく北から」

「線路の周囲一ブロック以内には、どの方角にも他に梯子はありません」

「しかし、線路と平行に走るトンネルなら何本かあるはずだ」ライムは続けた。「トンネルは、十一番街に面した古い倉庫の一部につながっている。禁酒時代のギャング――オウニー・マッデンだ――が掘らせたものだよ。オールバニーやブリッジポート行きのニューヨーク中央鉄道に、密造ウィスキーを人目に触れないように積みこむために」

「だとしたら、なぜトンネルのそばに被害者を埋めなかったんでしょう？　陸橋まで被害者を運ぶ姿を目撃される危険をあえて冒した理由は？」

もどかしさが募る。「きみは犯人のメッセージを理解しているんだろうな？」

バンクスはいったん口を開きかけたが、首を振った。

「発見されやすい場所に遺体を放置する必要があったんだよ」ライムは言った。「誰かに発見してもらう必要があった。だから手を地上に出しておいた。犯人は我々に手を振っているのさ。我々の関心を引くために。きみたちには気の毒だが、犯人はたった一人でもゆうに二人分の知恵が働くようだな。現場近くにトンネルへ続く通用口があるはずだ。そこへ行って指紋を採取しろ。一つも残っていないだろうがね。しかしどのみち確かめておく必要はある。マスコミ対策として。この事件が公になったら……ま、幸運を祈るよ、お二人さん。さて、失礼させてもらおうかな。ロン？」

「何だ？」

「第一の犯行現場を忘れるなよ。この先どう展開しようと、ともかく探し出せ。大至急」

「恩に着るよ、リンカーン。とにかくそれに目を通してくれよな」

ライムはもちろん読ませてもらうよと答え、二人の顔色から、彼らがその嘘を信じたことを確信した。わずかな疑いすら抱いていないことを。

3

ライムがこれまでに出会った医師の中で、彼は誰よりも患者との接し方を心得ていた。そしてリンカーン・ライムほど医師と接した経験が豊かな人間はいない。いつか数えてみたところ、ライムはこの三年半の間に、七十八名の医学博士と会っていた。

「眺めがいいな」バーガーは窓の外をとくと眺めた。

「でしょう？　素晴らしい景色だ」

そう応じたものの、ベッドに横たわったライムに見えるのは、セントラル・パークにのしかかる、熱気を帯びた空だけだった。最後のリハビリ病院を退院してここに越してきて以来の二年半というもの、その空が——それにハヤブサのつがいが——ライムの視界の大部分を占めてきた。彼はほぼ一日中、日よけを下ろしたままにしていた。

トムは主人に寝返りを打たせ——体の向きを変えると痰がからまずにすむ——ライムの膀胱にカテーテルを入れる——五時間から六時間ごとに必要な処置——などして、忙しく立ち働いていた。脊髄に損傷を受けると、括約筋が全開になったままか、あるいは全閉になったままのいずれかになりやすい。運よくライムの括約筋はぴったりと閉じていた——容易に開いてくれない細い管を、日に四度、カテーテルと潤滑剤の力を借りて広げてくれる人間が常に付き添っている環境では、閉じているほうが幸運だった。

ドクター・バーガーは、医者らしい冷静な目でトムの作業を観察していたし、ライムはと言えば、人目をはばかる状況を見つめられていてもまるで気にしなかった。身体が不自由な人間が最初に見切りをつけるものの一つは、羞恥心だ。体を拭ったり、排泄したり、検査をするとき、人目を遮るためにカーテンを引くといったおざなりの努力がされることもあろうが、重度の障害者、本物の障害者、肝の据わった障害者は人目など気にしない。ライムが最初に入ったリハビリセンターでは、患者がパーティやデートに出かけると、翌朝、尿の量を確かめようと、同じ病室の患者全員の車椅子がその患者のベッドに集結した。前夜の外出の首尾がそこに表れるからだ。あるときライムは千四百三十ccの大記録を打ち立て、それ以降、障害者仲間に一目置かれるようになった。

ライムはバーガーに言った。「窓台を見てください、ドクター。私には守護天使がついてる」

「おや。タカですかな?」

「ハヤブサです。通常はもっと高い場所に巣を作るものなんですが。なぜ私を同居人に選んだんでしょうね」

バーガーは鳥にちらりと目をやったが、すぐに窓に背を向けた。カーテンがはらりと元通りに落ちる。ライムの鳥類飼育場は彼の興味をそそらなかったらしい。医師は、大柄ではないが引き締まった体つきをしており、ジョギングの日課でもあるのだろうとライムは想像した。五十歳目前と見えるが、黒々とした髪に白いものは見当たらず、ニュース番組のキャスターにも負けない整った顔立ちをしている。「結構なベッドですな」

「お気に召しましたか？」

それは巨大な長方形をしたクリニトロン・ブランドのベッドだった。空気流動サポート方式と呼ばれる仕組みを採用していて、シリコンコーティングされたガラス粒が一トン近く封入されている。加圧された空気がガラス粒の間を流れ、そのガラス粒がライムの体を支える。もし感覚が残されていれば、ライムはまるで宙に浮かんでいるように感じたはずだ。

バーガーは、ライムがトムに頼んで持ってこさせたコーヒーを飲んでいた。コーヒーを運んできたトムは、目をぐるりと回して「この家はにわかにお客を歓待するようになったらしいですね」とライムに耳打ちしてから、部屋を出ていった。

医師がライムに尋ねた。「以前は警察官だったというお話でしたね？」

「ええ。ニューヨーク市警の科学捜査部を指揮していました」

「銃撃された？」

「いや。現場鑑識をしていて事故にあいました。地下鉄駅の工事現場で、作業員が死体を発見したんです。その半年前から行方不明になっていた若い巡査だった——当時、警察官連続殺人鬼というのを追っていましてね。私が自ら出向くよう要請されて鑑識をしている最中に、梁が崩壊したんです。そのまま四時間ほど生き埋めにされました」

「犯人は本当に警察官を殺して歩いていたわけですか」

「三人を殺害、一人に怪我を負わせました。犯人も警察官でした。ダン・シェパード。警邏課の巡査部長だった男です」

バーガーはライムの首についたピンク色の傷痕を一瞥した。一目でそうとわかる四肢麻痺の紋章──事故後、数か月にわたって埋めこまれる、人工呼吸器のチューブの挿入痕。ときには数年にわたり、あるいは一生涯、外せないこともある。しかしラバのように強情なライムの性格と担当療法士の超人的な奮闘が功を奏し、ライムは人工呼吸器を卒業できた。そしていまでは、水中で五分は持つと自負する立派な肺で生きている。

「とすると、脊髄損傷？」

「第四頸椎に」

「ああ、なるほど」

第四頸椎は脊髄損傷の中立地帯だ。四番目よりも頭部側の頸椎を損傷していたら、ライムはおそらく生きていなかっただろう。一方、四番目よりも下なら、脚は論外としても腕や手は多少なりとも動かせただろう。しかし悪名高き第四頸椎を損傷したために、命は落とさずにすんだものの、文字通り完全な四肢麻痺となった。脚と腕は動かない。腹筋と肋間筋は大部分が失われ、ライムは主として横隔膜に頼って呼吸をしている。首から上は無事で、両肩はわずかながら動かせる。崩れ落ちたオーク材の梁が、たった一本だけ、ごくごく細い運動神経を見逃してくれたことが唯一の僥倖だった。その幸運のおかげで、左手の薬指を動かすことができる。

　ライムは、事故直後のソープオペラの如き一年間を、ドクター・バーガーの前で再現するのは思い留まった。頭蓋にドリルで開けた穴に頭蓋牽引器をひっかけて、脊椎をまっすぐに引っ張る頭蓋牽引を一か月間。プラスチック製の胸当てと頭を周囲から支える金属製の支柱とで首を固定する、ハロー装具とのつきあいは十二週間。呼吸を維持するための巨大な人工呼吸器から一年を経て解放されたあと、さらに横隔膜神経刺激装置の世話になった。そしてカテーテル。手術。麻痺性腸閉塞、ストレス性潰瘍、低血圧症に徐脈。床ずれから衰弱性壊死《えし》。筋肉組織が萎縮しはじめたための拘縮、貴重な薬指の自由が奪われる可能性。耐えがたいほどの幻肢痛――感覚が失われたはずの手足に感じる、焼けるような痛みや疼痛。

　それらは省いても、しかし、最新の〝流行〟については打ち明けた。「自律神経の発作が頻発してましてね」

　発作の頻度はこのところ高くなりつつあった。動悸、異常な高血圧、猛烈な頭痛。便秘をしただけでもそういった症状が出ることがあった。ライムは、ストレスを避け、体に負担をかけないようにするしか予防策はないのだと説明した。

　ライムを診ている脊髄損傷の専門医ピーター・テイラーは、発作が頻繁に起きることを懸念し始めていた。この前の発作――一月前《ひとつき》――がきわめて重かったため、テイラーは、医師を待たずに手当てができるようトムに応急処置を教え、電話機の短縮ダイヤルに自分の電話番号を登録するよう指示した。そして、重い発作は心臓発作や脳卒中を引き起こしかねないと警告した。

バーガーはいたわるようにライムの話に耳を傾けていたが、やがて口を開いた。「この仕事を始める以前、私は老人整形外科の専門医をしていました。腰骨や股関節の置換手術が大部分でね。だから、神経科の知識はほとんどないんですよ。回復の見込みはどの程度と？」

「皆無です。永久にこのままですよ」ライムはそう答えたが、即答しすぎたかもしれないと思った。そこでつけくわえた。「私の苦しみは理解してくださってるんでしょう、ドクター？」

「ああ、そう思います。ただ、あなたご自身の口からおっしゃっていただきたい」視界を遮る前髪を頭を振って払いのけながら、ライムは言った。「自殺する権利は万人にある」

するとバーガーは反論した。「そのご意見には賛成しかねますな。たいがいの社会では、自殺する能力はともかく、権利は認められていない。その二つは別物ですよ」

ライムは苦々しげに笑った。「私には哲学はさっぱりわかりません。しかし、私には自殺する能力さえもない。だからこそあなたが必要なんですよ」

リンカーン・ライムは、これまで四人の医師に、殺してくれと頼んだ。しかしその全員が断った。ついにライムは、わかった、だったら自力でやってみせると宣言し、あっさり断食した。しかし衰弱死を遂げようという目論みは、単なる拷問でしかなかった。胸はむかつき、耐えがたい頭痛に悩まされた。不眠症にもなった。そこでその計画は断念し、どうにも言いだしにくい話題ではあったが、トムに殺してくれと頼んだ。するとトムは涙ぐみ——トムがそこまで感情をあらわにしたのはその一度だけだ——そうしてあげられたらどんなにいいかと言った。ライムの死を傍らで見守り、延命治療を拒否することはできる。しかし、自ら手を下すことはできない。

やがて奇跡が起きた。それを奇跡と呼んでいいのであれば。

『犯行現場』の刊行後、多数の記者がインタビューに訪れた。そしてニューヨーク・タイムズ紙のインタビュー記事に、著者ライム氏の赤裸々な告白が引用された。

「いや、今後本を書く予定はありません。実は次の大きな目標は自殺です。なかなかの難題ですよ。半年ほど前から、手を貸してくれる人を探しています」

読み手の目に思わず急ブレーキをかけさせるようなその一文は、ニューヨーク市警のカウンセラーなど、過去にライムと関わってきた人々、とくにブレインの関心を引いた(ブレインは、そんなこと考えるなんてどうかしてる、自分勝手な考えは捨てなさい——結婚していたころと変わらぬ台詞——と叱りつけ、ところでせっかく来たついでだから再婚の報告もしておくわと言った)。

ウィリアム・バーガーもその告白に目をとめた一人で、ある晩突然、シアトルから電話をかけてきた。あたりさわりのない世間話のあと、バーガーは、ライムに関する記事を読んだと言った。そして束の間の沈黙ののち、こう尋ねた。「レーテ・ソサエティという名に聞き覚えは?」

その名前なら知っていた。その何か月も前から連絡先を突き止めようとしていた、安楽死を支持する団体だった。セイフ・パッセージやヘムロック・ソサエティとは比較にならないほど急進的な思想を掲げている。「全国で起きた十件以上の自殺幇助事件について、複数のボランティアが重要参考人として手配されています」バーガーは事情を説明した。「ですから、表立った活動はできないんですよ」

ライムの希望を何とかかなえたいのだとバーガーは言った。すぐに行動を起こすことは拒んだが、それでもこの七、八か月のうちに何度か電話で話をした。とはいえ、直接会うのはこの日が初めてだった。

「自力で逝く方法はないのですね?」

逝く……

「ええ、ジーン・ハロッド方式を除けば。それさえも怪しいものですが」

ハロッドというのは、ボストンで暮らしていた四肢麻痺の青年の名だった。自殺を決意したものの、手を貸してくれる人物が見つからず、ついにただ一つ自力で実行可能な手段を使って決行した。不自由な手でアパートの部屋に火を放ち、燃えさかる炎の只中に車椅子を進め、第三度の熱傷で死んだのだ。

ハロッド事件は、安楽死を禁じる法律が悲劇を生む例として、安楽死賛成論者がしばしば引き合いに出した。

バーガーはその事件を聞き知っているらしく、悲しげに首を振った。「いや、あんな悲惨な死に方はない」それからライムの体やケーブル類、制御パネルをしげしげと眺めた。「機械を使ってどの程度のことができるんです？」

ライムは環境制御パネルの機能を説明した。左の薬指で操作するエヴェレスト＆ジェニングス製環境制御装置本体のパネル。口にくわえ、息を吹きこんだり吸ったりして制御する呼吸気スイッチ。顎で操るジョイスティック。音声を認識して、文字をコンピューター画面上にタイプする音声入力装置。

「しかし、何をするにしても他人に頼る必要があるわけですね？」バーガーが確かめる。「たとえば、別の誰かが銃砲店に出かけて銃を購入し、銃口をあなたの口にくわえさせ、引き金を引く仕掛けをし、その仕掛けをコントローラーに接続しなければならない？」

「その通り」

その結果、その誰かに故殺の罪状だけでなく、謀殺の共謀罪も押しつけることになる。

「どんな道具を？」ライムは尋ねた。「有効なんでしょうね？」

「道具？」

「何をお使いなんです？　その、ことをすますのに」

「きわめて有効な手段ですよ。これまでに患者から苦情が出たことはない」

ライムが面食らった顔をすると、バーガーは笑った。ライムもつられて笑った。死を笑い飛ばせないとしたら、いったい何を笑えばいい？

「ご覧に入れましょう」

「いまお持ちなんですか？」ライムの心に希望が芽生えた。その温かな胸騒ぎを覚えるのは何年ぶりだろう。

医師はアタッシェケースを開け――いささか儀式ばった手つきとライムの目には映った――ブランデーを一瓶取り出した。それに小瓶入りの錠剤、ビニール袋、輪ゴム。

「その錠剤は？」

「セコナール。いまではどこの医者も処方していませんが。昔は現在よりはるかに簡単に死ねたものですよ。このかわいらしい錠剤さえあればまず事足りましたからね。しかし最近のトランキライザーでは、まあ自殺は無理でしょうな。ハルシオン、リブリウム、ダルメーン、ザナックス……長時間ぐっすり眠れるでしょうが、最後には必ず目を覚ましてしまう」

「そのビニール袋は？」

「ああ、このビニール袋」バーガーはそれを拾い上げた。「これぞレーテ・ソサエティの象徴ですよ。非公式な、です、言うまでもなく――ロゴマークなどがあるわけではないですからな。睡眠薬とブランデーだけでは不十分となれば、このビニール袋を使います。頭にかぶせ、輪ゴムで首の周囲を密閉する。数分後には熱気がこもりますから、中に小さな氷を入れてね」

　ライムは三つ道具から目をそらせずにいた。厚手のビニール袋。ペンキ職人が使う掛け布に似ている。ブランデーは安物、睡眠薬もごく一般的な種類のものだった。

「いいお住まいだ」バーガーは部屋を見まわした。「セントラル・パーク・ウェストの自宅……高度障害保険で生活を？」

「それもあります。他に、警察とＦＢＩから嘱託顧問料が入ります。事故後……トンネル掘削を行なっていた建設会社は、三百万ドルの賠償金支払に合意しました。初めは我が社に責任はないとごねていましたが、建設会社を被告とする訴訟では、責任の所在を問わず、四肢麻痺になった者を勝たせなければならないという法律でもあるんでしょうね。ともかく、原告が出廷して涙ながらに訴えれば、勝ったも同然ですよ」

「あの本からも収入があるでしょうな」

「いくらかは。大した額ではありませんが。ベターセラー程度でしたからね。ベストセラーではなく」

　バーガーは『犯行現場』を一冊手に取り、ぱらぱらとめくった。「有名な犯罪現場ばかりだ。すごいな」そう言って笑う。「四十、いや五十件？」

「五十一件です」

　ライムは、過去にニューヨーク市で起きた犯罪の現場を記憶をたどれるかぎり再訪し、本に書いた――と言っても、執筆は事故後だったから、想像の中での再訪だったが。解決した事件、迷宮入りの事件。一八六三年、たった一晩に十三件もの相互に関連のない殺人事件が発生した、旧ファイヴ・ポインツの悪名高き共同住宅オールド・ブルワリー。一八六三年七月十三日、南北戦争中に起きた徴兵反対暴動に紛れて母親を殺害し、犯人はかつての奴隷たちだと主張して黒人への反感をあおったチャールズ・オーブリッジ・ディーコン。自らが設計した最初のマディソン・スクエア・ガーデンの屋上で、三角関係のもつれから一九〇六年に殺害された建築家スタンフォード・ホワイト。一九三〇年八月に失踪した州最高裁判所判事クレーター。五〇年代の狂気の爆弾男ジョージ・メテスキー。一九六四年にアメリカ自然史博物館から世界最大のスターサファイア〝インドの星〟を盗み出したマーフ・ザ・サーフことジャック・マーフィー。

「十九世紀の建材、地下水脈、執事養成所」バーガーはページを繰りながら読み上げた。「ゲイの売春浴場、チャイナタウンの売春宿、ロシア正教会……いったいどこからこんなニューヨーク雑学を仕入れたんです？」

ライムは肩をすくめた。ＩＲＤ部長を務めていたころ、彼は犯罪鑑識科学を研究するとともに、ニューヨークという都市について熱心に研究した。歴史、政治、地理、社会構造、インフラストラクチャー。「犯罪学者は無菌室にいるわけではありませんからね。自分の置かれた環境についての知識を深めれば深めるほど、その知識を現実の捜査に――」

自分の声に熱意がこもり始めたことに気づき、ライムは口をつぐんだ。

あっさり罠にはまった自分に対して、猛烈な怒りがわきあがった。

「なかなかお上手ですね、ドクター・バーガー」ライムはぎこちなく言った。

「おや、何をおっしゃる。ビルと呼んでください。お願いしますよ」

話をそらす医師の手に乗る気など毛頭なかった。「以前、こんな話を聞いたことがある。大きな、まっさらの、上質な紙を一枚用意して、私が自殺すべき理由をすべて書き出す。次に大きな、まっさらの、上質な紙をもう一枚用意して、私が自殺すべきでない理由をすべて書き出す。たとえば、〝有益な〟とか〝意義のある〟とか〝関心を持たれるような〟とか〝意欲をかきたてる〟といった言葉が思い浮かぶ。前向きな言葉。価値のある言葉。しかし私に言わせれば、そんなもの、糞ほどの価値もない。だいいち、私にはどうやったって鉛筆一本持ち上げられないんだから」

「リンカーン」と、バーガーが温かな声で話を続けた。「私には、きみがプログラムにふさわしい候補者であることを確かめる必要があるんだ」

「〝候補者〟？　〝プログラム〟？　ああ、よくある横暴な婉曲表現ですね」ライムは辛辣に言った。「ドクター、私の決意は変わりません。今日のうちにすませてしまいたい。いや、いますぐにでも」

「なぜ今日なんですかな？」

ライムの目はふたたび酒瓶とビニール袋に釘付けになっていた。つぶやくように言う。

「なぜ今日ではいけないんです？　今日は何日でしたっけ。八月二十三日でしたか？

しかし、死ぬのにもっとふさわしい日付があるわけでもないでしょう」

医師は薄い唇を指先で軽く叩いた。「時間をかけてあなたと話し合う必要があるんですよ、リンカーン。あなたが心からそう希望していると確信が持てたら、初めて――」

「心から希望しています」ライムは言った。手振りを伴わない言葉とはこんなにも説得力に欠けるものかと、ことあるごとに痛感させられる無力感にとらわれながら。バーガーの腕にそっと手を置けたら、掌をバーガーに差し出して懇願できたらと、痛切に願う。

吸ってよいかと確かめもせず、バーガーはマールボロのパックを取り出して煙草に火をつけた。折り畳み式の金属製灰皿をポケットから出して開く。それから、痩せた脚を組んだ。アイヴィーリーグの大学の喫煙室にでも座っていそうな、きどった優等生を思わせる。「リンカーン、これがどういった問題を含んでいるか、理解してるかね？」

無論、承知していた。だからこそ、バーガーはこうしてここにいるのだし、ライムの担当医の誰一人として〝ことをすませ〟ようとしなかったのだ。ただ、避けられぬ死を早めるとなると話は違ってくる。末期患者の治療に当たる医師の三分の一近くが、致死性の薬物を処方あるいは投与した経験を持つという。医師が成果をひけらかしたりしないかぎり――たとえば、患者の死にざまを撮影したビデオをTV放映させたケヴォーキアン医師のように――検事の大多数は見て見ぬふりをしている。

では、四肢麻痺患者の場合はどうだろう？　半身麻痺は？　障害者は？　そうなると事情は違ってくる。リンカーン・ライムは四十歳。人工呼吸器の世話にならずに生きている。ライムが八十歳まで生きない医学的根拠は見当たらない。

バーガーが続ける。「率直に言わせてもらいましょう、リンカーン。私にはこれが八百長でないことを確かめる必要もあるんです」

「八百長？」

「検事局のですよ。以前にもおとり捜査に引っかかったことがあってね」

ライムは笑い声をあげた。「ニューヨーク州司法長官は忙しい男ですよ。死の医者を捕まえるために、障害者に盗聴器をくくりつけたりはしないと思いますが」

見るとはなしに現場鑑識報告書に目が向く。

……被害者の南西三メートル地点の白い砂の小山上で発見された小さな塊。ボール状の繊維、直径約六センチメートル、色は黄みがかった白。エネルギー分散型X線分析装置による解析の結果、組成式は$A_2B_5(Si, A_1)8O_{22}(OH)_2$と判明。出所不明、繊維の同定は未了。サンプルをPERT宛送付済み。

「ともかく慎重にならざるをえない」とバーガーが先を続けた。「いまの私にはこれが本業ですからな。整形外科は完全に廃業した。いずれにしろ、これには仕事以上の意義がある。命を絶ちたいと願う人々を救うことに一生をかけようと決めていますよ」

繊維と近接した地点、約三インチ離れた地点で、紙片二枚を発見。一枚は一般的な新聞用紙で、タイムズ・ローマン体の活字、商業新聞向けインクを使用して〝午後三時〟と印刷されている。もう一方はページ番号〝823〟が印刷された書籍から切り取られたものと推測される。活字はガラモンド体、用紙はカレンダー紙。初めに特殊光源検査、次にニンヒドリン分析を行なった結果、潜在指紋はいずれの紙片にも認められず……個人識別はできず。

気になってならないことがいくつかあった。たとえば繊維だ。ペレッティはなぜこの繊維の正体に思い当たらない？　わかりきったことなのに。それにこの証拠物件——新聞の切れ端と繊維——が一緒くたに置かれていた理由は何だ？　どこか腑に落ちない。

「リンカーン？」

「ああ、失礼」

「いま言っていたのは……あなたは耐えがたい激痛に苦しむ熱傷患者でもない。住む家がないわけでもない。金があり、才能にも恵まれている。あなたが警察にコンサルティングを行なえば……多数の人々の力になれる。あなたさえ望めば、そう、これからも〝有益な〟人生を過ごすことができるだろう。長い人生を」

「長い。その通り。そこが問題なんですよ。長い人生というのが」ライムは行儀よく振る舞うのにうんざりしていた。そこでこう言い放った。「私は長い人生など望んでいない。これはそういう単純な話なんですよ」

バーガーは考え考え答えた。「あなたがその決断を後悔する可能性がわずかでもあるとしたら、いいですか、後悔しながら残りの人生を過ごすはめになるのはこの私なんですよ。あなたではなく」

「この手の決断に絶対の自信を持てる人がいたら会ってみたいものですよ」

目が報告書に吸い寄せられる。


紙片の上に鉄のボルトが置かれていた。頭は六角、〝CE〟の刻印。長さおよそ二・五センチ、時計まわりの線条、直径およそ二・四センチ。


「ここ数日は過密スケジュールでね」バーガーは腕時計を見た。ロレックスだった。いつの世も人の死は富をもたらす。「今日はあと一時間かそこらにしましょう。しばらく話をして、冷却期間を一日おいてからまたお邪魔しますよ」

何かがライムをしつこく手招きしている。かきたくてたまらないのにかけないかゆみ——四肢麻痺患者共通の敵——に似ているが、今回むずがゆいのは頭の中だった。物心ついたころからライムを悩ませてきた種類のむずがゆさ。

「あの、ドクター、お願いがあるんですが。その報告書なんですがね。めくってみていただけませんか。ボルトの写真がないかどうか」

バーガーは口ごもった。「写真、ですか?」

「ポラロイド写真です。終わりのほうのどこかに貼ってあるんじゃないかな。ページめくり機では時間がかかってしかたがない」

バーガーは自動ページめくり機から報告書を取り上げ、ライムに代わってページをめくった。

「そこだ。そこで止めて」

写真を凝視するうち、切迫感がライムの心をちくちくとつつきはじめた。だめだ、この医者の前では、いまはだめだ。頼む、だめだ。

「申しわけないが、さっきのページに戻っていただけますか」

バーガーが言われた通りにする。

ライムは一言も発せず、慎重に文字をたどった。

紙片……

午後三時……八二三ページ。

ライムの鼓動は激しくなり、額に汗が噴き出した。猛烈な耳鳴り。

タブロイド紙の見出しが目に浮かぶ。〝死の医者と会談中の男性急死〟。

バーガーが目をしばたたいた。「リンカーン? 大丈夫かね?」医師らしい冷静な目がライムを注意深く観察する。

ライムは努めてさりげなく答えた。「その、ドクター、申しわけないが、急用ができてしまいまして」

バーガーはゆっくりと、ためらいがちにうなずいた。「結局、準備万端ではなかったわけですな？」

微笑み。平静。「いえ、数時間後にまた来ていただけないかと思っただけですよ」

ここは慎重にいかなくては。もし〝目的意識〟を嗅ぎつけられれば、自殺の意思なしと見なされ、医師は酒瓶とビニール袋をしまってスターバックス・コーヒーチェーンの城下町へ帰ってしまうだろう。

バーガーがスケジュール帳を開く。「今日は予定が一杯でね。明日は、と……だめか。残念だが、いちばん早くて月曜日です。明後日の月曜」

ライムは迷った。くそ……心の底からの望みがついにあと一歩で叶うところだというのに。この一年というもの、日々心待ちにしてきた瞬間。どう答えたものだろう？

さあ、決断しろ。

やがて、こう返事をする自分の声が聞こえた。「わかりました。では月曜に」あきらめの笑みを顔に貼りつけて。

「急用とはいったいどんな？」

「昔の同僚です。助言を求められまして。きちんと対処しておくべきだった。彼に電話をしておかなくては」

違う。さっきのは自律神経の発作などではなかった――不安ヒステリーでもない。

リンカーン・ライムは、この三年あまり無縁だったものを感じていた。猛烈に気が急《せ》いていた。

「トムに二階に来てくれるよう伝えていただけますか。下のキッチンにいると思うんですが」

「ええ、お安いご用ですよ。喜んで」

バーガーの瞳に奇妙な光が見えた。何だろう。警戒心？　ありうる。あるいは、絶望にも似た光だった。しかしいまそんなことを考えているゆとりはない。医師の足音が階段を下っていくと、ライムは家全体が震えるようなバリトンを轟かせた。「トム？　トム！」

「何です？」青年が怒鳴り返す。

「ロンに電話してくれ。もう一度来てくれるよう言え。いますぐだ！」

ライムは時計にちらりと目をやった。午後十二時をまわっている。あと三時間足らず。

4

「例の現場は偽装されている」リンカーン・ライムは言った。

ロン・セリットーが上着を脱ぐと、救いようもないほど皺くちゃになったシャツがあらわになった。その格好で書類やら書物やらが散らかったテーブルに半身を乗り出し、腕を組んでいる。

ジェリー・バンクスも戻ってきていた。薄青の瞳がライムの目をじっと見つめている。ベッドにもコントロールパネルにも、もはや興味を失ったらしい。

セリットーが眉間に皺を寄せた。「もしそうだとして、犯人はどんな絵空事を押し売りするつもりなんだ？」

犯罪現場、ことに殺人事件の現場では、捜査官を惑わすために犯人が証拠に手を加えることは珍しくなかった。なかには抜け目ない犯人もいるが、大多数は違う。たとえば妻を殴り殺した男が、強盗のしわざに見せかけようとしたところまではよかったが、妻の宝石類を盗むことにしか考えが及ばず、自分の金無垢のブレスレットやダイヤモンドのピンキーリングを化粧台に置きっぱなしにする。

「そこがこの犯人のおもしろいところでね」ライムは話を続けた。「過去に起きたことじゃないんだ、ロン。これから起きることを告げている」

懐疑論者セリットーが訊く。「根拠は？」

「紙きれだよ。今日の午後三時という意味だ」

「今日の？」

「見てみろよ！」ライムはもどかしげに頭を振って報告書を指し示した。

「紙片の一枚には確かに午後三時と書かれていました」バンクスが指摘した。「ですが、もう一枚はページ番号ですよ。それがどうして今日だってことになるんです？」

「ページ番号などではない」ライムは片方の眉を上げた。二人はまだぴんとこないらしい。「理屈で考えてみろよ！　ヒントを残すたった一つの理由は、我々に何かを伝えるためだろう。となれば、八二三はただのページ番号ではありえない。どの本から切り取られたものかを示すヒントがないわけだからね。では、ページ番号ではないとすれば、いったい何だ？」

沈黙。

たまりかねてライムがぴしゃりと言った。「日付だろうが！　八、二十三。八月二十三日。午後三時に何かが起きる。今日のだ。次。繊維のボールだったな？　あれはアスベストだよ」

「アスベスト？」セリットーが聞き返す。

「報告書にあったろう？　化学式が。あれは普通角閃石だ。それに二酸化ケイ素。つまりアスベストだよ。ペレッティがサンプルをＦＢＩに送らせた理由は見当もつかないがね。さてと。アスベストがあるはずのない路盤にアスベストがあったわけだ。それに鉄製のボルト。頭部は酸化してもろくなっているが、ねじ山の部分は少しも錆びていない。とすると、長期間にわたってどこかで使われていたが、最近になって取り外されたことになる」

「土の中から出てきたのかもしれません」バンクスが口を挟んだ。「犯人が墓を掘っているときに」

ライムは答えた。「それは違う。ミッドタウン周辺では岩盤が地表近くにある。つまり、帯水層も浅いところにあるわけだな。三十四丁目からハーレムにかけての土壌には、鉄を数日で酸化させるだけの水分が含まれている。もしボルトが地中にあったとすれば、頭部だけでなく全体が錆びていたはずだろう。だから、ボルトはどこかから取り外され、現場に運ばれて、そこに残されたとわかる。それから例の砂……いいか、ミッドタウンの線路脇に白い砂なんかがどうやって現れた？　ミッドタウンの土壌構成は、ローム層、沈泥層、花崗岩、硬盤層、軟粘土層なんだぞ」

バンクスが口を開きかけたが、ライムは気短に遮った。「それから、そういったもののすべてが一緒くたにされていた理由は？　そうさ、我らが未詳殿は何かを伝えようとしているんだよ。間違いない。バンクス、トンネルの通用口の件はどうなってる？」

「おっしゃった通りでした」青年刑事は答えた。「墓からおよそ三十メートル北で通用口を発見しました。内側からこじ開けられています。指紋に関してもおっしゃった通りです。皆無でした。それから、タイヤ跡も足跡も見つかりません」

「現場は？」ライムが訊いた。「封鎖したままだろうな？」

「いえ、解除されてます」

人並みはずれた肺を持つ身体障害者リンカーン・ライムは、呆れたようにふうっと音を立てて溜息をついた。「その大間違いをしでかしたのはいったいどいつだ？」

「さあな」セリットーが弁解するように答えた。「おそらく責任者だろう」

要するにペレッティか、とライムは察した。「となると、いま手元にある証拠だけでどうにかするしかないわけだ」

拉致犯の身元や狙いを探る手がかりは、すでに報告書の中に挙げられているか、あるいは警察官や野次馬や鉄道会社職員の足に踏みつけられて永久に失われたかのいずれかだということになる。情報収集——現場周辺の聞きこみや目撃者からの事情聴取、手がかりの追跡といった、旧来の刑事の仕事——は一刻を争うものではない。しかし、現場鑑識班は〝電光石火のごとく〟すませなければならぬ——ライムは、常にＩＲＤの部下たちにそう命じていた。自分の基準に照らし合わせて作業が遅いと断じてライムが解雇した捜索員は、過去に数知れない。

「ペレッティ自身が鑑識をしたのか？」ライムは尋ねた。

「というより、ペレッティご一行様が」

「ご一行？」ライムの声に皮肉がにじんだ。「ご一行とは？」

セリットーがバンクスにちらりと目をやると、バンクスが説明した。「写真班から四名、指紋班から四名。現場鑑識班から八名。それに当番監察医」

「現場鑑識班から八名だって？」

現場鑑識活動の人数と効率をグラフにすると、ベルカーブを描くことが知られている。殺人事件一件につき、二名で捜索を行なうのが最も効率がよいとされているのだ。一人では証拠を見過ごす可能性が大きい。三人以上ではさらに多くの証拠を見過ごす傾向が表れる。だがリンカーン・ライムは常に一人で現場の捜索を行なった。指紋班が指紋採取をし、写真班がスナップ撮影やビデオ撮影をしていても、やめろとは言わなかった。しかし、〝碁盤目《グリッド》捜索〟だけは必ず自分一人で行なった。

ペレッティか。六年か七年前に裕福な政治家の御曹司ペレッティを採用したのはライムで、ペレッティはその後、きっちりと仕事をこなす優秀な捜索員として頭角を現した。鑑識課は出世の近道とされ、そのため定員の空きを待つ職員の名簿には常に多数の名前が並ぶ。ライムは「家族アルバム」を見せて希望者の数を減らすことに屈折した悦びを見出していた――とりわけ陰惨な現場写真を厳選したコレクションを見せたのだ。顔から血の気の失せる者、含み笑いを漏らす者。「だからどうだって言うんです？」と言いたげに眉を吊り上げ、アルバムを返してよこす者もいた。ライムが採用したのはその動じなかった者たちだった。ペレッティもその一人だ。

セリットーが何か質問をしていたらしい。ふと気づくと、ベテラン刑事がライムを見つめていた。セリットーが質問を繰り返す。「協力してくれるだろう？　なあ、リンカーン？」

「協力？」ライムは短い笑い声をあげた。「無理だよ、ロン。無理だ。思いついたことを片端から言ってみただけのことだ。これで全部だよ。さあ、捜査を続けてくれ。トム、バーガーに電話しろ」ライムは、死の医者との懇談を延期したことをいまごろになって後悔していた。まだ間に合うかもしれない。〝逝く〟ときまであと一日も二日も待たなければならないと考えただけでやりきれなかった。しかも月曜とは……月曜に命を絶つのは避けたい。月曜の自殺など、いかにもありがちなことに思えた。

「もっとお行儀よく頼んだら電話してあげます」

「トム！」

「わかりましたよ」青年介護士は両手を上げて降参した。

ライムはベッドサイドテーブルの、酒瓶と錠剤とビニール袋が置かれていたあたりに目をやった――容易に手の届く場所、だが同時に、リンカーン・ライムには決して手の届かない場所。この世のあらゆるものと同じく。

セリットーが電話をかけ始め、相手が電話に出ると背をぴんと伸ばした。自分の名を告げる。壁の時計の針がかちりと動いて十二時三十分を指した。

「そうです」刑事の声がうやうやしい小声に変わる。相手は市長だなとライムは察した。「ケネディ空港の拉致事件に関してです。リンカーン・ライムと話をしまして……そうです、いくつか考えがあるようです」刑事はぶらぶらと窓に近づいた。見るともなくハヤブサを眺めながら、地球上でももっとも謎めいた街をつかさどる人物を相手に、説明しがたい事柄についてどうにか説明を試みている。やがて電話を切ると、ライムのほうを向いた。

「市長も市警本部長もおまえに協力してもらいたいと言ってるんだ、リンカーン。名指しで。ウィルソン本人がだぞ」

ライムは笑った。「ロン。この部屋を見てみろよ。この私を見てみろよ！　捜査の指揮をとれると思うか？」

「普通の事件なら頼まないさ、絶対に。しかし、今回のは決して並みの事件じゃないとわかっただろう、ええ？」

「悪いな。とにかくそんな暇はない。例の医者が来る。治療だ。トム、電話してくれたんだろうな」

「まだですよ。もうすぐするつもりですが」

「いますぐだ！　いますぐ電話してくれ！」

トムはセリットーを見つめた。それからドアのほうへ歩いて行き、外に出た。電話する気はないのだとライムにはわかっていた。なんて連中だ。

バンクスがぽつんと赤く浮いた剃刀負けの傷に手を触れ、だしぬけに言った。「あなたのお考えを聞かせてください。お願いします。この犯人は、あなたのお考えでは――」

セリットーが手を振ってバンクスを黙らせた。目はライムにじっと注がれている。

ふん、こいつめ、とライムは思った。だんまり作戦だな。人は沈黙を嫌い、あわてて埋めようとするものだ。このような熱く重い沈黙に、幾人の目撃者や容疑者が屈服したことか。そう、彼とセリットーはいいチームだった。ライムは証拠を知りつくし、ロン・セリットーは人間を知り尽くしていた。

二銃士。そこにもう一人加えるとすれば、それはにこりともしない、純度の高い沈黙だった。

刑事がふっと現場鑑識報告書に視線を落とした。「リンカーン。今日の午後三時に何が起きると思う？」

「見当もつかん」ライムはきっぱりと否定した。

「本当はわかってるんだろ？」

世話の焼ける奴だな、ロン。覚えていろよ。

じっくりとじらしておいてから、ライムは答えた。「彼女を殺す気だろう――タクシーの乗客の女性を。しかもきわめて残酷な手段で。請け合ってもいい。生き埋めに匹敵する残酷な手段だ」

「ひどいな」廊下からトムのつぶやき声が聞こえた。

なぜ私をそっとしておいてくれない？　首から肩にかけての猛烈な痛みをこの連中に打ち明けたら、放っておいてくれるだろうか。あるいは、自分のものとは思われない体のあちこちに顔を出す、首の痛みよりははるかに軽いがはるかに不気味な幻肢痛のことを。何かをするたびに悪戦苦闘を強いられる毎日に疲れきっていることを。そして何よりも我慢ならない疲労——常に他人に頼らなければならないことからくる疲労感を打ち明けたとしたら。

昨夜、部屋に入りこんだ蚊のことを話すのも効果的かもしれない。頭を動かしながら蚊を追い払ううち、疲れてめまいを覚えた。やがて蚊はついに彼の耳に目標を定めてくれた。そこなら食われてもいい——耳ならば、枕にこすりつけてかゆみを癒すことができる。

セリットーがもの問いたげに片方の眉を上げた。

「今日だけだ」ライムは溜息をついた。「一日だけだぞ。それで終わりだからな」

「ありがとう、リンカーン。恩に着るよ」セリットーはベッドのそばに椅子を引き寄せた。バンクスにもうなずいて、同じようにしろと伝える。「さて。おまえの意見を聞かせてくれないか。我らが糞野郎は何を考えてる？」

ライムは答えた。「そう急ぐな。単独捜査は私の流儀じゃない」

「それもそうだ。誰を捜査班に加える？」

「ＩＲＤの鑑識技術者を一人。誰でもかまわない。研究室で一番優秀な人間なら。基本的な機器ごとこの部屋に来させてくれ。歩兵も何人かほしいな。ＥＳＵ（緊急出動隊）がいい。ああ、それから、電話も用意してくれないか」ライムは指示を与えながら化粧台の上のスコッチにちらりと目をやった。バーガーが三つ道具の一つとして持参したブランデーを思い出す。あんな安物でこの世を去るつもりにはとてもなれない。フィナーレを華々しく飾るのは、ラガヴリンの十六年ものか、五十年熟成のふくよかなマカランにしよう。または――この際だ――その両方で。

バンクスが自分の携帯電話を取り出した。「どんな電話がご希望でしょう？　すぐに――」

「地上通信線」

「この部屋に？」

「馬鹿者」ライムが吠える。

セリットーが口を挟んだ。「こいつが言ってるのは、電話をかける人手のことだ。本部ビルから」

「ああ」

「本部に連絡しろ」セリットーが命じた。「通信司令官を三、四名確保してもらえ」

「ロン」ライムは尋ねた。「死んだ被害者の件で今朝から聞きこみをしてるのは誰だ？」

バンクスが笑いを押し殺しながら答えた。「ハーディ・ボーイズです」

ライムのひとにらみでその笑みは消えた。「いえ、ベディング刑事とサウル刑事です」青年刑事はあわてて言い直した。

しかし、セリットーも頬を緩めていた。「ハーディ・ボーイズ。みんなそう呼んでる。おまえの知らない連中だな、リンカーン。本部の殺人特別捜査班の所属だ」

「見た目がそっくりなもので、そういうあだ名がついてるんですよ」バンクスが説明した。「それに、何というか、あの二人の報告はなかなか笑える」

「コメディアンなど願い下げだ」

「いやいや、これが優秀な連中でね」セリットーが言った。「聞きこみにかけては一番の腕利きだよ。去年クイーンズで八歳の少女を誘拐した獣《けだもの》の事件は知ってるな？　あの事件でもベディングとサウルが聞きこみを担当してね。あの一帯の住人全員に話を聞いた——二千二百人にだぞ。少女を救えたのはあのコンビのおかげさ。今朝の被害者がケネディ空港から消えた乗客の一人だと聞いて、ウィルソン市警本部長が自ら指名してその二人を捜査に加えた」

「で、その二人はいま何をしてる？」

「目撃者探しだな、主に。線路の周辺で。それから、タクシーと運転手についても嗅ぎまわってる」

ライムは廊下のトムに怒鳴った。「バーガーには電話したのか？　いや、するはずがないな。〝反抗的〟って言葉を聞いて何か思うところはないか、トム？　せめて手を貸してくれ。その現場鑑識報告書をもっと近くに持ってきて、ページをめくるんだ」ライムは顎でページめくり機を指した。「その機械ときたら役立たずもいいところだからな」

「今日はやけにご機嫌が麗しいようで」介護士が言い返す。

「もっと高く。やぶにらみになるじゃないか」

ライムはしばらく報告書を読んでいた。やがて目を上げる。

セリットーは電話で話をしていたが、ライムはかまわず割りこんだ。「今日の三時にどんなことが起きるにしろ、犯人が教えようとしている場所がわかれば、そこがすなわち次の犯行現場だ。捜索をする人間が必要になる」

「わかった」セリットーが答える。「ペレッティに連絡しよう。たまには相手をしてやろうぜ。あいつ、誰も寄りつかないものだからご機嫌ななめでね」

ライムが不満げに言った。「ペレッティがいいとは言ってないだろう？」

「ですが、ＩＲＤの期待の星は彼ですよ」バンクスが口を挟む。

「あいつはだめだ」ライムはぶつぶつと言った。「他に心当たりがある」

セリットーとバンクスは目配せを交わした。ベテラン刑事が意味もなくシャツの皺を伸ばし、微笑む。「ご希望の人間を手配してやるぞ。忘れたのか？　今日一日、おまえは王なんだから」

うつろな目をじっと見返す。

T・J・コールファクス、テネシー州東部の丘陵地帯からの黒髪の逃亡者、ニューヨーク州立大学ビジネススクール卒業生、辣腕の通貨トレーダーは、深い夢の底からちょうど這い出したところだった。もつれた髪が頬にはりつき、顔にも首筋にも胸元にも、汗が筋になって流れている。

気がつくと黒い瞳に正面から見つめられていた。錆びたパイプに空いた孔。直径およそ十五センチ、小さな盲蓋《めくらぶた》は取り外されている。

かび臭い空気を鼻から吸いこむ――口はまだテープでふさがれていた。ビニールの味、舌を焦がす接着剤の味。苦い。

ジョンは？　ジョンはどこだろう？　昨夜、地下室で聞いた大きな乾いた音のことは考えまいとした。テネシー州東部育ちの彼女は、銃声がどう響くものか、よく知っている。

T・Jはボスのために祈った。どうかジョンが無事でありますように。

落ち着きなさい、と自分を叱る。また泣いたりしたら、どんなことになるか、まさか忘れたわけじゃないでしょう。地下室で銃声が聞こえたとき、T・Jは動転してパニックに陥り、恐怖に泣きじゃくってあやうく窒息しかけた。

そう、その調子。落ち着いて。

パイプの黒い目を見て。こっちにウィンクしてると思うのよ。守護天使に見守られてると。

T・Jは百本はありそうなパイプやダクトや、蛇のようにくねるケーブルや電線に囲まれて、床に座っていた。そこは兄の経営する食堂より暑かったし、十年前のあのジュール・ウィーランの車の後部座席よりも暑かった。水が滴り、頭上の古びた梁から、固まった石灰質がつららのようにぶら下がっている。明かりは、六個ほど並ぶ小さな電球だけ。そしてT・Jの頭の上――真上には、何かの注意書きが掲げられていた。内容は判然としないが、赤い囲み線は見える。何らかのメッセージの最後に、ひときわ大きな感嘆符がついていた。

T・Jはもう一度身をよじってみたが、手錠は手首の骨に食いこむほどきつく、身動き一つできない。喉の奥から必死の叫びが、獣じみた叫びがこみあげた。しかし、口をふさぐ厚いテープと、絶え間ない機械の回転音がその声を呑みこんだ。彼女の悲鳴は誰の耳にも届いていないだろう。

黒い目は相変わらず彼女を見つめている。きっとあなたが助けてくれるのよね?

突然、彼方で鉄の鐘を叩くようながんという音が響き、沈黙は破られた。船のドアが大きな音を立てて閉まるみたいな音だった。音はパイプの孔から聞こえた。T・Jの味方、黒い目から。

T・Jはパイプにつながれた手錠の鎖をいっぱいまで引っ張り、立ち上がろうとした。だが、数センチ動くのが精一杯だった。

大丈夫よ、パニックを起こしちゃだめ。肩の力を抜いて。きっと助かるから。

そのときふと、頭上の注意書きが目に入った。手錠を緩めようともがくうち、わずかに背筋が伸び、頭を脇へ動かしていたらしい。その結果、斜めにではあるが文字が読めた。

注意書きの言葉を信じた。

T・Jは母の姿を思い描いた。母の丸顔、ひっつめた髪、青紫色の部屋着を着て「大丈夫よ、ハニー。心配しないの」とささやく声。

T・Jは母の慰めを信じなかった。

涙がふたたびあふれだす。

そんな。神様、そんな……

危険！　高圧・高温のスチームが噴き出します。パイプから盲蓋を取り外さないこと。増設の際はコンソリデーテッド・エジソン社へご一報ください。危険！

黒い目、スチームパイプの心臓部に通じる孔は、T・Jに向かって口を開けていた。T・Jの胸のピンク色の肌をまっすぐ見つめていた。パイプの奥深くのどこかから、金属と金属がぶつかりあう乾いた音、くたびれた接合部を職人がハンマーで叩く音がふたたび響いた。

タミー・ジーン・コールファクスは泣き、泣き叫び、そして彼方ではまた音が響く。

それからどこかでごくかすかな唸りが聞こえた。次の瞬間、涙で濡れたT・Jの目に、あの黒い目がついにウィンクするのが見えたような気がした。

5

「要するにこういうことだ」リンカーン・ライムは高らかに宣言した。「拉致事件発生、タイムリミットは午後三時」

「身代金要求はなし」セリットーがそう言ってライムの要約を補うと、脇を向き、鳴りだした携帯電話に応えた。

「ジェリー」ライムはバンクスを呼んだ。「彼らに今朝の現場について要点を話してやってくれ」

ここ最近この部屋を訪れた総人数よりもはるかに大勢の人間が、リンカーン・ライムの薄暗い寝室をうろうろしていた。事故後、友人が予告なしにひょっこり顔を出すことはあったが(ライムの在宅の可能性は、もとより非常に高い)、ライムは来ないでくれと言って友人たちを遠ざけた。そのうえ電話があっても自分からかけ直すこともしなくなり、世捨て人のようにますます一人の世界に入りこむようになった。著作の執筆に時間を費やし、やがて新たな本の着想が浮かばなくなると、読書に没頭した。読書に飽きると、次はレンタルビデオやペイ・パー・ビューの映画を見たり、音楽を聴いて過ごした。そのうちTVやステレオにも見切りをつけ、介護士がライムに命じられるままにベッドの真向かいの壁にテープで貼りつける、複製絵画を何時間も眺めた。しかしついに絵画熱も冷めた。

孤独。

彼が切望するのはそれだけだった。そしていま、それがひどく恋しかった。

緊張した面持ちで部屋を行ったり来たりしているのは、ジム・ポーリング。捜査主任はロン・セリットーだが、今回のような事件の捜査には警部クラスの指揮が必須とされ、ポーリングは自らその任務を買って出た。時限爆弾のようなこの事件は、爆発すれば一発でキャリアが粉微塵に吹き飛ぶ危険をはらみ、したがって市警本部長や副本部長らは大喜びでポーリングを砲火の盾にした。いまごろは火の粉をよけるテクニックをせっせと磨いていることだろう。ひとたびTVカメラが回る記者会見の席につけば、〝任命し〟とか〝一任し〟とか〝報告を受けて〟といった言葉を連発し、記者の容赦ない質問にさらされるや、すかさずポーリングのほうに目を向けることだろう。わざわざ志願してまで今回のような捜査を指揮する警察官がこの世に存在するとは、ライムには信じがたかった。

ポーリングは風変わりな男だった。小柄な彼は、ライバルを押しのけるようにしてミッドタウン・ノース分署のトップに昇りつめた、市警でもっとも出世の早い、そしてもっとも恐れられる殺人課刑事だった。激しやすいことで有名で、丸腰の容疑者を射殺して危うい立場に追いこまれたこともあった。しかしポーリングは、ライムが事故にあった連続警官殺し事件、シェパード事件を解決し、奇跡的にキャリアを立て直した。その注目の事件の犯人逮捕に成功したあと、ポーリングは警部に昇格し、それに伴って、ジーンズやシアーズのスーツをあきらめてブルックス・ブラザーズのスーツに身を固めるというあまり嬉しくない方向転換を迫られ（今日の彼はカルバン・クラインの紺色のカジュアル・スーツをまとっている）、ワン・ポリス・プラザ上層階の角を占める贅沢なオフィスめざして辛抱強く出世階段を上り始めていた。

ライムのそばのテーブルには、別の警察官が寄りかかっている。クルーカットで手足のひょろ長いボー・ハウマンの階級は警部、ニューヨーク市警のSWAT隊、ESU隊長を務めている。

バンクスが説明を終えたとき、セリットーも通話を終えて電話を折り畳んだ。「ハーディ・ボーイズからだ」

「タクシーについて新しい情報は？」ポーリングが尋ねた。

「ゼロ。あの二人が聞きこみを続行してる」

「被害者の女性がまずい相手と関係を持っていた形跡はないのか？　たとえばサイコの恋人がいたとか？」

「ないな。決まった相手はいなかったらしい。何人かの男とたまにデートくらいはしてたようだが。ストーカー事件でもなさそうだ」

「身代金要求もまだないんだな？」ライムが訊く。

「ない」

玄関のブザーが鳴った。トムが応対に出た。

話し声が近づき、ライムはそちらに目を向けた。

まもなく、トムに案内されて制服警官が階段を上ってきた。彼女は遠目には非常に若く見えたが、近づくにつれ、三十歳くらいらしいとわかった。背が高く、ファッション誌のページからこちらをじっと見つめる女たち特有の、不機嫌そうな美しさを発散していた。

人間の他人を見る目は、自身をどう見るかに左右される。事故以来、リンカーン・ライムが他の人々を肉体という観点からとらえることはまれになっていた。彼女のすらりと伸びた背、形のよい尻、燃えるような赤い髪はライムの目にも映っていた。他の男ならそういった要素に注目し、いい女じゃないかと考えただろう。しかしライムの心にはそんな言葉は浮かばなかった。ライムに強烈な印象を与えたのは、彼女の目に浮かんだ表情だった。

それはお馴染みの驚愕ではなく――ライムの体が不自由であることを前もって聞かされていなかったのは明らかだった――何か別の種類のものだった。これまでにライムが出会ったことのない表情。まるでライムの境遇を目にして、緊張がほぐれでもしたような。大多数の人間が見せるのとは正反対の反応だった。彼女はリラックスした様子で部屋に入ってきた。

「サックス巡査だね？」ライムは確かめた。

「そうです」彼女は応え、手を差し出しかけて思い止まった。「ライム警部補」

セリットーが彼女をポーリングとハウマンに紹介した。彼女は二人を知っていたらしい。少なくとも評判を耳にしていたのだろう、彼女の目にふたたび警戒の色が戻った。

サックスは部屋を見まわした。埃。陰鬱な雰囲気。絵画のポスターの一枚にちらりと目をやる。もともとは巻かれていたポスターの端が伸び、テーブルの下に転がっていた。エドワード・ホッパーの『夜更かしをする人たち』。深夜、ダイナーに現れる孤独な人々を描いた絵。最後まで壁に貼られていた一枚だった。

ライムは午後三時のタイムリミットについて手短に説明した。サックスは表情一つ変えずにうなずいていたが、彼女の瞳に何らかの表情——恐怖か？　嫌悪か？——がよぎるのをライムは目にした。

スクール・リングははめているが結婚指輪はしていないジェリー・バンクスは、輝くばかりの彼女の美しさにたちまち魅せられ、とっておきの微笑みを浮かべてみせた。しかしサックスの反応はバンクスの顔を一瞥するにとどまり、縁組が成立しなかったことは傍目《はため》にも明らかだった。それどころか、永遠に成立しそうになかった。

ポーリングが言った。「ひょっとしたらこれは罠かもしれないぞ。犯人が示す場所を発見して踏みこんでみると、爆弾が仕掛けてある、とか」

「それはないだろう」セリットーは肩をすくめた。「罠だとしたら、どうしてこんな面倒な手順を踏む？　警官を殺したいなら、警官を探して銃をぶっ放せばすむ話だ」

ポーリングの視線がセリットーからライムに飛び、気まずい沈黙がしばし流れた。その場の全員が、ライムが負傷したのが警官殺し事件だったことを思い出していた。

しかしリンカーン・ライムはその失言を意に介さず、話を続けた。「私もロンと同意見だ。だが、捜索班や人質救出班の面々には、待ち伏せに用心するよう伝えておくべきだろうな。我らが未詳にはこっちの常識は通用しそうもないから」

サックスがふたたびホッパーの絵画のポスターに目をやった。ライムは彼女の視線をたどった。ダイナーの人々は本当は孤独でなどないのかもしれないと考えてみる。そう思うと、どの顔もいかにも満足げに見えてきた。

「今回の証拠物件は二種類に分けられる」ライムは先を続けた。「まずは標準的な証拠物件。犯人が故意に残したのではないものだ。毛髪、繊維、指紋。血痕、靴跡も入れてもいい。こういった証拠が充分集められれば――そのうえ運が味方につけば――第一の犯行現場を見つけられるだろう。つまり、犯人の住居だ」

「あるいは潜伏場所か」セリットーが口を挟む。「つまり一時的な居所か」

「アジト？」ライムは考えこむようにしながらうなずいた。「確かにそうだ、ロン。活動の本拠地が必要だからな」ライムは話を元に戻した。「もう一つは意図的に残された証拠物件だ。時刻と日付を示す紙片の他に、ボルト、アスベストの塊、それに砂が発見されている」

「まるで借り物競走のお題だな」ハウマンが唸るように言い、きれいに刈りこまれた頭を片手でなであげた。そう言えば、ハウマンの前職は軍の教練指導官だったが、なるほど、いかにもそれらしく見えるじゃないかとライムは思った。

「じゃあ、お偉方には被害者救出の可能性ありと伝えていいんだな？」ポーリングが訊いた。

「ああ、いいだろうな」

警部は電話をかけ、話しながら部屋の隅に歩み去った。やがて電話を終えると不満げに言った。「市長だよ。本部長も一緒でね。一時間後に記者会見を開くそうだから、私も同席してあの二人が一物をちゃんとしまってジッパーを上げてあるか、確かめてやらなくちゃいけない。他にお偉いさんに伝えられる情報はあるかね？」

セリットーがライムの顔を見、ライムは首を振った。

「いまのところは」セリットーが答える。

ポーリングは自分の携帯電話の番号をセリットーに伝えると、小走りに部屋を出ていった。

ポーリングと入れ違いに、頭が禿げかけた三十代の痩せた男が階段をゆっくり上ってきた。メル・クーパーは、コメディドラマの野暮な隣人役が似合いそうな、あいかわらず間の抜けた雰囲気を漂わせていた。クーパーの後ろから、大型かばん一個と、それぞれ千ポンドくらいは目方がありそうなスーツケースを持った若い警察官が二人現れる。二人は重い荷物を置くと帰っていった。

「メル」

「ライム警部補」クーパーはライムに近づき、無用の長物となり果てたライムの右手を握った。今日の訪問客中で彼の体に触れたのはクーパーが初めてだとライムは気づいた。ライムとクーパーは、かつて何年間も一緒に仕事をしていた。有機化学、数学、物理学の学位を持つクーパーは、個人識別——指紋照合やDNA型検査、遺体の復元——と証拠鑑定の専門家だった。

「世界一の犯罪学者のご機嫌はいかがですかな？」クーパーがライムに訊く。

ライムは軽く鼻で笑った。その称号は、何年か前、FBIがPERT（証拠鑑定班）を立ち上げる際、ライムを——市警の一刑事を——アドバイザーに指名するという驚くべきニュースが報じられたとき、マスコミによって奉られたものだった。記者たちは〝法科学者〟や〝科学捜査官〟といった肩書に飽き足らず、〝犯罪学者〟という新しい呼び名をライムに贈ったのだ。

犯罪学者という言葉自体ははるか以前から存在していた。最初にそう呼ばれた人物は、カリフォルニア州立大学バークリー校犯罪学科の学科長だった伝説的学者ポール・リーランド・カークだ。そしてこの全米初の犯罪学科を創設したのは、カークにも増して伝説的な学者〝チーフ〟・オーギュスト・フォルマーだった。ところがいまやこの肩書はすっかり流行になり、カクテル・パーティなどでブロンド美人に言い寄る際、以前なら法科学者を名乗った人物が、こぞって犯罪学者を自称する。

「誰だって一度は見る悪夢だな」とクーパーは言った、「たまたまつかまえたタクシーの運転手がサイコ野郎だったなんてのは。しかも例の会議のおかげで、全世界の目がこのビッグ・アップルに向いている。こうなりゃきっとあんたが隠居所から担ぎ出されることになると思ってたよ」

「おふくろさんの調子はどうだ？」ライムは尋ねた。

「あいかわらずあっちが痛い、こっちが痛いと文句ばかり言ってる。それでも俺に比べりゃ健康体だ」

クーパーは、クイーンズの平屋建ての家で生まれ、年老いた母親と一緒にいまも生家で暮らしている。社交ダンスにご執心で、十八番はタンゴだった。ゴシップ好きの警官の例に漏れず、ＩＲＤでも彼の性的嗜好について憶測が飛び交ったことがある。ライムは部下の私生活にはまるで関心がなかったが、クーパーの恋人、コロンビア大学高等数学科教授、目をみはるような北欧美人のグレタを紹介されたときは、周囲同様、彼も驚いたものだ。

クーパーは綿入りのベルベットの内張がついた大型のケースを開けた。大型顕微鏡三台分の部品を取り出し、組み立て始める。

「そうか、家庭用電流だよな」クーパーはコンセントをちらりと見て、がっかりしたように言った。鼻の上の金属フレームの眼鏡を押し上げる。

「ここは民家だからな、メル」

「あんたが実験室に住んでるような気になってたよ。本当にそうだったとしても俺は驚かない」

ライムは機器類を見つめた。どれも灰色や黒で、使い古されている。ライムが十五年以上も一緒に暮らした機器類とそっくりだった。標準型複式顕微鏡、位相差顕微鏡、偏光顕微鏡。クーパーがスーツケースを開けると、今度は子ども向け科学実験番組『ミスター・ウィザード』ばりに種々揃った瓶やビーカーや科学器具が現れた。瞬時にライムは専門用語を思い出していた。かつては日常語の一部だった言葉の数々。EDTA血液真空保存器、酢酸、オルトトリジン、ルミノール試薬、マグナ・ブラシ、ルーヘマン紫現象……

クーパーが部屋を見まわした。「昔のあんたのオフィスそっくりだな、リンカーン。探し物はさぞかし大変だろう？　たとえば、俺は物を置くスペースを探してるんだが」

「トム」ライムは一番散らかっていないテーブルのほうに頭を動かした。トムたちが雑誌や書類や本をどけると、ライムが一年ぶりにお目にかかるテーブルトップが現れた。セリットーが現場鑑識報告書を見つめた。「未詳を何と呼ぶことにしようか？　事件番号はまだ振られていない」

ライムはバンクスに目を向けた。「番号を選べ。何番でもいいぞ」

バンクスが提案する。「例のページ番号にしましょう。いや、つまり日付ですね」

「未詳八二三号。それでいこう」

セリットーがその番号を報告書に書きつけた。

「あの、すみません。ライム警部補？」

そう呼んだのは女性巡査だった。ライムは彼女のほうに顔を向けた。

「私、正午にビッグ・ビルディングに行くはずだったんですが」現場の警察官は、市警本部のあるワン・ポリス・プラザをビッグ・ビルディングと呼ぶ。

「サックス巡査……」ライムは束の間、彼女のことを忘れていた。「今朝、初動捜査を行なったのはきみだそうだね？　線路脇の殺人事件のことだが」

「その通りです。無線に応えたのは私でした」何か言うたび、彼女はトムのほうに顔を向けた。

「私はこっちだ、巡査」ライムはいまにも爆発しそうな怒りをかろうじて抑え、険しい声でたしなめた。「こっちだよ」他人を——健常者を介して彼と話そうとする人間に出会うと、無性に腹が立つ。

彼女がさっとライムのほうに向き直った。教訓は叩きこまれたらしい。「はい、警部補」そう答えた彼女の声は穏やかだったが、瞳は氷のように冷たかった。

「私はすでに警察を離れた人間だ。リンカーンと呼んでくれ」

「とにかく早くすませてくださいませんか？」

「何をだ？」

「私をお呼びになった理由です。申しわけありません。私の考えが至りませんでした。始末書を出せとおっしゃるなら、提出します。ただ、新しい部署にすでに遅刻していますし、上司に連絡する暇もなくて」

「始末書？」ライムは聞き返した。

「ですから、犯罪らしい犯罪の現場はまったく初めてだったもので。勘だけで行動したようなものだったんです」

「いったい何の話かね？」

「列車を止め、十一番街を通行止めにした件です。上院議員がニュージャージーでの演説に遅刻したのも、国連の高官が会議の開始時間にニューアーク空港から到着できなかったのも、私の責任です」

ライムはくっくっと笑った。「私が誰だかわかって言ってるのかね？」

「いえ、もちろんあなたのお名前は聞いています。てっきり……」

「死んだと思っていた？」ライムは訊いた。

「いえ、そうまでは」と否定したものの、言いかけたのはまさにその通りのことだった。あわててつけくわえる。「アカデミーでは全員があなたの著書を教科書に勉強します。でも、あなたについては何も聞かされません。いえ、個人としてのあなたについて、という意味ですが……」サックスは目を上げて壁を見つめ、ぎこちなく言った。「私は現場に最初に到着した警察官として、現場保存のために列車を止め、道路を通行止めにするのが最善だと判断しました。そしてそれを実行しました。警部補」

「リンカーンでいい。ところできみは……」

「あの――」

「きみのファーストネームは？」

「アメリアです」

「アメリアか。かの女性飛行士にちなんで？」

「いいえ。代々受け継がれている名前です」

「アメリア、始末書などいらないよ。きみの判断は正しかった。判断ミスを犯したのはヴィンス・ペレッティのほうだ」

セリットーはこの軽率な発言にあわてたが、リンカーン・ライムは知らぬ顔を決めこんだ。なにしろライムは、アメリカ合衆国大統領が部屋に入ってきても立ち上がって敬意を表す必要のない、世界でも一握りの人物の一人なのだ。「ペレッティは市長に手元をのぞかれながら現場を捜索したようなものだよ。そんなやり方をすれば確実に大失敗をやらかす。人員は多すぎた。列車の通行を許可し道路の通行止めを解いたのは絶対に間違っていた。そのうえ、あんなに早々に封鎖を解除するとはな。線路を確保できていれば、ことによると、犯人の名前が書かれたクレジットカードの使用控えを発見できたかもしれない。あるいは大きくて明瞭な親指の指紋とか」

「かもしれないな」セリットーが言葉を選んで応じた。「しかし、それはここだけの話にしようや」彼の目はサックス、クーパー、若きジェリー・バンクスと巡回して、無言のうちに釘を刺した。

ライムは嘲るように笑った。それからサックスのほうにふたたび顔を向けてみると、サックスは、その朝のバンクスと同じように、あんず色の毛布を掛けられたライムの脚や体に目を奪われていた。「きみをここへ呼んだのは、次の現場の捜索を頼みたかったからだ」

「は？」今回は通訳を介さずに答えが返った。

「捜索を頼む」ライムは無愛想に繰り返した。「次の現場の捜索を」

「そう言われても」――サックスは笑い――「私はＩＲＤ部員ではありません。警邏課です。現場鑑識など一度も経験がありません」

「これは特異な事件だ。このあとセリットー刑事からも説明があるだろうが。実に変わった事件でね。そうだろう、ロン？　確かに、型通りの事件だったら、きみに頼みたいなどと私だって言わないさ。しかし今回は、偏見とは無縁の人物の目がぜひとも必要だ」

サックスはセリットーの顔を見たが、セリットーは黙っていた。「でも……私には無理です。絶対に無理です」

「ほう」ライムは辛抱強く言った。「それは本心かね？」

サックスがうなずく。

「現場を保存するために通行中の列車を止め、そのあとの非難にも耐え抜く度胸を持った人物がぜひとも必要なんだが」

「チャンスをくださってありがとうございます、警部補。いえ、リンカーン。だけど――」

ライムはすかさず遮った。「ロン」

「巡査」セリットーはサックスに向かい、うめくように言った。「いいか、きみに選択権は与えられていない。すでにきみは現場鑑識支援のためにこの捜査班に配属されているんだよ」

「お受けできません。私は警邏課から転属になりましたから。今日付けで。健康上の理由による転属です。一時間前に辞令が発効しています」

「健康上の理由？」ライムが尋ねた。

サックスはためらった。無意識のうちにふたたびライムの脚に目を向ける。「関節炎を患っていて」

「関節炎か」

「慢性関節炎です」

「それは気の毒に」

サックスは早口につけくわえた。「今朝、あの通報を受けて現場に行ったのも、たまたま病気で休んだ人がいて手が足りなかったからなんです。まるで予定外のことで」

「だろうな。しかし、私にしたって、こんな体になるとは予定外のことだった」リンカーン・ライムは言った。「さて、証拠物件の検討を始めようじゃないか」

6

「まずボルトだ」

最初にもっとも他とそぐわない証拠を分析せよという、古典的鑑識規則に則《のっと》って。半分錆びた鉄のボルトが入ったビニール袋をトムがいろいろな角度に向け、ライムはそれを観察した。先端は丸かった。すりへっている。

「指紋が付着していないというのは確かだろうな？　微粒子試薬は試したのか？　風雨にさらされた証拠にはあれが一番だ」

「指紋はない」メル・クーパーが断言した。

「トム、髪が目に入る！　後ろに梳かしてくれ。今朝、梳かしつけてくれと頼んだだろう」

介護士は溜息をつき、もつれた黒髪をブラシでかきあげた。「口に気をつけたほうがいいですよ」トムは脅すような口調で言った。ライムがうるさそうに頭を振り、髪がますます乱れた。アメリア・サックスは部屋の片隅でむくれている。椅子の下の両足は短距離走者のスターティング・ポジションに置かれ、事実、彼女はスタートのピストルが鳴るのを待ち構えているように見えた。

ライムはふたたびボルトに目を戻した。

ＩＲＤ部長を務めていた当時、ライムはデータベース構築を開始した。ＦＢＩの自動車塗料インデックスやＡＴＦ（アルコール・タバコ・火器局）のタバコ目録に類似するデータベースが目標だった。弾丸のサンプル、繊維、布、タイヤ、靴、工具、エンジンオイル、ギヤオイル。何百時間も費やして、索引と相互参照索引付きの目録を作成した。

それでも、その作業に過剰なまでに労力を費やしたライムの在職期間中にも、ＩＲＤは金属製品のカタログ編纂には着手していなかった。なぜ思い立たなかったのだろうとライムは悔やみ、それに時間を割かなかった自分に怒りを覚えたが、ヴィンス・ペレッティもやはりそれには思い至らなかったと知ってさらに腹が立った。

「アメリカ北東部のボルト製造業者と仲買業者に片端から電話をかける必要があるな。いや、全国のだ。これと同じ型のものを製造していないか、取引先はどこか問い合わせるんだ。ボルトの仕様説明と写真を通信司令官宛てにファックスしろ」

「しかし、購入先は百万軒もあるかもしれませんよ」バンクスが言った。「全国のエース・ハードウェアチェーンやシアーズが該当しかねない」

「そうは思わないな」ライムは反駁した。「この手がかりをたどれば何かわかるはずだ。たどっても無駄なものなら、犯人は現場に残さなかっただろう。このボルトの出所は限られている。断言してもいい」

セリットーが電話をかけ、数分後、顔を上げた。「通信司令官を確保したよ、リンカーン。四名だ。製造業者の名簿はどこで手に入る？」

「パトロールを一人、四十二丁目に向かわせろ。公立図書館だ。あそこなら法人名簿がある。それまでは職業別電話帳を見て電話をかけさせてくれ」

セリットーが電話の相手に指示を伝える。

ライムは時計を見上げた。一時三十分。

「次。アスベストだ」

ほんの一瞬、その言葉が心の中で熱を発した。震えを感じる――震えなど感じないはずの部位に。アスベストの何がこうも引っかかるのだろう？　どこかで読んだもの、あるいは耳にしたこと――つい最近のような気がする。とはいえ、リンカーン・ライムは時間に関する自らの感覚をもはや信頼していなかった。幾月も幾月もそして幾月も身動き一つできずに横たわっていると、時間の経過はどんどん遅くなり、しまいには止まったも同然になる。二年も前に読んだ記事が記憶に蘇っただけのことかもしれない。

「アスベストについてわかっていることは？」ライムは考えこんだ。誰も答えなかったが、かまわなかった。彼は自分で自分の問いに答えた。もともとそのほうが好きなのだ。アスベストは錯化合物、ケイ酸塩の重合体。ガラスと同じく、すでに酸化しているために不燃。

古い殺人事件の現場を捜索したとき――法人類学者や法歯学者との共同捜索だった

——断熱材にアスベストを使用した建物をしばしば目にした。発掘作業中は着用を義務づけられていたフェイス・マスク独特の味を、いまも覚えている。さらに、三年半前、ダン・シェパードに殺害された警察官の遺体を発電機室で発見した作業員は、地下鉄シティ・ホール駅のアスベスト除去作業中だったことも思い出した。ライムが遺体の上にかがみこみ、警察官の水色のシャツについた繊維を慎重につまみ上げようとした瞬間、オーク材の梁が裂け、崩れる音が轟いたのだ。おそらくあのマスクをしていたおかげで、塵や砂に埋もれながら窒息死せずにすんだのだろう。

「アスベストの除去作業現場に被害者を監禁しているのかもしれないな」セリットーが言った。

「可能性はある」ライムもうなずいた。

セリットーはバンクスに指示した。「連邦環境保護局と市の環境保護事業局に問い合わせろ。目下、除去作業工事が行なわれている場所があるか確認するんだ」

バンクスが電話をかけ始める。

「ボー」ライムはハウマンに確認した。「きみの部隊も出動できるな?」

「いつでもいいぞ」ESU隊長は請け合った。「ただし言っておくが、部隊の半分は例の国連のほうに張りついてる。シークレット・サービスと国連警備局の応援でな」

「環境保護局の情報が入ります」バンクスがハウマンを手招きし、二人は部屋の隅に移動した。書籍の山をいくつか脇へどける。ハウマンがESUのニューヨーク戦略地図の一枚を広げたとき、何かがからんと音を立てて床に落ちた。

バンクスが飛び上がった。「うわっ」

ライムが横たわった位置からでは、落ちた物体は見えなかった。ハウマンが一瞬ためらったのちにかがみ、脊柱の標本を拾い上げてテーブルに置き直す。

ライムは何組かの目が自分に向けられていることを感じたが、骨については何も言わなかった。ハウマンが地図に身を乗り出し、電話を耳に当てたバンクスが、アスベスト除去作業中の地点をハウマンに伝える。ハウマンは油性鉛筆で印をつけていった。相当数の印がニューヨーク市の行政五区に散らばった。気がめいる光景だった。

「もっと範囲を狭める必要があるな。よし、砂だ」ライムはクーパーに指示した。「顕微鏡で見てみろ。思いついたことを言ってくれ」

セリットーが証拠物件の袋をクーパーにわたすと、クーパーは中身をほうろうの検査皿に空けた。きらきらと光る粉のような砂から、小さな塵の雲が広がった。他にも表面が滑らかに削れた石が一つ入っていて、砂のてっぺんに転がり落ちて埋もれた。

ライムは声を失った。目にしたものに驚いたわけではなく――だいたい、目にしたものの正体はまだわかっていない――彼の脳が発した、鉛筆を持ってつついてみろと命じる神経インパルスが、使いものにならない右腕に向かう途中でふっと途絶えたからだった。そんな衝動を覚えるのは、一年ぶりだろうか。涙がにじみそうになる。ただ一つの慰めは、ドクター・バーガーが持ち歩いているセコナール入りの小さな瓶とビニール袋の記憶——守護天使のようにこの部屋を漂うイメージ——だった。

ライムは咳払いをした。「指紋採取！」

「何の？」クーパーが聞き返す。

「石だよ」

セリットーが不審な顔で彼を見つめた。

「その石は初めから現場にあったものではない」ライムは言った。「場違いなものだろう。置かれていた理由を知りたい。指紋を採取してみろ」

クーパーは陶磁器製の先端がついたピンセットを使って石を持ち上げ、観察した。次にゴーグルをかけ、ポリライトの光を石に当ててみる。ポリライトとは、車のバッテリーほどの大きさの電源函で、ペン型のライトが付いている。

「何もない」クーパーが言った。

「ＶＭＤは？」

ＶＭＤすなわち真空蒸着は、非多孔質物質から潜在指紋を採取するテクニックとしてもっとも力を発揮する手法だった。試料を真空装置内に置き、その中で金あるいは亜鉛を熱的に昇華させる。すると指紋に沿って金属の薄膜がつき、紋様が鮮明に浮かび上がる。

ところが、クーパーはＶＭＤ装置を持ってきていなかった。

「いったい何ならあるんだ？」ライムはなじるように訊いた。

「ズダンブラック、安定化物理展開剤、ヨウ素、アミドブラック、DFO、ゲンチアナバイオレット、マグナ・ブラシ」

他に多孔質の物質表面から指紋を採取するためのニンヒドリン、滑らかな表面に使用するスーパーグルー接着剤。ライムは、何年か前、ある驚愕すべきニュースが犯罪鑑識科学界を駆け巡ったことを思い出した。在日本アメリカ陸軍科学捜査研究所のある研究者が、スーパーグルーを使ってカメラの修理をしていたとき、偶然にも、この接着剤の蒸発気こそ指紋検出のために開発された大部分の薬品よりも優れた検出剤であるという意外な発見をしたのだ。

クーパーはこの手法を利用して検査を行なった。ピンセットで石をつまんで小さなガラスの箱に移し、熱したプレートにスーパーグルーを少量のせてそこに入れる。数分後、石を取り出した。

「何か見えるぞ」クーパーはそう言うと、長波長UVパウダーをふりかけ、ポリライトの光を照射した。指紋が明瞭に浮かび上がった。それも真ん中に。クーパーはポラロイドCU－5、実物大に撮影できるカメラで写真を撮った。その写真をライムに見せる。

「もっと近くに」ライムは目を細めて観察した。「やっぱり！　石を転がしたんだよ」

物を転がして、つまり指先を物体の上で回転させた結果付着する指紋は、拾い上げたときに付く指紋とは違った痕跡を示す。微妙な差異だが——摩擦稜線の間隔が箇所によってまちまちになる——目の前のこれは見間違いようがなかった。

「それに見ろ、これは何だ？」ライムはつぶやいた。「そこの線だ」指紋の上に三日月型の線がかすかに浮かんでいる。

「これはまるで――」

「そうだ」ライムは言葉を引き継いだ。「女性の爪だな。普通は爪の跡は残らない。だが、おそらく奴は、この石が確実に拾われるように位置を微妙に変えたんだろう。そのときに油が付着した。ちょうど指紋が残るように」

「何のためにそんなことを？」サックスが質問した。

周囲の誰一人として自分の思考速度についてきていないことにふたたび苛立ちを覚え、ライムはそっけなく説明した。「奴は二つのことを伝えようとしている。第一に、被害者が女性であることを確実に知らせようとした。警察が今朝発見された遺体と彼女とを結びつけない可能性を考慮して」

「なぜ知らせたいんでしょう？」バンクスが訊く。

「人質の価値を上げるためだ」ライムは答えた。「我々をよけいに焦らせようという魂胆だな。女性が危険にさらされているぞと言ってきてるんだ。被害者二人の価値を天秤にかけたわけだよ。我々の誰もがするように――ただし誰もがそんな真似はしたことがないと言い張るだろうが」そう言ったとき、ふとサックスの手が目にとまった。ライムは驚いた。あれほど綺麗な女なのに、手指はぼろぼろだった。肌色のバンドエイドを貼った指が四本。肉がむき出しになるまで爪を嚙んだらしい指が何本か、その他にも黒っぽく変色した血がこびりついている指が見えた。さらにライムは、彼女の眉の下の皮膚が炎症を起こして赤く腫れていることに気づいた。眉毛をむしったのだろう。耳の横にはひっかき傷がある。自傷行為だ。睡眠薬とアルマニャック以外にも、自分を痛めつける方法は無数に存在するらしい。

ライムは大きな声で続けた。「もう一つ、奴が伝えようとしているメッセージについては、さっきも話した通りだ。奴は証拠鑑定を熟知している。そのうえで、ありきたりの証拠は忘れろ、と宣言してるんだよ。そんなものは一つだって残すものかとね。無論、本人がそう思いこんでいるだけだ。我々は必ず何か見つけ出してみせる。必ず」そこでライムは急に険しい顔になった。「地図だ！　地図が要る。トム！」

トムの声がした。「どの地図です？」

「わかるだろう」

トムは溜息をついた。「見当もつきませんよ、リンカーン」

窓の外に目を向け、半ば独り言のようにライムはつぶやいた。「線路をまたぐ陸橋、密造酒運搬トンネルに通用口、アスベスト――古い時代のものばかりだ。この男は古いニューヨークがお好みらしい。つまり、必要なのはランデルの地図だ」

「で、それはどこにしまってあるんです？」

「原稿執筆用の資料ファイルだよ。他のどこだと思うんだ？」

トムは紙挟みの山を掘り返し、マンハッタンを水平に描いた横長の地図を引っ張り出した。「これですか？」

「そう、それだよ！」

それは、ニューヨーク市当局がマンハッタンの道路計画立案のために一八一一年に作らせたランデル測量図だった。この測量図は、南のバッテリー・パークを左側に、北のハーレムを右側に置いて、マンハッタンを水平に描いていた。こうして寝かせてみると、マンハッタン島は、獲物に食いつこうと頭をもたげ、身構える犬にも似ていた。

「そこに画鋲で留めてくれ。そうだ」

トムが地図を壁に貼ると、ライムはだしぬけにこう命じた。「トム、きみを臨時捜査官に任命しよう。ロン、トムにぴかぴかのバッジか何かをやってくれ」

「リンカーン」トムがぶつぶつと言う。

「きみが必要なんだ。いいじゃないか。サム・スペードとかコジャックが子どものころからの憧れだったんだろうに？」

「僕はジュディ・ガーランド一筋ですよ」トムは言い返した。

「だったらジェシカ・フレッチャーで決まりだ！　きみはプロファイルを書く係だぞ。ほらほら、使いもしないのにいつもシャツのポケットに挿してる例のモンブランを出せ」

トムは呆れたように天井を見上げ、パーカーのペンを構えると、テーブルの一つの下に積み上げてあった埃まみれの黄色いメモ用紙を取った。

「いや、もっといいことを思いついた」ライムは誇らしげに言った。「ポスターを一枚、壁に貼ってくれ。そのへんに転がってる絵のポスターだよ。裏返しにしてテープで留めて、白い面にマジックで書いてくれ。大きな字で頼むぞ。私にも読めるようにな」

トムはモネの睡蓮の絵を選び、壁に貼った。

「一番上に〝未詳八二三号〟と書く。その下を四つに分ける。〝容貌〟、〝住居〟、〝移動手段〟、〝その他〟だ。いいぞ。よし、始めよう。目下判明している事実は？」

セリットーが言った。「〝移動手段〟……タクシーを使っている」

「その通りだ。それから、〝その他〟の下に、CS——現場鑑識を熟知していると書いてくれ」

「つまり」セリットーが口を挟む。「まえがあるかもしれないということだな」

「何ですって？」トムが聞き返す。

「逮捕歴があるかもしれないということだ」セリットーが解説する。

バンクスが言った。「三二口径のコルトを所持していることも書いたほうがよくはないでしょうか」

「そりゃそうだ」セリットーがうなずく。

ライムは次の項目を挙げた。「それからFRを……」

「FR？」トムが訊いた。

「摩擦稜線《フリクション・リッジ》——指紋のことだ。一般に指紋と呼んでいるのは摩擦稜線の跡のことさ。

人間の手や足には、滑り止めのために細い稜線が走っている。それから、奴はアジトに潜んでいる可能性大と書いてくれ。その調子だ、トム。おい、見ろよ、生まれながらの刑事だ」

トムはライムをにらみつけてから一歩後ろに下がり、シャツを手で払った。壁の蜘蛛の巣が絡みついたらしい。

「さあ、みなさん、ご注目ください」セリットーが言った。「ミスター八二三号をご紹介いたしますってとこか」

ライムはメル・クーパーのほうを向いた。「次に砂だ。砂について判明したことは？」

クーパーがゴーグルを目から外して青白い額に押し上げた。少量の砂をスライドグラスにのせ、偏光顕微鏡にセットする。それからダイヤルを調整した。

「ふうむ。これは珍しいな。複屈折なしだぞ」

偏光顕微鏡を使うと複屈折が観察できる——複屈折とは、試料に含まれる結晶や繊維などの屈折率の違いによって、光線が二種類の成分に分かれる現象だ。通常、海辺の砂はきわめて高い複屈折率を示す。

「つまり、それは砂ではないわけだ」ライムはつぶやいた。「砕かれて砂のようになったもの……個別化は可能か？」

個別化……それこそ犯罪学者の最終目標だった。証拠物件の大部分は同定可能だ。しかしその正体が判明してもなお、その物体や物質の由来として、数百、数千もの可能性が残されるのが通例である。一方、個別化された証拠物件とは、由来を一つ、あるいは限られた少数に特定できたものを指す。たとえば、指紋、ＤＮＡ構造、容疑者の車の塗料が剝げた箇所にジグソーパズルのようにぴたりとはまる塗料片などがこれに該当する。

「たぶん」クーパーが答えた。「こいつの正体さえわかれば」

「砕いたガラスか？」ライムは思いつきを口にした。

本来、ガラスは砂が融解したものだが、製造過程で結晶の構造が部分的に変化する。粉ガラスに複屈折はない。クーパーはサンプルを注意深く観察した。

「違う。これはガラスじゃない。だが、何だかわからないな。ＥＤＸがあればいいんだが」

科学捜査研究所ならどこでも備えている検査機器の一つが、走査型電子顕微鏡とＥＤＸ（エネルギー分散型Ｘ線分析器）が合体したものだ。これを使えば、現場から採取した微細証拠物件に含まれる元素を識別できる。

「手配してやってくれ」ライムはセリットーに指示し、それから部屋を見まわした。「もっと器具が必要だ。ＶＭＤ（真空蒸着）装置も欲しい。ＧＣ－ＭＳも」ＧＣすなわちガスクロマトグラフは試料を各成分に分画し、ＭＳすなわち質量分析計は電磁気的相互作用を利用して、原子・分子のイオンを質量の違いによって分析する。この二つの装置を連結したＧＣ－ＭＳを使えば、わずか百万分の一グラムの未知の物質を、物質名と商品名の両方が付された十万種に及ぶ既知の物質のデータベースと照合できる。

セリットーが電話をかけ、ライムの〝おねだりリスト〟を鑑識課研究室に伝えた。

「とはいえ、ハイテクおもちゃの到着を待っている暇はないぞ、メル。昔ながらの手法でやるしかない。その砂のふりをしてる物質について、もっと情報をくれ」

「微量の塵が混じっている。黒土、微量の石英、長石、雲母。葉や腐植はないに等しい。それから、ベントナイトらしきかけらが少量」

「ベントナイトか」ライムは楽しげに言った。「火山灰の一種だ。建設会社は、市内でも岩盤が地中深くにある水気の多い地域で基礎を掘るとき、スラリーにベントナイトを混ぜる。陥没防止効果があるんだ。つまり、お目当ての現場は海の近く、おそらく三十七丁目より南部の地域だ。三十七丁目よりも北では、岩盤がはるかに地表に近いから、スラリー工法は使わない」

クーパーはスライドを動かした。「思いついた順に言っていいなら、大部分がカルシウムのようだってことだな。おっと待て、繊維らしきものが見える」

顕微鏡のつまみが回り、ライムは、どんな代価を支払ってでも自分の目であの接眼レンズをのぞいてみたいと思った。灰色のスポンジゴムに頬を押し当て、輪郭がくっきり浮かんだりぼやけたりする繊維や腐植の細片、血球、金属の削りかすを見つめて過ごした無数の夜の記憶が蘇る。

「他にもう一つ。ひときわ大きい粒が見える。三層になってるな。角質らしき層が一つ、それからカルシウムが二層。色が微妙に違っている。最後のは透明」

「三層だと？」ライムは苛立たしげに言った。「おいおい、それは貝殻だろう！」彼は自分に腹が立ってならなかった。もっと前にわかってもよさそうなものだった。

「そうか、貝殻だ」クーパーはうんうんとうなずいている。「牡蠣《かき》だろう」

ニューヨーク周辺の牡蠣養殖場は、主にロングアイランド沖からニュージャージー州岸に分布している。この時点までライムは、捜索地域は、その朝、被害者の遺体が発見されたマンハッタンに限定できるものと期待していた。「もしニューヨーク市周辺全域を考慮に入れなければならないとすれば、捜索は絶望的だな」ライムはそうつぶやいた。

クーパーが口を開いた。「また別のものが見えた。石灰じゃないかな。ただし非常に古いものだ。粒状になってる」

「コンクリートとか？」ライムが思いつきを口にする。

「かもしれない。そうだろう。となると、貝殻は矛盾してる」クーパーは考えこんだ。「ニューヨーク周辺の牡蠣養殖場の土壌には腐植や泥が混じっている。ところがこれはコンクリートが混じっていて、腐植はほとんど見られないときた」

そのとき、ライムが突然、大声を出した。「縁！　貝殻の縁はどうなってる、メル？」

クーパーは顕微鏡をのぞいた。「割れている。すりへったのとは違う。乾燥した環境で圧力をかけて砕かれたんだ。浸食じゃない」

ライムはランデル測量図の隅々まで目を走らせた。やがて、跳躍しようと身構える犬の尻で視線が止まった。

「わかったぞ！」

一九一三年、F・W・ウールワースは、現在も彼の名を冠するビルを建設した。ガーゴイルやゴシック様式の彫刻で飾られた、テラコッタタイル張り六十二階建ての建造物は、その後十六年にわたって世界一の高さを誇った。マンハッタンのその地域の岩盤は、ブロードウェイの地表から三十メートル以上地下にあったため、ビルの基礎を固定するのに地中深く掘る必要があった。起工式の直後、地中から、一九〇六年に誘拐されたマンハッタンの資本家タルボット・ソームズの遺体が発見された。遺体は白い砂と思しき厚い層に埋められていたが、それは砕いた牡蠣殻《かきがら》であることが後に判明し、タブロイド新聞は、美食を好んだ肥満体の大物の皮肉な死にざまを書き立てた。牡蠣殻は、マンハッタン南部沿岸では埋め立てに使われるほど豊富だったのだ。パール・ストリートの名の由来もこの貝殻にある。

「女性はダウンタウンのどこかだ」ライムは宣言した。「十中八九イースト・サイド、おそらくはパール・ストリート付近だろう。地下二から五メートル。建設現場かもしれないし、地下室かもしれない。古い建物かもしれないし、地下道かもしれない」

「ジェリー、環境保護局の情報と照合してみろ」セリットーが指示した。「アスベスト除去作業中の地点だ」

「パール・ストリート沿いですよね？　一件もありません」青年刑事は、ハウマンとともに印をつけた地図を広げて見せた。「ミッドタウン、ハーレム、ブロンクスには四十件近くありますが。ダウンタウンはゼロです」

「アスベスト……アスベストか……」ライムはふたたびつぶやいた。アスベストの話題をつい最近耳にしたような気がするのはなぜだろう？

時刻は午後二時五分。

「ボー、とにかく出動だ。周辺の捜索を開始していてくれ。パール・ストリート沿いの全建物だ。ウォーター・ストリートも頼む」

「やれやれ」ハウマンが溜息をつく。「何軒捜索するはめになるのやら」そうぼやきながら部屋を出ていった。

ライムはセリットーのほうを向いた。「ロン、きみも行ってくれ。間に合うかどうか、ぎりぎりの線だ。捜索の人員は多ければ多いほどいい。アメリア、きみにも行ってもらいたい」

「あの、思ったんですが――」

「巡査」セリットーがぴしゃりと遮った。「命令は聞いただろう」

美しい顔にかすかな険しさが浮かぶ。

ライムはクーパーに言った。「メル、あの車で来たんだろう？」

「ああ、ＲＲＶでね」

ニューヨーク市警が保有する現場鑑識用車両は、大型のバンだった。分析機器や証拠収集用の器具を満載し、たいがいの小都市の科学捜査研究室を上まわる設備がととのっている。しかしＩＲＤ部長を務めていた当時、ライムは、基本的な収集分析機器だけを備えた小型の——ベースはステーションワゴンだ——現場鑑識用車両を注文した。ＲＲＶ（急行車）との愛称で呼ばれるこのステーションワゴンは、何の変哲もない外観だが、ライムは輸送部を半ば脅すようにして、警察車両専用のターボチャージャー付き特注エンジンを搭載させていた。パトロールカーよりも先に現場に到着することも珍しくなく、ベテラン捜索員の手で初動捜査が行なわれたことも一度ではなかった。それは、全検察官が理想とする捜査だった。

「アメリアにキーをわたしてやってくれ」

クーパーがキーの束をサックスに手わたすと、サックスは束の間ライムを見つめていたが、やがてくるりと背を向け、早足に階段を下りていった。その足音さえ腹立たしげに響いた。

「言えよ、ロン。何が不満なんだ？」

セリットーは廊下に誰もいないことを確かめてから、ライムに歩み寄った。「本気でＰＤにやらせたいのか？」

「ＰＤ？」

「彼女のことだよ。サックスだ。ＰＤってのはあだ名でね」

「由来は？」

「本人の前では言うなよ。怒るからな。サックスの父親は四十年間パトロール警官として務めあげた。だから彼女は〝万年巡査の娘 Portable's Daughter〟と呼ばれてる」

「彼女を選んだのは間違いだったと思うのか？」

「いや、そうは言ってない。しかしなぜ彼女を？」

「現場を荒したくない一心で、高さ十メートルの崖伝いに下りたからだよ。そして幹線道路を封鎖し、列車を止めた。初動捜査とはそういうものだろう」

「おいおい、リンカーン。その程度のことができる捜索員なら一ダースはいるぞ」

「私は彼女がいいと言っている」ライムはそう言ってセリットーに真剣な眼差しを向け、無言のうちに、だが反論の余地を残さず、それが今回の取引の条件だったことをセリットーに思い出させた。

「俺が言いたいのは、だ」ベテラン刑事はもごもごと言った。「さっきポーリングと話をした。ペレッティはつまはじきにされてへそを曲げてるし、もし——いや、間違いなくそうなると思うがね、警邏課の人間が現場鑑識をしてたなんて話がお偉方の耳に入りでもしたら、厄介なことになる」

「だろうな」ライムは犯人のプロファイルを書き出したポスターを見つめながら、静かに言った。「だが、今日これからの厄介に比べたら、そんなのは問題にもならないという気がするよ」

それから彼は、疲れきった頭を厚い羽毛枕にそっと預けた。

7

ステーションワゴンは、ニューヨークのダウンタウン、暗くすすけたビルの谷間ウォール街をめざして疾走した。

アメリア・サックスはステアリング・ホイールを指でリズミカルに叩きながら、T・J・コールファクスが捕らわれていそうな場所を思い描こうとした。発見は絶望的に思われた。徐々に近づく経済の中心地が、これほど巨大に見えたのは初めてのことだった。無数の路地。無数のマンホール、無数のドア、暗い窓が点々と並ぶ無数の建物。

人質を隠すのに適した無数の場所。

線路脇の墓からにょっきりと突き出た手が脳裏に蘇る。血まみれの手の指にはめられたダイヤモンドの指輪。サックスは、その種の宝石に思い当たる節があった。あれは、慰めの指輪と彼女が呼ぶ類のものだった。裕福で孤独な女が自分のために購入する種類の宝石。もし裕福だったら、サックス自身も身につけているに違いない種類の。

バンは、自転車便のメッセンジャーやタクシーをかわしながら、猛スピードで南へ走った。

未詳 823号			
容貌	住居	移動手段	その他
	・アジトを確保している可能性大	・イエローキャブ	・現場鑑識の知識あり ・前科者の可能性大 ・指紋の知識あり ・32口径のコルトを所持

まぶしい陽射しが照りつける真昼に見ても、やはり気味の悪い地域だった。立ち並ぶビルは近づきがたい影を作り、乾いた血を思わせるどす黒い膜に覆われている。

時速四十マイルで交差点を曲がった。スポンジのようなアスファルトの上でタイヤが滑る。サックスはアクセルペダルを蹴飛ばすようにして踏みこみ、時速六十マイルに戻した。

最高のエンジンね——。サックスは、七十マイル出したらどういう動きをするか、試してやろうと決めた。

もう何年も前、ティーンエイジャーだったサックスは、父親が眠っている隙に——父はいつも三時から十一時の勤務だった——カマロのキーを掌に隠し、買物に行くが、フォート・ハミルトン豚肉店に用事はないかと母ローズに尋ねたものだ。そして母親が、用事はないけど電車で行きなさい、車で行ってはだめよと答える前に玄関を飛び出し、車のエンジンをかけて全開で西へ走った。

三時間後、豚肉を買うでもなく帰宅したサックスが忍び足で階段を上っていくと、心配で取り乱し、腹を立てた母親が待ち構えていて、妊娠でもしたらせっかくの美しい顔を活かしてモデルになり、百万ドルを稼ぐチャンスがふいになると叱り、サックスはその的外れな叱り方をおもしろがった。やがて、娘は男友だちと遊び歩いているのではなく、ロングアイランドのハイウェイを時速百マイルで走りまわっているのだと知ると、母親はまたしても心配に取り乱し、腹を立て、今度はせっかくの美しい顔に傷がつきでもしたら、モデルになって百万ドル稼ぐチャンスがふいになると叱った。

サックスが運転免許を取ると、事態はさらに悪化した。

そんなことを思い出しながら、サックスは二重駐車したトラックの間に、運転手も同乗者もドアを開けませんようにと祈りながら突っこんでいった。ドップラー効果付きの風切り音を残し、ステーションワゴンは細い隙間をすり抜けた。

――走ってさえいれば振り切れる……

ロン・セリットーは不器用な指でぽっちゃりと肉のついたこめかみを揉みほぐすようにしていて、インディ五〇〇ばりの運転には何の関心も示さなかった。その間も、パートナーのバンクスを聞き役に、会計士がバランスシートについて議論するような口ぶりで事件の話をしている。一方のバンクスは、サックスの瞳や唇にのぼせたような視線をちらちら送るのをもはや忘れ、一分ごとにスピードメーターを確認していた。

車は猛スピードで尻を振りながら、ブルックリン・ブリッジ入口の先を曲がった。爪を嚙みちぎられた指でステアリング・ホイールを叩くサックスの脳裏に、人質となった女性が、T・Jの長く綺麗な指が、ふたたび浮かんだ。そして拭っても消えない記憶がまたしても蘇る。湿った土の墓から突き出していた、白樺の枝のような手。一本だけ血にまみれていた指。

「ある種の変人ね」別のことを考えようと、サックスは唐突にそう言った。

「誰が？」セリットーが訊いた。

「ライム」

バンクスがつけくわえた。「僕に言わせれば、ハワード・ヒューズの弟って雰囲気でしたね」

「そうだな、俺もあれには驚いた」ベテラン刑事もうなずいた。「褒められた見てくれじゃなかったな。あれでも昔はいい男だったんだ。しかし、まあ、そんなものだろう。あんな目に遭えばなあ。ところでサックス、これほどの運転の腕前のきみがパトロール警官とはどういうわけだ？」

「配属先が警邏課だからです。私の意向を訊くこともなく、頭ごなしに命じられました」さっきのあなたみたいにね、とサックスは心の中でつけくわえた。「あの人は、言われているほど優秀なんですか？」

「ライムか？　言われている以上かな。ニューヨーク市警鑑識員の大部分は、年に二百体くらいの死体を扱う。最高でも、だ。ところがライムはその倍は扱ってたよ。ＩＲＤを任されていた当時でもそうだった。ペレッティをごらん、あれも優秀な男だが、腰を上げるのはせいぜい二週間に一度、それもマスコミ注目の事件のときだけだろう。ところで巡査、これはここだけの話にしておいてくれよ」

「はい」

「ところがライムは、鑑識作業を自ら指揮していた。いつも、現場を指揮しているか、そのへんを歩きまわってるかのどちらかだった」

「歩きまわって何をしていたんですか？」

「ただ歩きまわっていたんだよ。いろんなものを眺めて。何マイルも歩いてたな。ニューヨーク中をくまなく。ものを買ったり、拾ったり、集めたり」

「たとえば？」

「証拠品のサンプルさ。塵、食物、雑誌、ハブキャップ、靴、医学書、ドラッグ、植物……何でもかんでも、目にとまったものを集めては分類していた。わかるだろう。そうやって分類しておけば、証拠物件を見て、犯人がどこにいたか、何をしていたか推測しやすくなる。あいつのポケベルを呼び出すと、だいたいハーレムかロウワー・イースト・サイドか、ヘルズ・キッチンから電話がかかってきたよ」

「代々、警察官の家系なんでしょうか？」

「いや。父親は国立研究所だか何かの、確か科学者だったはずだ」

「ライムの専門も？　科学？」

「そうだ。イリノイ大学でごたいそうな学位を二つ取得している。化学と歴史学だ。何だってそんな取り合わせなのか、俺は知らんが。俺が知り合ったころには両親は亡くなっていた。そう、もう十五年になるか。兄弟はいない。イリノイ育ち。それでリンカーンってわけだな」

　ライムは結婚しているのか、あるいは結婚経験があるのか尋ねたい衝動に駆られたが、サックスは思い留まった。その代わりにこう訊いた。「あの人は本当にあの通りの……」

「遠慮なく言っていいぞ、巡査」

「あの通りの石頭？」

バンクスが吹き出した。

セリットーが答える。「うちのおふくろがうまいことを言ってたっけな。誰かさんのことを〝意志の人〟と表現したんだよ。ライムにぴったりだ。あいつはまさに〝意志の人〟だからな。いつだったか、へまな鑑識員がニンヒドリンと間違えてルミノール——ちなみに血液の検出薬だ——を指紋に吹きつけちまった。指紋はぱあになった。するとライムはそいつにその場で首を言いわたした。別のときには、ある刑事が現場の家で小便をして、水を流してしまった。ライムは頭から湯気を立てて怒ってね、その刑事に、さっさと地下室に下りて、下水の網に引っかかってるものを全部さらってこいと命じた」セリットーはそこまで話して笑った。「その刑事は階級付きだったものだから、こう言い返した。〝そんなことはごめんだ、俺は警部補だぞ〟。するとライムはこうのたまったよ。〝いいことを教えてやろう。おまえはこの瞬間から下水道屋だ〟。こんな話ならいくらでもできる。おい、巡査、時速八十マイルも出てるぞ」

車はビッグ・ビルディング前を疾走した。本当ならいまごろはあそこにいたはずなのにと思うと、サックスの心はうずいた。新たな同僚となる広報課員と対面し、エアコンの冷風を満喫しながら研修を受けていたはずなのに。

信号が青に変わるのを待ってじりじりと動きだしたタクシーを、手慣れたハンドルさばきで回避する。

　まったく、暑いったらない。埃、匂い、排気ガスのどれもが暑苦しい。この街のもっとも嫌な時間帯だった。ハーレムあたりの消火栓から噴き上げる灰色の水のように、熱気がほとばしっている。一昨年の年末、サックスは恋人とともに気温四度の寒いクリスマスを慌ただしく祝った――揃って非番だったのは午後十一時から午前零時までの一時間だけだった。ニックと並んでロックフェラーセンターのスケートリンク脇に腰を下ろし、コーヒーとブランデーで体を温めた。そして、八月の暑い一日よりは冬の一週間のほうがましだと意見が一致した。

　パール・ストリートを猛スピードで走っていくと、ようやくハウマンが設置した現場指揮本部が見えた。三メートルのタイヤ跡を路面に残し、ハウマンの車と救急車の間にRRVを滑りこませる。

「すごいな、いい腕だ」セリットーはそう言って車を降りた。ジェリー・バンクスが後部ドアを開けたとき、汗ばんだ指の跡がウィンドウにくっきりと残ったのを目にして、サックスはなぜか満足感を覚えた。

　一帯は救急隊員や制服姿のパトロール隊員だらけだった。五十名、いや六十名はいるだろうか。さらに多数の警察官がこちらに向かっていた。まるでビッグ・ビルディングの全員がここダウンタウンに集結したかのような光景だった。誰かを暗殺したり、ニューヨーク市長公邸や領事館を占拠したいなら、いまが絶好のチャンスね――サックスは、ぼんやりとそんなことを考えた。

ハウマンが小走りにステーションワゴンに近づき、セリットーに声をかけた。「いま一軒一軒まわって、パール・ストリート沿いで工事をしていないか確認している。だが、アスベスト除去作業をしてるって話は誰も知らないし、助けを求める声を聞いた人間もいない」

サックスは車を降りかけたが、ハウマンが制した。「いや、巡査。あんたは現場鑑識車両で待機しろとの命令だ」

彼女はかまわず降りた。

「そうですか。その命令はどなたが？」

「ライム警部補だ。ついさっき話をした。現場指揮本部に到着次第、通信司令部に連絡するようにとの伝言だ」

ハウマンはそう言って歩み去った。セリットーとバンクスも急ぎ足で指揮本部へ向かう。

「セリットー警部補」サックスは呼び止めた。

セリットーが振り返る。サックスは言った。「申しわけありません。確認しておきたいのですが、私の監督官はどなたです？　どなたの指示に従えばいいんでしょう？」

セリットーはそっけなく答えた。「ライムの指示に従え」

サックスは笑った。「ですが、あの人の指示に従うわけにはいきません」

セリットーはわけがわからないというようにサックスを見つめた。

「だって、責任問題とかは起きてこないんですか？　権限の問題とか？　あの人は民間人ですよ。どなたか、警察のバッジを持った監督官がいないと」

セリットーは冷静な口調で言った。「巡査、よく聞いてくれ。俺たちは全員、リンカーン・ライムの監督下にあるんだ。あいつが民間人だろうが、市警本部長だろうが、バットマンだろうが、そんなことはかまわん。わかったかね？」

「でも――」

「不服なら書面にしろ。だが書くのは明日にしてくれ」

セリットーはそう言い置いて行ってしまった。サックスは一瞬、後を追おうとしかけたが、ステーションワゴンの運転席に引き返し、通信司令部に無線連絡して、10－84、現場到着と伝えた。次の指示があるまで待機します。

女性の声で次のような返事が聞こえたとき、サックスは低い笑い声を漏らした。「了解、パトロール五八八五。お知らせしておきます。ライム警部補からまもなくそちらに連絡があるはずです、どうぞ」

ライム警部補。

「了解」サックスはそう答えると、ステーションワゴンの荷台をのぞきこみ、あの黒いスーツケースの中身は何だろうと考えて暇をつぶした。

午後二時四十分。

ライムのタウンハウスの電話が鳴った。トムが受話器を取る。「市警本部の通信司令官からですよ」

「つないでくれ」

スピーカーフォンがにわかに命を吹き返す。「ライム警部補、覚えていらっしゃらないと思いますが、あなたがIRDにいらしたころ、あそこで働いていた者です。警察官ではありませんでしたが。電話連絡係でした。エマ・ローリンズです」

「忘れてなどいないさ。おちびさんたちは元気かい、エマ？」ライムは、二つの仕事をかけもちして五人の子どもを育てていた、大柄で陽気なその黒人女性を覚えていた。電話のボタンを力まかせに押す彼女の太い指が目に浮かぶ。市警の電話機を本当に壊してしまったこともあった。

「ジェレミーは再来週から大学です。ドーラはあいかわらずお芝居に夢中で。女優をきどってるだけかもしれませんけど。ちびたちも元気にやってますよ」

「ロン・セリットーが声をかけたんだね？」

「いえいえ。あなたがこの捜査に関わっているって噂を耳にして、若い子を一人、緊急通報受付に追い出したんですよ。いいからここはエマに任せなさいって」

「それで、何かわかったんだね？」

「ボルト製造業者の名簿を元に問い合わせを続けています。小売業者の一覧が載った冊子も参考にして。その結果をお伝えしますね。決め手は文字でした。ボルトに刻印されていたアルファベットです。〝CE〟という。あのボルトはコン・エド、つまりコンソリデーテッド・エジソン社ですが、そこの特注品でした」

しまった。なぜ思いつかなかったのだろう。

「情報をくれた業者が扱っている他の大部分のボルトとは違って、十六分の十五インチという特殊なサイズだし、たいがいのボルトよりもねじ山の数が多いので、頭文字を刻印しているんだそうです。おそらくデトロイトにあるミシガン・ツール・アンド・ダイという会社の製品ではないかって。ニューヨーク市の古いパイプにしか使われていません。六十年か七十年前に製造されたものです。パイプの接合部品の性格上、漏れなく密閉する必要があるそうで。初夜の花嫁と花婿みたいにぴったりくっつけるために、とその男性は言ってましたよ。私を赤面させようって魂胆でしょうけど」

「エマ、何と礼を言っていいか。このまま切らずに待っていてくれるかな？」

「ええ、もちろん」

「トム！」ライムは大声を張り上げた。「この電話は役に立たない。こっちから電話をかけたいんだ。ほら、あのコンピューターの音声認識装置。あれは使えるか？」

「結局、注文しなかったでしょう」

「そうだったか？」

「そうですよ」

「ともかく、必要になった」

「ともかく、ここにはないんですから」

「どうにかしてくれ。電話をかけられるようにしたいんだ」

「手動の制御装置がこのへんにあったような」トムは壁際の箱をかきまわした。小型の装置を探し出し、片方のプラグを電話に、もう一方をライムの頰のそばに置かれたジョイスティック型制御装置に差しこんだ。

「こんなもの、面倒くさくてやってられん!」

「そんなこと言っても、これしかないんですから。僕が提案した通り、眉の動きで操作できる赤外線装置を設置してれば、二年も前からテレフォン・セックスが楽しめたのに」

「これ以上ワイヤでぐるぐる巻きにされるのはごめんだ」ライムは吐き捨てるように言った。

そのとき、ライムの頭がふいにぎくりと動き、ジョイスティックが頰の届かぬ場所に飛んでいった。「ええい、もう」

そのほんの些細な行為が——目的はさておき——にわかに不可能なものと思えてくる。疲労困憊し、首も頭も痛む。目の疲れは著しかった。刺すように痛むうえ、彼にとってはこちらのほうがよけいに耐えがたいものだったが、手の甲で目をこすりたくてたまらなかった。息抜きのためのちょっとした動作、彼を除く全世界の人々が毎日のように行なう動作。

トムがジョイスティックを元の場所に置く。ライムはどうにか忍耐をかき集め、トムに尋ねた。「どう使えばいい？」

「モニターがあるんです。ほら、制御パネルについてるでしょう？　ジョイスティックでカーソルを目的の数字に動かして、一瞬、待つ。するとその数字が入力されます。同じように次の番号も入力する。七桁すべて入力し終えたら、カーソルをここへ動かしてダイヤルします」

ライムは怒鳴りちらした。「ちゃんと動かないじゃないか」

「練習あるのみ」

「そんな暇はない！」

トムがとげとげしい声で言った。「僕はさんざんあなたの代わりに電話を取ってきましたよ」

「わかったよ」ライムは声を低くした——彼なりの謝罪だった。「練習は後まわしだ。申しわけないが、コンソリデーテッド・エジソン社にかけてくれないか。工事を監督する部署と話したい」

ロープが皮膚をこすり、手錠も食いこんで手首を痛めつけたが、彼女をもっとも怯えさせたのは音だった。

タミー・ジーン・コールファクスは、体中の汗が顔や胸や腕を伝い落ちていくのを感じながら、錆びたボルトに手錠の鎖をこすりつけようと格闘していた。手首の感覚はなくなっていたが、鎖はいくらかすりへったような気がした。

一休みする。疲れきっていた。腕の筋肉が攣《つ》りそうになるたび、いろいろな向きにせわしなく動かす。またもや耳を澄ましてみた。どうやら作業員がボルトを締めたり、部品をハンマーで打ちこんだりする音らしい。仕上げにハンマーで軽く叩く音。パイプ修理があらかた完了し、あとは家に帰ることだけしか頭にない作業員たちの姿が思い浮かぶ。

行かないで。彼女は一人叫んだ。置いていかないで。あの男たちがあそこで作業をしている間は安全だ。

しかし最後に一度、がつんと叩く音が聞こえたあと、入れ違いに、耳を聾するほどの静寂が訪れた。

そこから出るのよ、いい子だから。さあ。

ママ……

T・Jはテネシー州東部の家族を思い、しばし泣いた。鼻が詰まり、息が苦しくなると、彼女は思いきり鼻から息を吐いた。涙と粘液がどっとあふれる。おかげでまた息ができるようになった。それが彼女に自信を、勇気を与えた。T・Jはもう一度手錠をこすりつけはじめた。

「お急ぎだというのはわかります、刑事さん。ですが、私でお役に立てるかどうか。ボルトならニューヨーク市中で使っていますから。石油パイプ、ガスパイプ……」

「わかります」ライムはそっけなく遮り、十四丁目のコン・エド本社に勤務する工事管理責任者に、別の質問をした。「電気系統の絶縁にアスベストを使っていますか？」

躊躇。

「アスベスト除去工事は九十パーセント終了しています」女性は自己弁護するように言った。「いえ、九十五パーセントですね」

世間の人間にはまったくいらいらさせられることが多い。「そうでしょうね。ただ、私が伺いたいのは、いまも絶縁のためにアスベストが使われているかどうかなんですが」

「使っていません」女性は断言した。「いえ、電気系統には一切使っていないということですけれど。スチームパイプの断熱にのみ使用していますが、スチーム供給サービスは当社で一番小規模なサービスですから」

スチームか！

スチーム供給サービスはニューヨーク市の公共事業中もっとも知名度が低く、もっとも危険度の高いものだった。コンソリデーテッド・エジソン社で千度に加熱された水蒸気が、マンハッタンの地下に張り巡らされた延べ百マイルのパイプ網を駆け巡っている。

過熱状態のスチームはおよそ三百八十度にも達し、それが時速七十五マイルで街を巡回しているのだ。

ライムは新聞で読んだ記事を思い出していた。「先週、パイプの破裂事故がありませんでしたか？」

「ええ。でも、アスベストが漏れるようなことはありませんでした。あそこは何年も前に除去工事がすんでいます」

「しかし、ダウンタウンを走るパイプ網の一部にはアスベストが残っているんですね？」

女性は口ごもった。「いえ……」

「破裂した場所は？」ライムは矢継ぎ早に尋ねた。

「ブロードウェイです。チェンバーズ・ストリートから一ブロック北側」

「タイムズ紙に記事が出ましたね？」

「どうでしょう。たぶん。ええ」

「その記事はアスベストの件にも触れていた？」

「はい」女性は認めた。「といっても、過去にアスベストによる健康被害が問題になったと書かれていただけですが」

「破裂したパイプは……ずっと南のほうでパール・ストリートを横切っていますか？」

「えっと、少しお待ちください。ええ、横切っています。ハノーヴァー・ストリートの交差点で。交差点の北側ですね」

ライムはいままさに死の間際に置かれたT・J・コールファクスを思い描いた。ほっそりした指と長い爪をした女性。

「三時にスチームの供給が再開されるんですね？」

「そうです。そろそろですね」

「止めてくれ！」ライムは叫んだ。「パイプにくくりつけられている人がいるんです。スチームが流れたら大変なことになる！」

クーパーが不安げに顕微鏡から目を上げた。

工事管理責任者が言った。「そうおっしゃられましても……」

ライムはトムに怒鳴った。「ロンに電話だ。女性はハノーヴァーとパールの交差点の地下だと伝えろ。交差点の北側」ライムはスチームのことをトムに話した。「消防隊も現場に向かわせろ。耐熱服を着用させるんだ」

ライムは次にスピーカーフォンに向かって怒鳴った。「作業員に連絡して！　大至急です！　スチームを流してはだめだ。絶対にだめだ！」ライムは上の空で同じ言葉を幾度も繰り返した。噴出する純白の水蒸気の雲に容赦なくさらされた女性の皮膚が、ピンクに、次に真紅に染まり、やがて剝がれ落ちていく生々しいイメージ、頭の中で無限に繰り返される映像を払いのけようとしながら。

ステーションワゴンの無線がかりかりと音を立てた。サックスの腕時計は三時三分前を指している。サックスは無線を取った。

「こちらパトロール五八八五——」

「まわりくどい挨拶は抜きだ、アメリア」ライムの声だった。「時間がない」

「私は——」

「女性の居場所がわかった。ハノーヴァーとパールの角だ」

サックスが肩越しに振り返ると、何十人ものESU隊員が古い建物の一つに向かって全力疾走していた。

「私も——」

「捜索はESUに任せておけばいい。きみは鑑識の準備をしろ」

「でも一人でも多いほうが——」

「忘れろ。そのステーションワゴンの荷台を見てもらいたい。02というラベルを貼ったスーツケースがあるはずだ。それを持っていってくれ。それから、小型の黒いケースにポリライトが入っている。私の部屋で見ただろう。メルが使っていたあれだ。それも持っていけ。03と印がついたスーツケースを開けると、マイク付きのヘッドフォンがある。プラグを無線機に差して、他の者が向かったビルに行ってもらいたい。支度ができたら連絡してくれ。チャンネル三七だ。こっちは電話だが、通信司令部のほうで私につないでくれる」

チャンネル三七。特殊作戦用に全市で常に空けてある周波数だ。どの無線機も最優先で受信する周波数。

「どういう――？」サックスは言いかけた。だがすでに無線は切れ、返事はなかった。

サックスは長い細身のハロゲン懐中電灯をユーティリティベルトに下げていたので、太い十二ボルトの懐中電灯は荷台に残し、ポリライトと重いスーツケースだけをつかんだ。スーツケースの重量は二十キロはありそうだった。私の可哀相な関節には願ってもない事態じゃないの。サックスはスーツケースの取っ手を持ち直すと、痛みに歯を食いしばりながら、急ぎ足で交差点に向かった。

セリットーが息を切らして建物に走っていく。バンクスが後から追いついた。

「聞いたか？」セリットーが訊く。

サックスはうなずいた。「このビルですか？」

セリットーは路地のほうに顎をしゃくった。「犯人はこっちから女性を連れこんだはずだ。ロビーには警備員室があった」三人は薄暗い石畳の峡谷を奥へと小走りに進んだ。湯気が立ちそうなほど暑く、小便と生ごみの匂いが充満している。あちこちがへこんだ大型のごみ収集容器がすぐそばに並んでいた。

「あれだ」セリットーが怒鳴った。「あのドアのどれかだ」

警察官たちは散り散りに駆けだした。四つある扉のうち三つは建物の内側から鍵がかかっていた。

最後の一つはこじ開けられた形跡があり、鎖でくくられていた。鎖と南京錠は真新しい。

「これだ！」セリットーはドアに手を伸ばしかけ、躊躇した。指紋を気にしているのだろう。しかしすぐにドアノブをつかみ、ぐいと引っ張った。ドアは数センチ開いたが、鎖は切れない。セリットーは制服警官三人に、正面玄関にまわって建物の中から地下室に向かえと命じた。別の一人が石畳の石を引き剝がし、ドアノブに叩きつけ始めた。五回、十回。手がドアにぶつかって、彼の顔が歪む。指の皮膚が破れ、血があふれ出した。

そのとき、ハリガン——つるはしとバールを組み合わせた工具——を手にした消防士が走ってきた。工具の先を鎖に打ちこみ、南京錠を叩き壊す。セリットーがさあというようにサックスを見た。サックスは黙って見返した。

「ほら、入れよ、巡査！」セリットーが叱りつける。

「え？」

「言われてないのか？」

「誰に？」

「ライムだよ」

しまった、ヘッドフォンのプラグを差すのを忘れていた。サックスはぎこちない手つきでプラグを探り、ようやく無線につないだ。とたんにがなり声が聞こえる。「アメリア、いったいどこに——」

「ここです」

「建物の前だな？」

「そうです」

「中に入れ。スチームは止めさせたが、間に合ったかどうか。救急隊員を一人とＥＳＵ隊員を一人、連れていけ。ボイラー室に向かえ。たぶん、入ってすぐにコールファクスという女性が見えるだろう。彼女に近づくんだ。ただし、直行してはいけない。ドアから直線的に近づいてはいけないよ。犯人が足跡を残しているかもしれない。それを踏んでもらいたくないからな。わかったかね？」

「はい」ライムからは自分の姿が見えないことを忘れ、大きくうなずく。救急隊員とＥＳＵ隊員の一人についてくるよう合図し、サックスは廊下の暗闇に足を踏み入れた。どちらを向いても影。機械の重い音。流れ落ちる水滴。

「アメリア」ライムが呼びかけた。

「はい」

「待ち伏せされるかもしれないという話も出たね。しかし、犯人について判明した情報から推測すると、それはないだろうといまは思う。奴はそこにはいないよ、アメリア。そこにいると考えるのは非論理的だ。それでも、銃を持つほうの手は常に空けておくように」

非論理的か。

「わかりました」

「よし、行くんだ。急げ」

8

真暗な洞窟。熱気を帯びた、暗黒の、湿った洞窟。

　サックスの目が唯一とらえたドアに向かい、三人は薄汚れた廊下を早足に進んだ。「ボイラー室」と書かれている。防護服で全身を固め、ヘルメットをかぶったESU隊員の後ろにサックス。救急隊員はしんがりを務めた。

　スーツケースの重みに、右手の指関節と右肩が脈打つように痛む。サックスはスーツケースを左手に持ち変え、あやうく取り落としそうになってあわててつかみ直した。三人はドアに向かって歩を進めた。

　ドアの前に着くと、ESU隊員はドアを押し開け、ほの暗いボイラー室の左右にマシンガンの銃口を向けた。銃身に装備したフラッシュライトの青白い光の筋が、切れ切れになった水蒸気の雲を照らし出す。湿気の匂い、かびの匂い。そしてもう一つ、胸の悪くなるような匂い。

　かちり。「アメリア?」ふいに雑音にまじってライムの声が耳の中に轟き、サックスはぎくりとした。「アメリア、どこにいる?」

震える手で音量を下げる。

「ボイラー室」あえぐように答えた。

「彼女は生きてるか？」

目の前の光景を見つめるサックスの体が揺れた。見たものをとっさに理解できずに目を細める。次の瞬間、悟った。

「そんな、まさか」声がかすれる。こみあげる吐き気。

胸のむかつくような茹で肉の匂いがサックスに絡みついた。しかし、最悪なのはその悪臭ではなかった。巨大な鱗のような女性の皮膚、オレンジに近い鮮やかな赤に染まった皮膚でもなかった。顔の皮膚は完全に剝がれ落ちている。しかし、違う、サックスにもっとも恐怖を与えたのは、T・J・コールファクスの体の角度だった。襲いくる熱のしぶきから逃れようとしてのことだろう、信じがたい角度にねじれたT・Jの体。

——被害者が死んでいることを祈る。被害者のために……

「生きてるのか？」ライムがもう一度訊く。

「いいえ」サックスはしゃがれ声で答えた。「あれで生きているはずがありません」

「その部屋は安全かね？」

サックスはESU隊員に目を向けた。無線のやりとりを聞いていた隊員がうなずく。

「確保しました」

ライムが指示する。「ESU隊員は外で待機させ、きみと救急隊員で被害者を確認してくれ」

臭気にまた戻しそうになり、懸命に吐き気をこらえる。救急隊員とともに、ぐるりと遠まわりしながらパイプに向かった。救急隊員は平然と身をかがめ、女性の首筋に手を当てた。首を振る。

「アメリア？」ライムが問いかける。

勤務中に死体を発見するのは二度目だった。そしてよりによって、その二度とも一日のうちに。

救急隊員が口を開いた。「ＤＣＤＳ」

サックスはうなずき、マイクに向かって略語を正式な表現に直して伝えた。「死体発見。現場において死亡確認」

「死因は熱傷か？」ライムが訊いた。

「そのようです」

「壁に縛りつけられてるんだな？」

「いえ、パイプです。背後で手錠をかけられて。足は物干しロープで縛ってあります。口はダクトテープでふさがれています。犯人はスチームパイプの蓋を外したんです。被害者は蓋からほんの五十センチほどの位置にいました。可哀相に」

ライムが続けた。「救急隊員と一緒にいま来た道筋を通って引き返せ。ドアまでだ。足を下ろす場所に気をつけるんだぞ」

サックスは死体に目を奪われたまま後ずさりをした。皮膚があんなに真っ赤に染まるなんてことがありえるの？　まるで茹でたカニじゃないの。

「よし、アメリア。鑑識にかかろうか。スーツケースを開けて」

サックスは答えなかった。ひたすら見つめていた。

「アメリア。入口に戻ったんだろう？……アメリア？」

「え？」サックスは大声を出した。

「入口にいるんだろう？」

彼の声は気味が悪いほど物静かだった。サックスの記憶にある、あの寝室での傲慢で容赦のない声とはほど遠い。穏やかさと……何か別のものを感じさせた。いったい何だろう。

「はい。入口にいます。それにしても、この犯人はどうかしてるわ」

「完全にいかれてる」ライムも同意する。楽しげとも聞こえる口調で。「スーツケースは開けたね？」

サックスは蓋を開けて中をざっと見わたした。プライヤー、ピンセット、角度可変の柄付きの鏡、脱脂綿、点眼瓶、ピンキング鋏、ピペット、スパチュラ、外科用メス……

いったいこんなもので何をしろと？

……充電式小型掃除機、ガーゼ、封筒、ふるい、刷毛《はけ》、鋏、ビニール袋、紙袋、缶、瓶入りの薬品類——五パーセント硝酸、ニンヒドリン、シリコン、ヨウ素、さまざまな指紋検出薬。

冗談じゃない。マイクに向かってサックスは言った。「私の話を信じてくださらなかったようですね。私は本当に鑑識の知識など一切ないんです」

ぼろ切れのような女性の遺体につい目が引き寄せられる。皮膚のはげ落ちた鼻の先から滴《しずく》が落ちた。頬に白いもの――骨だ――がわずかにのぞいている。苦痛に歯をむき出した顔は、まるで笑っているように見えた。その朝の被害者と同じように。

「信じたさ、アメリア」ライムのそっけない返事が聞こえた。「さて、スーツケースは開けたね？」彼の声は穏やかで、どこか……何だろう？　そうだ、ぴったりの表現を見つけた。魅惑するような声。まるで恋人にささやきかけるような。

嫌な男だとサックスは思った。障害者を疎んじるのは良くないことだ。それでもなお彼女は彼に嫌悪を覚えた。

「そこは地下だな？」

「その通りです、サー」

「いいか、頼むからリンカーンと呼んでくれ。これが終わるころには、私たちは互いを知り尽くすことになるよ」

せいぜい六十分の我慢ということだ。

「スーツケースに輪ゴムが入っているはずだ。私の記憶違いでなければ」

「ありました」

「それを靴にかけてくれ。親指の付け根にかかるように。万一、足跡がごっちゃになっても、そうしておけばどれがきみのか判別できる」

「はい。かけました」

「証拠袋と封筒を取る。一ダースずつポケットに入れろ。きみは箸を使えるかい？」

「何をですって？」

「市内に住んでいるんだろう？　チャイナタウンに食事に出かけたことは？　ツァオ将軍の店のチキンを試したことはないか？　ごまだれをかけた冷麵は？」

食べ物の話を耳にしたとたん、サックスの胃の中身が喉元にこみあげた。すぐ前にぶら下がった死体に目を向けまいとする。

「箸なら使えます」サックスは冷ややかに答えた。

「スーツケースの中を探してみてくれ。箸が入っているかどうかわからないが。私が鑑識をしていたころは入っていた」

「ないようです」

「そうか、では鉛筆ならあるだろう。鉛筆をポケットに入れて。次はグリッド捜索だ。一インチたりともおろそかにするな。用意はいいか？」

「はい」

「その前に何が見えるか教えてくれ」

「大きな部屋。およそ六メートルかける十メートル。錆びたパイプだらけです。ひび割れたコンクリートの床。煉瓦の壁。かび」

「箱などは？　床の上に物はないか？」

「ありません。空っぽです。あるのはパイプとオイルタンクとボイラーだけです。それから砂――例の貝殻です、壁のひび割れからこぼれて小さな山になっています。それから灰色のもの――」

「もの？」ライムが嚙みついた。「そんな言葉は知らないな。ものとは何のことだ？」

腹の底から怒りがこみあげる。サックスは自分をなだめながら答えた。「アスベストですが、今朝のもののように小さく丸まってはいません。細かな薄片状になっています」

「それでいい。では、第一回捜索にかかろう。探すのは足跡と、犯人がわざわざ残していった手がかりだ」

「今度も手がかりを残していると？」

「ああ、絶対だ」ライムが言った。「ゴーグルをかけてポリライトを使え。足元を照らすんだ。部屋を碁盤目状に歩け。一インチも隙を残すな。さあ、行こう。やり方はわかってるね？」

「はい」

「言ってごらん」

かっと頭に血が上る。「試験の必要はありません」

「まあ、いいじゃないか。言ってごらん」

「一つの方向を往復、次に垂直方向に往復」

「歩幅は三十センチ以下」

それは知らなかった。「わかってます」サックスはそう答えた。

「では行け」

ポリライトを点けると、この世のものとは思われぬ気味の悪い光がぱっと広がった。それがALS——特殊光源——と呼ばれるものであること、指紋や精液、血液、時によっては足跡に当たると蛍光を放つことなら、サックスも知っていた。黄みがかった明るい緑色の光が照らし出す影が踊り、跳ね、ただの闇を真っ黒な人影と見間違えて、何度も腰を抜かしそうになる。

「アメリア？」ライムの鋭い声。サックスはまたぎくりと飛び上がった。

「はい？　何です？」

「足跡はあったか？」

サックスは床に目を凝らし続けた。「いえ、えっと、ありません。細い筋がついています。床の塵か何かに」そう言ってしまってから軽率な言葉遣いを悔やんだ。しかし、その朝のペレッティとは違い、ライムはたしなめようとはしなかった。

「なるほど。最後に箒で掃いたわけだ」

サックスは驚いた。「そう、それだわ！　掃いた跡です。どうしておわかりに？」

ライムは笑った――死臭漂う墓地のような場所にいるサックスの耳には、その笑い声は不気味に響いた。ライムが説明する。「今朝の現場でも自分の痕跡を周到に消していった犯人だぞ。いまさら気を抜くとは思えない。それにしても、この犯人は実に手強いな。しかし、知恵比べならこっちも負けない。さあ、続けて」

サックスは腰をかがめて捜索を再開した。関節が燃えるように熱い。部屋の隅々まで床を捜索した。「ここには何もありません。何一つ」

ライムはサックスの結論づけるような口調を聞き咎めた。「まだ始めたばかりだろう、アメリア。現場というのは三次元の空間だぞ。そのことを忘れるな。きみが言っているのは、床の上には何もないということだろう。次は壁を捜索するんだ。スチームの噴出口から一番遠い場所から始めて、一インチずつ進んでいけ」

サックスは部屋の真ん中の身の毛もよだつマリオネットを避けて、円を描くようにゆっくりと捜索した。彼女が六歳か七歳の年の五月祭で、ブルックリンのどこかで花やリボンで飾った柱の周囲を踊ったこと、その様子を父が誇らしげにホームビデオに撮っていたことを思い出す。ゆっくりと円を描いて進んだ。この部屋は空っぽなのに、それでも捜索すべき場所は一千もある。

無駄だ……見つかるわけがない。

しかし無駄ではなかった。床から六フィートほどの梁に、犯人が残した次の手がかりがあった。サックスは短い笑い声を立てた。「見つけました」

「複数の物がまとまってる？」

「ええ。黒っぽい木の大きな破片」

「箸だ」

「え？」

「鉛筆だよ。鉛筆でつまむんだ。濡れてるのか？」

「この部屋のものはみんな濡れてます」

「おっと、そうか。スチームのせいだな。では、紙の証拠袋に入れるんだ。ビニールでは湿気が逃げず、この暑さではバクテリアが微細証拠物件を分解してしまう。他には？」ライムは熱を帯びた声で尋ねた。

「えっと、これは何かしら。毛髪、だと思います。短い。同じ長さに揃っています。毛髪がひとかたまり」

「切り落としたものか、それとも皮膚がついてるのか？」

「切り落としたものです」

「スーツケースに幅五センチの粘着テープが入っている。3M社製のだ。それを使って収集しろ」

サックスは毛髪のほとんどを集め、紙の封筒に入れた。梁の毛髪があった周辺をさらに調べる。「染みがいくつかあります。錆か血液のようです」サックスはその染みにポリライトの光を当ててみようと思いついた。「蛍光を発しています」

「きみは血痕の予備検査はできるかい？」

「いいえ」

「では、とりあえず血液だと仮定しよう。被害者の血液の可能性は？」

「なさそうです。被害者からはかなり離れていますし、遺体まで血痕が続いているわけでもないので」

「他の場所に続いている？」

「そのようです。壁の煉瓦の一つに。この煉瓦は外れそうです。指紋は残っていません。煉瓦を外します――きゃあ！」サックスは息を呑み、よろめきながら数十センチ後ずさって尻餅をつきそうになった。

「どうした？」ライムが訊く。

サックスは信じられない思いでそれを見つめながら、じりじりと近づいた。

「アメリア。答えてくれ」

「骨です。血まみれの骨」

「人骨？」

「わかりません。そんなこと私には……わかりません」

「殺されたのは最近だろうか？」

「そのようです。長さおよそ五センチ、直径五センチ。血と肉がついています。のこぎりで切ってあります。ひどい。いったい誰がこんなこと――」

「落ち着け」

「だって、別の被害者から切った骨だとしたら？」

「だとしたら、なおさらさっさとこの犯人を捕まえろということだよ、アメリア。袋に入れるんだ。骨はビニール袋」

サックスが言われた通り袋に入れていると、ライムが訊いた。「他に故意に残された手がかりは？」ライムの声には危惧があった。

「ありません」

「それだけか？　毛髪、骨、木端。犯人はなかなかの難問を押しつけてきたようだな」

「証拠はあなたの……オフィスに持って行きますか？」

ライムは笑っていた。「犯人にしてみれば、鑑識完了、と言ってもらいたいところだろうな。そうはいかない。まだ終わっていないよ。未詳八二三号についてもう少し情報を集めよう」

「でも、もう何もありません」

「いやいや、まだあるさ、アメリア。奴の住所に電話番号、外見的特徴に奴の野望や欲。どれもこれもきみの周囲にあるはずだ」

サックスは学者ぶった彼の口調に猛烈な反感を覚え、黙っていた。

「懐中電灯はあるな？」

「官給のハロゲン懐中電灯なら――」

「だめだ」ライムが唸るように言った。「制式の懐中電灯は照射範囲が狭すぎる。十二ボルト懐中電灯の広い光でないと」

「持ってきませんでした」サックスは憤然と言い返した。「戻って取ってきますか？」

「時間がない。パイプを調べてみろ」

サックスは十分かけて捜索した。天井までよじのぼり、おそらくこの五十年というもの光を当てられたことがない箇所まで照らす。「ありません。何も」

「入口に戻れ。急いで」

サックスはためらいつつも入口に戻った。

「戻りました」

「よし。目を閉じて。どんな匂いがする？」

「匂い？　匂いとおっしゃいました？」気は確かなのだろうか。

「現場では必ず空気の匂いを確かめろ。百通りもの事実を教えてくれる」

サックスは目を見開いたまま大きく息を吸った。「何の匂いかさっぱりわかりません」

「その回答は認められないな」

サックスは苛立ちとともに大きく吸いこみ、その音が電話口のライムにも大きくはっきり伝わることを願った。まぶたをぐっと閉じ、息を吸い、ふたたび吐き気と闘った。

「かび、湿気のこもった匂い。スチームパイプから湯の匂い」

「匂いの元を断定するな。どんな匂いかだけを言え」

「湯。女物の香水」

「確実に彼女のと言えるか？」

「あ、いいえ」

「きみは香水をつけているのかい？」

「いいえ」

「アフターシェーブローションの可能性は？　救急隊員のとか？　ＥＳＵ隊員はどうだ？」

「違うと思います。違います」

「どんな匂いだ？」

「ドライな匂い。ジンのような」

「どっちだと思う？　男物のアフターシェーブローションか、女物の香水か」

ニックはどんなローションを使っていたっけ。そう、アリッド・エクストラドライだった。

「わかりません」サックスは答えた。「男物、だと思います」

「遺体のそばへ」

またパイプをちらりと見やり、すぐに床に視線を落とす。

「私——」

「行くんだ」ライムが命じた。

サックスは遺体に近づいた。剝がれかけた皮膚は、黒と赤の樺の皮みたいに見えた。

「うなじを嗅いでみろ」

「でも、そこは……あの、首の皮膚はほとんど残っていませんけど」

「気持ちは察するよ、アメリア。しかしやってもらわなくてはならないんだ。被害者の香水かどうか確かめる必要がある」

サックスは匂いを嗅いだ。息を吸いこむ。吐き気がこみあげ、あやうく戻しそうになる。

吐きそう。ニックと二人でパンチョの店で飲んだあの晩みたい。フローズン・ダイキリで酔いつぶれた。硬骨の警官二人が、青いプラスチック製のメカジキが泳いでる、ソフトドリンクみたいな酒ごときで千鳥足になって。

「香水の香りはするかね？」

ああ、また……吐き気がこみあげる。

だめ。だめ！　サックスは目を閉じ、関節の痛みだけに意識を集中した。一番痛むのは――膝だ。すると、吐き気は魔法のようにおさまった。「被害者の香水ではありません」

「よし。となると、犯人はアフターシェーブローションを大量にはたくような自意識の強い男かもしれないということだ。それで社会階級を狭められる可能性もある。あるいは、他の匂いを隠すためにしたことかもしれない。たとえばにんにくや葉巻、魚、ウィスキーの匂いだ。まだ断定はできないが。さて、アメリア、注意して聞いてくれ」

「何でしょう？」

「犯人になってもらいたい」

ふん。心理分析とかいうものね。勘弁してほしいわ。

「そんなことをしている暇はないと思いますけど」

「現場鑑識は常に時間との戦いだ」ライムはなだめるように続けた。「しかし、だからといって省略するわけにはいかない。犯人の頭の中に入ってみるんだ。これまでは我々の視点から見てきたね。ここからは犯人の立場に立って考えてもらいたい」

「で、どうすればいいんです？」

「想像力を駆使するんだ。神が人間に想像力を与えたもうたのは、使うためなんだから。さあ、きみは犯人だ。女性に手錠をかけ、口をふさいだ。そしてその地下室に連れこんだ。手錠をパイプにかけた。彼女は怯えている。きみはその様子を楽しんでいる」

「犯人が楽しんでるとどうしてわかりますか？」

「楽しんでるのはきみだ。犯人じゃない。どうしてわかるか、だって？　楽しくもないことにわざわざここまでの手間をかける人間はいないからさ。さて、きみはその周辺の地理に明るい」

「どうしてわかります？」

「前もって調査する必要があっただろう――スチーム供給網のパイプがあって、しかも人目につかない場所を探すためにね。それから、線路脇に残す手がかりを入手しておくために」

サックスはライムの流れるような低い声に魅了されていた。彼の体が二度と動かぬことを完全に忘れていた。「ああ、確かにそうだわ」

「スチームパイプの蓋を外す。早くすませてしまいたい。いま何を考えている？」

「そうですね。早くすませてしまいたい。ここを出たい」

しかし、その答えが口から出た瞬間に気づいていた――それは違う、と。だから、ライムがちっと舌を鳴らす音がヘッドフォンから聞こえても驚かなかった。「本当にそうか？」ライムが問い返す。

「いいえ。このまま続けばいいのにと思っています」

「その通り！　まさにその通りのことを望んでいるはずだ。きみは、スチームが噴き出したら彼女はどうなるだろうと想像を巡らしている。他には何を考えている？」

「えっと……」

頭の中でおぼろげな絵が像を結びかけていた。女性が縛《いまし》めから逃れようと身をよじっている。別の何かが見える……別の誰かが。犯人だ。未詳八二三号。犯人がどうしたというのだろう。あと一歩で理解できる。何だ……何だろう。だが、ふいにその絵は消えた。さっとかき消えた。

「わかりません」サックスは小さな声で答えた。

「焦りを感じている？　それとも冷静に物事を運んでいるのかな？」

「急いでいます。ここから出なくてはならない。いつ警察官が現れるかわからないから。それでも……」

「それでも？」

「ちょっと黙って」サックスはライムを制し、先ほどの絵を彼女の心に芽生えさせた種子を探して、もう一度ボイラー室を見まわした。

部屋がゆらゆらと揺れている。真暗な星空。暗闇と彼方の黄色い光が渦を巻く。だめ、気が遠くなる。

ひょっとしたら犯人は――

あそこだ！　あれがそうだ。サックスの目はスチームパイプをたどっていた。部屋のくぼんだ場所、陰になったところに、別の盲蓋がある。あそこに女性を隠すほうが得策だったはず――万一ボイラー室の前を誰かが通りかかっても、あそこなら入口から見えないうえ、犯人が選んだ盲蓋にはボルトが八本もあったのに、そちらには四本しかない。

あのパイプを選ばなかった理由は？

次の瞬間、理解した。

「犯人は……私はまだ立ち去りたくありません。彼女を見ていたいから」

「なぜそう思う？」少し前にサックスがしたと同じ質問をライムが返す。

「彼女をつなぐのにちょうどいいパイプが別にあるのに、わざわざ人目につきやすいほうのパイプを選びました」

「彼女を見るために？」

「と思います」

「なぜ見ていたい？」

「たぶん、彼女が逃げられないことを確かめるために。口のテープが剝がれないことを確認するために……でしょうか」

「いいぞ、アメリア。だが、それにはどういう意味があるだろう？　その事実を我々はどう利用できる？」

サックスは部屋を見まわし、被害者からは見えず、だが犯人からは被害者がよく見える場所を探した。やがて、暖房用燃料入りの大型タンク二基の間の薄暗い隙間が目にとまった。

「あった！」サックスはそこの床を見て、興奮したように叫んだ。「犯人はここに立っていたんです」ロールプレイはすっかり忘れていた。「掃いたあとがあります」

サックスはポリライトの黄緑色の光を当て、念入りに調べた。

「足跡はありません」気落ちしたようにつぶやく。しかし、ライトを消そうと上に向けたとき、片方のタンクに染みが輝いた。

「掌紋を見つけました！」サックスは誇らしげに宣言した。

「掌紋？」

「タンクに手をついて身を乗り出すと、被害者がよく見えるんです。犯人はきっとそうやって眺めたんでしょう。ただ、妙です、リンカーン。これ……歪んでいます。手形が」サックスは、怪物じみた掌紋を見て身震いした。

「スーツケースにDFOとラベルを貼ったスプレーが入っている。蛍光染料だ。それを掌紋に吹きつけてポリライトを当て、実物大ポラロイドで撮影してくれ」

サックスが撮影がすんだことを報告すると、ライムは言った。「次は小型掃除機でタンク間の床の塵を集めてくれ。運がよければ、犯人が頭をかいて毛髪を落としてくれたか、爪を噛んでくれているかもしれない」

私の癖ね、とサックスは思った。結果的にモデルとしてのキャリアに終止符を打つに至った原因の一つがそれだった。血の滲んだ爪、心細そうに寄せた眉。やめようと努力し、努力し、努力を重ねた。しかし、些細な癖一つにも人生を大きく変える力があることを痛感してくじけ、目標を見失い、ついには降参した。

「掃除機のフィルターを袋に入れろ」

「紙のほう？」

「そうだ、紙の袋だ。さて、次は遺体だ、アメリア」

「えっ？」

「いいか、遺体を調べてもらわなくてはならない」

サックスの心は沈んだ。誰か代わって、お願い。誰か別の人に頼んで。「監察医が先でしょう。そういう規則です」

「今日は規則はなしだよ、アメリア。我々の規則は私ときみが作る。監察医は我々のあとだ」

サックスは被害者に近づいた。

「手順はわかってるね？」

「はい」ぼろ切れのような遺体のすぐそばに立つ。

次の瞬間、その場に凍りついた。被害者の皮膚に触れかけたところで。できない。サックスは身を震わせた。やるんだと自分に言い聞かせる。しかしできなかった。筋肉が言うことを聞かない。

「サックス？　どうした？」

サックスは答えなかった。

できない……その一言だった。無理だ。できない。

「サックス？」

そのとき自分の記憶が映像のように見え、なぜだろう、そこには制服姿の父親がいた。低く腰を屈め、薄汚れた酔っ払いに腕をまわして、四十二丁目の穴だらけの焼けた歩道を歩いて家まで送っていこうとしている。その次にニックが現れた。もしもおとり捜査官だと知れれば、その場でニックを殺しかねないハイジャック犯と、ブロンクスの酒場でビールを飲みながら笑っている。彼女の人生に関わった二人の男。与えられた務めを全うしようとしている男たち。

「アメリア？」

その二つのイメージが浮かんでは消える。しかしなぜそれが彼女を落ち着かせるのか、その落ち着きの源は何なのか、見当もつかなかった。「ここにいます」リンカーン・ライムにそう答え、教えられた手順通りに作業を進めていった。爪の下の異物をかき取り、毛髪――頭髪と恥毛の双方――を梳《す》く。そのときどきにしていることをライムに報告しながら。

虚ろな目玉など無視して……

深紅色の皮膚など無視して。

匂いなど感じないふりをして。

「被害者の服を集めよう」ライムが言った。「すべて切り裂いてくれ。切る前に新聞用紙を下に敷いて、落ちた微細証拠物件を残さず集めるんだ」

「ポケットの中を調べますか？」

「いや、それはこっちに帰ってからにしよう。脱がせたら紙で包んでくれ」

サックスはブラウスとスカートを切り裂き、次にパンティを切った。それから被害者の胸にぶら下がったブラジャーらしきものに手を伸ばした。おかしな感触だった。つかむと破れてしまう。次の瞬間、頬をはたかれるような衝撃とともにその正体を悟り、サックスは短い悲鳴をあげた。それは布ではなく、皮膚だった。

「アメリア？　大丈夫か？」

「ええ！」サックスは喘《あえ》ぎながら答えた。「平気です」

「被害者はどんなもので縛られている？」

「口にはダクトテープ。十センチ幅。警察用の標準的な手錠で両手を拘束され、足は物干しロープで縛られています」

「被害者の体にポリライトを当ててみろ。犯人は素手で被害者に触れたかもしれない。指紋を探せ」

サックスは光を当ててみた。「ありません」

「わかった。ではロープを切って——ただし、結び目はそのままに。袋に入れる。ビニールのほうだ」

指示通り袋に入れる。するとライムが言った。「手錠も必要だ」

「わかりました。鍵なら持ってますから」

「待て、アメリア。錠を外すな」

「え？」

「手錠の錠からは、犯人が残した微細証拠物件が発見できる可能性が高い」

「でも、鍵を使わなければ外せませんよ」サックスは笑った。

「スーツケースに弓のこがある」

「手錠を切断するんですね？」

一瞬の間があった。それからライムの声が聞こえた。「いや。切断するのは手錠ではないよ、アメリア」

「だけど、いったいどうしろと……まさか、冗談でしょ。被害者の手を？」

「しかたがないだろう」ライムは逃げ腰のサックスに苛立っている。

これまでね。セリットーとポーリングは狂人をパートナーに選んでしまったってことよ。あの二人はこれで出世階段から転げ落ちるかもしれない、だけど私まで道連れにされるのはごめんですからね。

「お断りします」

「アメリア、それだって証拠を収集する一つの手段にすぎないだろう」

彼が言うと、なぜこうも筋が通って聞こえるのだろう？　サックスは言い訳を必死に探した。「切断すればそこらじゅうが血の海になって――」

「被害者の心臓は動いていない。それに」ライムは料理番組のシェフのような口調で続けた。「血液は煮立って凝固しているはずだ」

またも吐き気がこみあげる。

「行くんだ、アメリア。スーツケースのところへ行け。のこぎりを取って。蓋に入っている」冷ややかな声でライムはつけくわえた。「頼む」

「だったら、どうして爪の下をえぐらせたわけ？　被害者の手を持って帰ればすんだことじゃないの！」

「アメリア、手錠が必要なんだ。どうしてもこっちで解錠したいが、監察医を待っている時間はない。他にどうしようもないだろう」

サックスは部屋の入口に戻った。のこぎりを固定しているベルトを外し、不吉な形をしたのこぎりを取り出す。それから、薄汚れた部屋の真ん中で苦悶のポーズに凍りついたままの遺体を見つめた。

「アメリア？　アメリア？」

戸外に出ると、空はあいかわらず黄色っぽい重苦しい空気に澱み、近隣の建物は黒焦げの骨のように煤に覆われていた。しかしサックスは、街の空気をこれほどありがたいと思ったことはなかった。片手に鑑識用具が入ったスーツケース、もう一方には弓のこ。ヘッドフォンは首からだらりとぶら下がっている。サックスは彼女に好奇の視線を向ける警察官や野次馬には目もくれず、まっすぐにステーションワゴンに向かって歩きだした。

セリットーとすれ違いざま、立ち止まりもせずに、ひょいと投げるようにして弓のこを彼の手に押しつけた。「そんなにやりたいなら、自分でここまで歩いてきてやればいいじゃないっていってあの人に言っておいて」

第2部　ロカールの原則

現実の世界では、殺人現場を訪れる機会は一度しかない。

元ニューヨーク市警刑事課長

ヴァーノン・J・ゲバース

土曜日午後四時から土曜日午後十時十五分

9

「実はご相談したいことが」

デスクを挟んで向こう側に座った男は、TVドラマでよく見るような、いかにも大都市の警察副本部長といった風采だった。偶然にも、この男の身分はまさにそれだった。銀髪、優しげな顎、金縁めがね、誰をも惹きつける物腰。

「ほう、何事かね、巡査？」

ランドルフ・C・エッカート副本部長は見下すような目をサックスに向けた。サックスはその視線に出合ったとたんに見てとった。エッカートの考える男女平等とは、女性警察官も男性警察官と同じように手厳しく扱うという意味なのだ。

「納得がいかないことがあります」サックスは硬い声で言った。「タクシー誘拐事件についてはご存じですね？」

エッカートがうなずく。「その事件のせいで全市が大混乱《ダブルダッチ》だからな」

サックスは、ダブルダッチというのは子どもがよくやる縄跳び遊びの名前ではなかったかと思ったが、副本部長の言い間違いを正そうなどと大それたことは考えなかった。

「いまいましい国連会議のおかげで」エッカートが続けた。「全世界の注目がここに集まっている。不公平きわまりないね。ワシントンDCといえば犯罪と書き立てるマスコミはないだろう。デトロイトもそうだ。いや、デトロイトは当てはまらないか。たとえば、そうだ、シカゴ。絶対に犯罪とは結びつけないだろう。ところが、ニューヨークといえば必ず犯罪都市という枕詞がつく。しかし、ヴァージニア州リッチモンドで去年一年間に起きた殺人事件は、人口比で見ればニューヨーク市よりも多かったんだ。調べてみたんだがね。それに、私に言わせれば、車の窓を開けっぱなしでワシントンDCの南東部を走るくらいなら、丸腰のままパラシュートでセントラル・ハーレムに降りるほうがまだましだ」

「確かに」

「拉致された若い女性が遺体で発見されたことは聞いた。どの報道番組も大騒ぎだ。あの記者連中ときたら」

「ええ、ダウンタウンで遺体が発見されました。ついさきほど」

「残念な結果になった」

「はい」

「犯人はただ殺したのかね？　ただ単に？　身代金要求などは一切なしに？」

「身代金の要求があったとは聞いておりません」

「で、きみの相談とやらは何かね？」

「今回の事件とも関連している、今朝の殺人事件現場で初動捜査を行なったのが私でした」

「きみはパトロールだったね？」エッカートが訊いた。

「ええ、今朝までは。今日の午後十二時に広報課へ異動するはずでしたが。十二時の研修から」サックスは、指先に肌色のバンドエイドをいくつも貼った両手を持ち上げ、すぐにまた膝にのせた。「ところが、足止めを食らいました」

「誰に？」

「ロン・セリットー警部補です。それから、ハウマンESU隊長。そしてリンカーン・ライム」

「ライム？」

「そうです」

「まさか、何年か前までIRD部長だったあの男ではないだろうね？」

「そうです。彼です」

「死んだものと思っていたが」

ああいった自己中心的な人間はそう簡単には死なない。

「ぴんぴんしています」

副本部長は窓の外を見つめた。「あの男はもう警察の人間ではないはずだ。なぜこの事件に首を突っこんでいる？」

「捜査顧問として、だと思います。捜査主任はセリットー警部補です。ポーリング警部が統括しています。私は今回の異動を八か月も待ちました。ところが、今日、当日になって現場鑑識を命じられました。鑑識など一度も経験がないのに。まるで納得がいきませんし、研修を受けたことさえない職務を押しつけられて、率直に言って憤慨しています」

「鑑識？」

「ライムの命令で、現場鑑識一切を任されたんです。単独で」

エッカートにはさっぱり事情が呑みこめなかった。サックスの話が理解できない。

「なぜ民間人が制服警官に命令するんだ？」

「私が申し上げたいのはそこです、副本部長」サックスは我が意を得たりと続けた。「いえ、私だってある程度までは助力を惜しみません。でも、被害者の遺体を切断しろと言われても……」

「何だって？」

サックスは、その話がエッカートの耳に入っていないことに驚いたように目をしばたたいた。手錠の一件を説明する。

「あいつら、何をふざけたことを考えてる？　おっと、汚い言葉遣いをして申しわけない。しかし、あの連中は、全国の目がこっちを向いていることがわかっていないんじゃないのか？　ＣＮＮは朝からずっとこの拉致事件を報道している。それなのに被害者の手を切り落とすだと？　ところで、きみはハーマン・サックスのお嬢さんだったね」

「その通りです」

「立派なパトロール警官だった。いや、最高のパトロール警官だった。お父さんが受けた褒賞の一つを授与したのは私でね。パトロール警官の手本のような存在だったよ。担当はミッドタウン・サウスだったかな？」

「ヘルズ・キッチンです。私の担当区域もそうです」

今朝までの私の担当区域。

「ハーマン・サックスが在職中に防いだ犯罪の数は、市警の刑事課が一年間に解決する事件数を上まわるだろうね。うまいぐあいに八方丸くおさめて」

「父はそういう人でした。確かに」

「被害者の手を切るだと？」エッカートはふんと鼻を鳴らした。「被害者の家族に訴えられるだろう。その話が知れたとたんにな。世間は何かというと警察相手に訴訟を起こす。警察官に抵抗したとき自分はナイフしか持っていなかったのに、脚を撃たれたといって警察を告訴した強姦魔と、いまも係争中でね。その男の弁護士は、〝より破壊的でない別の手段の活用〟とかいう理屈を持ち出してきたよ。警察は銃を発砲する代わりに電気ショック銃か催涙ガスを使うべきなんだそうだよ。いや、抵抗をやめてくれと頭を下げろとでも言いたいのかもしれないな。それはそうと、いま報告してくれた件に関しては、本部長と市長に知らせておいたほうがいいだろう。私から電話しておくよ、巡査」エッカートはそう言って壁の時計を見上げた。四時をまわったところだった。「今日の勤務は終了かね？」

「リンカーン・ライムの家に戻らなくてはなりません。あの家が本部なんです」あの弓のこが脳裏をよぎる。サックスは冷ややかな口調で言った。「というより、彼の寝室が、です。寝室が私たちの捜査本部なんです」

「民間人の寝室が捜査本部？」

「お力を貸していただければありがたいのですが、副本部長。ずっと以前から今回の異動を待っていたものですから」

「被害者の手を切り落とす、か。世も末だな」

サックスはドアを抜け、まもなく毎日歩くことになるはずの廊下の一つに出た。予定よりもほんの数時間長く待たされはしたものの、サックスはやっと肩の荷が下りたような気がしていた。

男は緑色の瓶ガラス製の窓越しに、通りを挟んだ空き地をうろつく野犬の群れを眺めていた。

そこは一八〇〇年代初頭に建てられた、大理石をふんだんに使った連邦様式の老朽家屋の一階だった。空き地や安アパート——無人の部屋、きちんと家賃を払う住人に恵まれた部屋もあるが、ほとんどは誰かが勝手に潜りこんで暮らしている——に囲まれたこの屋敷は、彼が来るまでは何年も空き家だった。

ボーン・コレクターはまたエメリー研磨紙を手に取ると、研磨作業を再開した。作品に目を落とす。それからまた窓の外を見やった。

彼の両手は円を描くように正確に動いた。小さくちぎった紙やすりがささやくような音を立てる。しゅーっ。しゅーっ。それは子どもをなだめる母親の声にも似ていた。

十年前、ニューヨークにもまだ夢があった時代、酔狂な芸術家がこの屋敷を買い取った。画家は、じめじめとした二階建てのこの家を、錆の浮いた壊れかけのアンティーク家具で埋め尽くした。錬鉄のグリル、分厚い王冠型刳形《くりかた》、ひび割れた枠入りステンドグラス、染みだらけの柱。壁には芸術家の作品がいくつか残されている。古い漆喰にフレスコ画法で描いた作品——労働者、子ども、苦悶の表情を浮かべた恋人たちの壁画。その画家のモチーフとおぼしい、表情の乏しい丸い顔。つるりとした体から魂が抜き取られでもしたように、虚ろな目をこちらに向けている。

その画家は、最強の宣伝効果を上げるはずの自殺までしてみせたというのに、お世辞にも売れっ子とは呼べないまま終わり、数年前、銀行はこの屋敷を抵当流れ処分にした。

しゅーっ……

去年、ボーン・コレクターは偶然この屋敷を見つけ、これぞ我が家と直感した。無論、彼にとってはさびれた地域に建つことが絶対条件だったが、この屋敷はその点でも間違いなく合格だった。しかし、この屋敷にはもう一つ魅力が、もっと個人的に意味の深い魅力があった。向かいの空き地だ。数年前、その空き地で、掘削工事中に地下から大量の人骨が発見されていた。そこはかつて市の墓地だったらしい。新聞記事によれば、南北戦争時代や英国植民地時代のニューヨーカーのみならず、マナテ族やレナピ族といったアメリカ先住民の遺骨も埋葬されている可能性があるとされていた。

ボーン・コレクターはエメリー研磨紙で磨いていたもの――掌の付け根の繊細な骨、中手骨――を脇に置き、昨夜、最初の犠牲者を拾いにケネディ国際空港に出かける前に、橈骨と尺骨から慎重に外しておいた手根骨を手に取った。一週間かけて乾燥させたかいあって肉はほとんどなくなっていたものの、複雑に嚙み合った骨を分解するのには少々手間がかかった。外れるとき、魚が湖水から飛び上がるときのような、ぴしっというかすかな音がした。

それにしても、治安官どもは予想よりもはるかに優秀だった。彼は、空港から拉致したあの女をどこに監禁したか、果たして特定できるものだろうかと思いながら、パール・ストリートを捜索する男たちを観察した。そして、彼らが突然、正解の建物めざして一斉に駆けだしたときには目をみはった。手がかりの解き方を心得るまでに、警察はあと二、三人は死者を出すことになるだろうと高をくくっていた。無論、連中は今回の女を救うことはできなかった。とはいえ、ほんのひと足違いだった。あとわずか一、二分早ければ、大逆転も起こりえたのだ。

人生においても、一歩の差が大きな違いを生むのに似て。

舟状骨、月状骨、有鉤骨、有頭骨……ギリシャの知恵の輪のように絡みあった骨が、彼の力強い指に降参してばらばらに外れた。肉や腱の残片を取り去る。彼は大菱形骨――親指の付け根の骨――を選ぶと、これもやすりで磨き始めた。

しゅーっ。しゅーっ。

やがて目を細めてふと窓の外を眺めたとき、古い墓の一つに男が見えたような気がした。幻に違いない。その男は山高帽に辛子色のトレンチコートという格好だったのだから。その男は暗い赤の薔薇の花束を墓に供えて振り向くと、行き交う馬や馬車の間をすりぬけて、コレクト池の放水口をまたぐカナル通りを歩き、優美なアーチ付きの橋の方角に消えていった。誰の墓参りだろう。両親？　兄弟？　肺病で死んだのか、あるいは最近、市内で猛威を振るっている恐ろしいインフルエンザで命を落としたか――

最近？

いや、無論、現代の話ではない。百年前――彼が最近と言ったのは一世紀前のことだ。ボーン・コレクターはまた目を細めて戸外を見た。馬車や馬は消えていた。山高帽の男も。あれほど鮮やかに生き生きと見えたのに。

たとえどれほど鮮やかに見えたとしても。

しゅーっ。しゅーっ。

またしても割りこんできている――過去が。遠い過去に起きた出来事が見える。当時の出来事が、まるでいま進行している出来事のように。追い払えるはずだ。絶対に追い払えるはずだ。

しかし窓の向こうを見つめながら、そうだった、過去とか未来といった概念は存在しないのだと思い直す。彼の世界には存在しないのだ。彼は時を超えて行き来できた。一日、五年、百年、二百年。風に舞う枯れ葉のごとく。

腕時計に目を落とす。そろそろ行かなくては。

骨を炉棚にそっと置き、まるで外科医のように丁寧に手を洗った。次にペットの抜け毛を取るローラーを五分かけて使い、治安官に追われるきっかけになりかねない骨のかすや塵、体毛などを服から取り除く。

未完成の絵、満月のような顔をして白いエプロンをかけた肉屋の前を過ぎ、馬車庫に向かった。ボーン・コレクターはタクシーに乗りこみかけたが、考え直した。予測不可能な行動を心がけることこそ、無敵の護身につながる。今回はこっちの四輪馬車を使おう――箱形の馬車、フォードだ。エンジンをかけ、通りに車を出し、車庫の扉を閉めて鍵をかける。

過去も未来もない……

彼が墓地の脇を走り過ぎると、犬の群れが顔を上げてフォードを眺めたが、すぐにまた野ねずみを探し始め、耐えがたい暑さを癒す水を求めて鼻先を藪に突っこんだ。

過去も現在もない……

彼はポケットからスキーマスクと手袋を取り出して助手席に並べると、スピードを上げて古《いにしえ》の街並みを走り抜けた。ボーン・コレクターは狩りを再開しようとしていた。

10

部屋のどこかが前と違っていたが、何が変わったのか判然としない。

リンカーン・ライムはサックスの目に疑念を見てとった。

「きみがいなくて淋しかったよ、アメリア」ライムは素知らぬ顔で声をかけた。「用事でも？」

サックスはライムから目をそらした。「私の新しい上司に、私は今日は出勤できないと伝えてくださった方はいらっしゃらないようね。誰かが伝えてくださったものと思ってましたけど」

「ああ、悪かった」

サックスは壁をじっと見据えていたが、何が変わったのか、徐々にわかり始めていた。メル・クーパーが持参した最低限の機器に加え、X線分析装置付き走査型電子顕微鏡、ガラス検査用に顕微鏡に取り付ける浮選検査装置とホットステージ、比較顕微鏡、土壌検査に使う密度勾配検査管、それに合計百個はありそうなビーカー、広口瓶、化学薬品入りの瓶が並んでいた。

そして部屋の真ん中に、クーパーご自慢の品――コンピューター制御式GC－MSが鎮座していた。その隣には別のコンピューターが控え、こちらはIRD研究所にあるクーパーの端末と常時オンラインでつながっている。

サックスは蛇のように床を這って一階へ伸びる太いケーブルの束をまたいだ――家庭用電流でも機器類は無事に稼働できたが、寝室のコンセントだけではアンペア数が足りなかったのだ。その一歩わきへよける動作、優美で、計算しつくされた動きを見て、サックスという女は本当に美しいとライムは感心した。彼がこれまでに会った警察官の中で、文句なく一番美しい女だった。

ほんの一瞬、サックスがたとえようもなく魅力的な女に思えた。セックスとは心の欲だと言うが、ライムはそれが真実であることを知っていた。精管を切除したところで性欲は失われない。思い出すといまもかすかな戦慄を覚える出来事が脳裏に蘇る。事故から六か月ほどたったある晩のことだった。ブレインと試みたのだ。ちょっと試してみるだけ――深刻な雰囲気を避けようと、そう繰り返しつつ。大した問題ではない、と。

しかし、実はそれは大問題だった。セックスとはもとより厄介な行ないだが、そこへカテーテルや尿袋が加わるとなると、並々ならぬ根気とユーモア、そしてライムとブレインの間に存在していた以上の絆が必要だった。だが、そのひとときをぶちこわしにしたのは、それも一瞬にして台無しにしたのは、ブレインの表情だった。ブレイン・チャプマン・ライムの辛そうな、懸命な表情を目にした瞬間、ライムは彼女が憐憫からそうしていることを悟り、心をぐさりと貫かれたような衝撃を受けた。その二週間後、彼は離婚を申し出た。ブレインは異議を唱えたものの、第一回の調停の場で書類にサインした。

セリットーとバンクスも寝室に戻っており、サックスが収集した証拠物件を整理していた。サックスは軽い好奇心を覚え、二人の手元を眺めた。

ライムがサックスに向き直った。「指紋採取課があのあと発見した新しい指紋は、不完全なものばかり、たったの八個だった。どれもあのビルの保守作業員二人のものだったよ」

「そうですか」

ライムは大きくうなずいた。「たったの八個だぞ！」

「この人はあなたを褒めてるんですよ」とトムが解説した。「喜んでおいたほうがいい。これを最後に褒め言葉なんて二度と聞けないでしょうからね」

「通訳は要らないよ。お気遣いありがたいがね、トム」

サックスは答えた。「お役に立てたなら光栄です」精一杯、愛想よく。

おやおや、これはどうしたことだろう――。ライムは、サックスが足音も荒くこの部屋に現れ、証拠物件を収めた袋をベッドの上に乱暴に放り出すものと決めてかかっていた。下手をすると、弓のこや、切断した被害者の両手が入ったビニール袋まで投げつけてくるだろうと。大喧嘩、容赦ない口喧嘩を、彼は楽しみに待っていたのだ。身体障害者を相手に、本気で喧嘩を吹っかける人間にはめったにお目にかかれない。ライムはこの瞬間まで、初めて会ったとき彼女の瞳に浮かんだあの表情は、二人の間に何かしらの共通点が存在する証拠かもしれないと考えていた。

しかし、違った。いま、ライムはそれは考え違いだったことを痛感していた。アメリア・サックスは他の誰とも変わらなかった——彼の頭をよしよしとなでながら、一番近い出口を探している。

ぴしっと音を立てるようにして、ライムの心は氷に変わった。次に口を開いたときには、彼の目は天井の隅の蜘蛛の巣に向いていた。「次の期限はいつだろうかと話していたところでね、巡査。今回は特定の時刻を指定していないようだから」

「いまのところ」セリットーが先を引き取った。「奴の計画が何であれ、その計画はいままさに実行中なのではないかと言っていたんだ。次の犠牲者が死ぬ時刻を、犯人自身にも特定できないのではないかとね。リンカーンの予想では、たとえば哀れな誰かさんを捕まえて、わずかな空気しかない場所に閉じこめてるとか」

その言葉を聞いてサックスが目をわずかに細めた。ライムはそれに気づいた。監禁。人間誰しも一つくらい弱みがあるとすれば、閉所恐怖症だって立派な弱みになり得る。

そのとき、灰色のスーツ姿の男が二人現れ、話はそこで中断した。二人はまるで自分の家に帰ったような風情で階段を上り、寝室に入ってきた。

「ノックはしたんだ」片方が言った。

「ブザーも鳴らしたよ」もう一人が言った。

「しかし誰も出てこなかった」

二人とも四十代らしく、片方がもう一方よりも背が高かったが、どちらも同じ砂色の髪をしていた。笑顔は瓜二つで、ブルックリンっ子特有の母音の強い話し方を耳にするまでは、いかにも片田舎の農場出身といった風采だな、というのがライムの受けた印象だった。一人の青白い鼻筋には、正直者の証《あかし》のようなそばかすが浮いている。

「紹介しよう」

セリットーがハーディ・ボーイズを紹介した。ベディング刑事とサウル刑事、足で稼ぐプロ。二人の仕事は聞きこみ——目撃証言や手がかりを探して、現場近くの住人から話を聞くことだった。それはある種の特殊技能だが、ライムにとっては、学んだこともなく、身につけたいと思ったこともないテクニックだった。厳然たる事実を暴き出し、それを目の前の二人のような刑事に伝えることに彼は満足していた。そして彼が提供したデータで武装した刑事は、歩く嘘発見器となり、容疑者が苦心して練り上げた作り話を粉砕する。見たところ、寝たきりの民間人の指示を仰ぐことに、ハーディ・ボーイズのどちらも何らの疑問も抱いていないらしかった。

背が高いほう、そばかすのサウルが口を開いた。「合計で三十六——」

「三十八だ、クラック中毒の二人を加えれば。こいつは数に入れていない。俺は入れている」

「――人。全員と話をした。大した収穫はなかった」

「連中ときたら、目は見えない、聞こえない、そのうえ健忘症揃いでね。いつものことだが」

「タクシーの行方はわからない。ウェスト・サイドを徹底捜索した。惨敗。完封負けだ」

ベディングが言う。「いいニュースも教えてやれよ」

「目撃者がいた」

「目撃者？」バンクスが意気込んだ。「さすがですね」

バンクスとは対照的に、ほとんど期待していないような口ぶりで、ライムが促した。

「それで」

「目撃者は、今朝の線路脇の犠牲者の死亡推定時刻ごろ」

「十一番街を歩いている男を目撃した。その男は――」

「〝唐突に〟」と、そばかすはないベディング。

「――向きを変えて、線路の上を通る陸橋に続く路地を入っていった。しばらくそこに突っ立って――」

「下を見ていた」

ライムは当惑したように言った。「今回の犯人らしくない行動だな。そんなことをして目撃される危険を冒すほど愚かとは思えない」

「ところが――」サウルが注意を促すように指を一本立て、パートナーを見やった。

「その男が立っていた場所が見える窓は、近所でたった一つだけ」

「我らが目撃者は、偶然にもその窓の前に立っていた」

「いつになく早起きしたものだから。彼に神のお恵みを」

彼女に腹を立てていたことをすっかり忘れ、ライムはサックスに尋ねた。「どうだい、アメリア。ご感想は？」

「感想？」サックスは窓の外を眺めていたが、ライムに視線を戻した。

「正解だったわけだろう」ライムは言った。「きみは十一番街を封鎖した。三十七丁目だけではなく」

サックスは返す言葉に詰まったが、ライムはすぐにまた二人組のほうに向き直った。

「人相は？」

「目撃者は大した証言はできなかった」

「酒を喰らってたんだ。朝っぱらから」

「どちらかと言えば小柄だったそうだ。髪の色は不明。人種は――」

「おそらく白人」

「服装は？」ライムが訊く。

「黒っぽい服。それしか覚えていなかった」

「そんなところで何をしていたんだろう？」セリットーが質問する。

「目撃証言をそのまま繰り返すよ。〝そいつはただそこに突っ立って下を見てた。飛び降りるんじゃねえかと思ったよ。ほら、電車に飛びこむんじゃないかってさ。二回くらい、腕時計を見てたかな〟」

「しばらくして立ち去った。周囲をきょろきょろ確かめていたらしい。人目を気にしてるみたいに」

いったい何をしていたのか、ライムは不思議に思った。被害者が死ぬ様子を見ていたのか。それとも、これは被害者を墓に埋める前の話で、線路付近に人がいないことを確認していたのか。

セリットーが聞いた。「歩いてか。車でか」

「歩いて消えた。周辺の駐車場を――」

「車庫も」

「漏れなく確認した。ところが、コンベンション・センターが近いせいもあって、あのへんには駐車場が腐るほどある。さっき行ったときも、オレンジ色の旗を持って車を招き入れている整理員が、数えきれないくらい通りに立ってたよ」

「しかも会議のせいで、駐車場の半数は朝七時には満車になっていた。およそ九百台分のナンバーを控えてきたけどね」

セリットーが首を振った。「引き続き調査を頼みたい――」

「他の者にやらせてる」ベディングが言う。

「――と言っても、八二三号は駐車場なんかには車を預けないだろうし」セリットーが先を続けた。「駐車違反の切符を切られるようなへまもしないだろう」

ライムは確かにというようにうなずいて訊いた。「パール・ストリートのビルのほうはどうなってる?」

二人組の片方が、あるいは両方が、かもしれないが、答えた。「次にあっちを当たるつもりでいた。さっそく行ってくる」

指の先から血を滲ませ、白い手首の掌よりにはめた腕時計を確かめるサックスの姿が、視界の隅に映る。ライムは、新たに判明した犯人の特徴をプロファイル表に書き加えるようトムに指示した。

「話をお聞きになりますか?」バンクスが尋ねた。「線路脇に住んでるという目撃者ですが?」

「いや。私は証人の話を当てにしない主義でね」ライムはそう豪語した。「それより、仕事を再開しよう」そう言ってメル・クーパーに目配せし、指示を与える。「毛髪、血液、骨、それに木片。まずは骨だな」

朝《モルゲン》……

モネール・ゲルガーは目を覚まし、ぎしぎしときしむベッドの上でゆっくりと体を起こした。グリニッチ・ヴィレッジで暮らし始めて二年になるが、いまだに朝は苦手だった。

　二十一歳のふくよかな若い体をそろそろと起こすと、ぼんやりかすんだ目を八月の陽射しが容赦なく痛めつけた。「きゃ《マイン・ゴット》……」

　クラブを五時に出て、帰ってきたのが六時、それからブライアンと七時まで愛し合って……

　いったいいま何時だろう？

　午前中の早い時間。それは確かだろう。

　目を細めて時計を見る。嘘でしょ。午後四時三十分だった。

　朝早い《フリユー・モルゲン》どころじゃなかったわね。

　コーヒーを淹れる？　洗濯が先？

　いつもならこのくらいの時刻にドジョの食堂に出かけてベジタリアンバーガーの朝食を食べ、ドジョご自慢の濃いコーヒーを三杯ほど飲む。あの店に行けば知り合いに会える。モネールの同類、クラブの常連たち——ダウンタウンの住人たちに。

　しかし、このところずいぶん家事をさぼっていた。しかたなく、ぽっちゃりとした体形を隠すためにぶかぶかのTシャツを二枚重ねて着、ジーンズを穿き、チェーンを五、六本首から下げると、洗濯物の入ったバスケットを抱え、ウィスク液体洗剤のボトルを汚れ物のてっぺんにのせた。

　ドアの差し金を三本とも外す。それからバスケットを抱え直し、寮の暗い階段を下りていった。地下一階に下りたところで立ち止まる。

何かいつもと違うみたい《イルゲントヴァス・ステイムト・ヒア・ニヒト》。

不安に駆られ、モネールは誰もいない階段室や薄暗い通路を見まわした。

どこが違うの？

ああ、電灯ね！　廊下の電球が揃って切れている。いえ、違う――モネールは目を凝らした――なくなっているのだ。悪がきどもは何でも手当たり次第盗んでいく。モネールがこのドイツ会館に越してきたのは、ここがドイツ人芸術家やミュージシャンの安息の住み処だと耳にしていたからだった。ところがいざ住んでみると、イースト・ヴィレッジ周辺のどの共同住宅とも変わらない、不潔なくせに家賃ばかりやたらに高く、エレベーターさえ備えていないただの安アパートだとわかった。唯一の違いは、管理人に向かって母国語で文句を言える点だけだ。

そのまま地下室のドアを抜けてごみ焼却室に入る。暗くて何も見えず、床に転がったがらくたにつまずかないよう壁を手探りしながら進んだ。

ドアを押し開け、洗濯室へ続く通路に出る。

足を引きずる音。小走りに過ぎる音。

モネールは勢いよく振り返ったが、見えたのは動かぬ影だけだった。そして聞こえるのは、行き交う車の音、古い、古い建物のうめき声だけ。

薄暗がりを奥へ進む。段ボールの山、椅子やテーブルなどの粗大ごみ。油じみた埃まみれのケーブルの下をくぐる。モネールは洗濯室に向かって歩き続けた。ここの電球もなくなっている。心細くてたまらない。こんな気持ちになったのは何年ぶりだろう。父と動物園に行く途中、オーベルマイン橋を越えてすぐ、ランゲ通りから細い路地に入った。五歳か六歳のときだった。父がふいにモネールの肩に手を置き、橋を指さして、あの下には腹を空かせた巨人が住んでいるんだよと、いかにもさりげない口調で言った。そのあと帰り道で橋を渡ったとき、父は急ぎ足で渡らないと食われるぞとモネールを脅かした。あのときと同じ恐怖のさざ波が、背骨から、クルーカットにしたブロンドの髪へと駆け上がっていく。

馬鹿な。巨人がいるだなんて……

電気器具の低いハミングに耳を澄ましながら、湿っぽい通路を進んでいく。どこか遠くの方から、オアシスの仲の悪い兄弟の歌声が聞こえてくる。

洗濯室も暗かった。

ここの電球も全部なくなってたら、洗濯はやめにしよう。上階に戻ってミスター・ナイシェンが何事かとあわてふためいて出てくるまで部屋のドアをがんがん叩いてやろう。正面玄関と裏口の掛け金は壊れているし、玄関前の階段でビールをがぶ飲みしている少年たちを追い払おうともしないから、あの管理人にはさんざん文句を言ってやったばかりだ。電球がなくなっていると言って、また怒鳴りつけてやろう。

洗濯室の中に手を伸ばし、スイッチを押す。

まぶしいほどの白い明かり。大きな電球が三個、太陽のように輝いて部屋を照らし出した。不潔ではあっても、誰も待ち伏せなどしていない。四台並んだ洗濯機にまっすぐ近づき、白物を一台に、色物をその隣の洗濯機に入れる。二十五セント硬貨を数えて選り分け、硬貨投入口に入れてレバーを向こうに倒す。

動かない。

モネールはレバーをがちゃがちゃと揺さぶった。次に洗濯機を蹴飛ばした。動かない。

「まったく。くそいまいましい《ゴットフェルダムテ》ったらない」

そのとき、電源コードが目に入った。どこかの馬鹿がプラグを抜いたのだ。誰のしわざか察しがつく。ナイシェンには十二歳の息子がいて、寮の設備が壊れていれば、犯人はだいたいその少年だった。去年、何かのことで文句を言うと、悪がきはモネールを蹴飛ばそうとした。

電源コードを拾ってしゃがみこむと、洗濯機の後ろに手を入れてコンセントを探した。プラグを差しこむ。

ふっと男の息がうなじにかかった。

嘘《ナイン》!

男は壁と洗濯機の隙間に隠れていた。短い叫び声をあげたとき、スキーマスクと黒っぽい服が見え、次の瞬間、動物に食いつかれるように男に腕をつかまれていた。モネールはバランスを崩し、男はやすやすと彼女を前のめりに倒した。モネールは床に転がってざらざらしたコンクリートに額を打ちつけ、喉元まで出かかった悲鳴をこらえた。
一瞬のうちに男が馬乗りになってコンクリートの床に彼女の腕を押さえつけ、灰色の厚手の粘着テープをぴしゃりと口に貼りつけた。

助けて《ヒルフェ》！

いや《ナイン》、お願い、やめて《ビッテ・ニヒト》。

お願い、やめて《ビッテ・ニヒト》。

体は大きくなかったが、男の力は強かった。モネールを軽々とうつぶせにひっくり返す。手錠が手首に絡みつき、ぱちんと音を立てて締まる。

それから男は立ち上がった。しばらくの間、水の滴る音とモネールのぜいぜいという息遣い、地下室のどこかから響いてくる小型モーターの硬い音だけが聞こえていた。いまにも男の両手が体に触れ、彼女の服を破り取るだろう。男が洗濯室の入口に行き、誰も来ないことを確かめている気配。

人が来る心配はまったくないと彼女は知っていた。無性に自分に腹が立つ。洗濯室を使う住人は数えるほどだった。ほとんどの住人は、人気《ひとけ》がなく、裏口や窓に近く、助けを呼ぶには遠すぎる洗濯室を避けた。

男が引き返してきて彼女を仰向けにさせる。何か小声で話しかけられたが、モネールには聞きとれない。次に男はこうささやいた。「ハンナ」

ハンナ？　人違いだわ！　この人は誰かと勘違いしている。モネールは首を大きく横に振り、間違いをわからせようとした。

しかし男の目を見た瞬間、彼女は身動きを止めた。スキーマスク越しにも、様子がおかしいことは見てとれた。男はがっかりしている。モネールの全身に目を走らせ、首を振っている。手袋をはめた手で彼女の太い腕を握った。肉付きのよい肩をぐっとつかみ、脂肪を指先でつまむ。モネールは痛みに身を震わせた。

そう、男の目に見えたもの、それは落胆だった。捕まえたはいいが、こんな女でいいものかと迷っているのだ。

男はポケットに手を突っこみ、その手をゆっくりと出した。ナイフが開くかちりという音は、電気ショックのようだった。モネールは激しく泣きじゃくり始めた。

いや《ナイン》、いや《ナイン》、いや《ナイン》！

葉の落ちた枝々を渡る風のように、男の歯の間からひゅうと息が漏れた。考えこむような様子で彼女のほうにかがみこむ。

「ハンナ」ささやき声。「どうしたものだろうね？」

次の瞬間、ふいに心を決めたらしかった。ナイフをしまい、乱暴な手つきで彼女を立ち上がらせると、背中を押して通路を歩かせ、裏口から戸外へ出た。彼女が何週間も前からあの掛け金を直してくれとミスター・ナイシェンをせっついていた、その裏口から。

11

犯罪学者とはまさにルネッサンス的教養人だ。

植物学、地質学、弾道学、医学、化学、文学、工学に通じていなければならない。ストロンチウムを多く含む灰はおそらく高速道路の照明のものであること、「ファサ」とはポルトガル語でナイフの意味であること、エチオピア人は食事のときナイフやフォークを使わず、右手だけで食べること、右回りの溝と山が五組刻まれた弾はコルトから発射されたものではありえないこと――犯罪学者がそれらの知識を備えていれば、犯罪現場と犯人の接点を見出すことができる。

犯罪学者なら例外なく通じている分野が解剖学だ。そして言うまでもなく、それはリンカーン・ライムの得意分野だった。過去三年半にわたり、骨と神経の入り組んだ関係にがんじがらめに縛られてきたのだから。

ライムはジェリー・バンクスが片手にぶら下げている、ボイラー室で採取した証拠物件の袋にちらりと目を走らせ、高らかに宣言した。「それは脚の骨だ。ヒトのものではない。したがって次の被害者のものではないことになる」

それは周囲五センチほどの円形をした骨で、のこぎりできれいに切断されていた。のこぎりで引いた跡に血がこびりついている。

「中型の動物」ライムは続けた。「たとえば大型犬、羊、山羊。見たところ、五十から八十キロの体重を支える骨だな。だが、念のためにそいつが動物の血液であることを確認しておこう。被害者のものという可能性も拭いきれない」

被害者を骨で殴り殺したり、刺し殺したりした例は過去にいくつも知られている。ライム自身もそういった事件を三件扱っていた。武器はそれぞれ、牛の膝関節の骨、鹿の脚の骨、そして残る一件は忌まわしいことに被害者自身の尺骨だった。

メル・クーパーは血液の由来を確認するためにゲル内拡散沈降反応検査を行なった。

「結果が出るまでしばらく時間がかかる」詫びるようにそう説明する。

「アメリア」ライムはサックスを呼んだ。「きみにも手を貸してもらおうか。そこの拡大ゴーグルを使って骨をじっくり観察してみてくれ。何が見えるか教えてくれないか」

「顕微鏡ではなくて？」サックスは聞き返した。ライムは断られるものと思っていたが、サックスは骨に近づき、好奇心もあらわにまじまじと見つめている。

「顕微鏡では倍率が高すぎる」ライムはそう答えた。

サックスはゴーグルを着け、白いほうろう引きのトレーの上にかがみこんだ。クーパーが卓上電気スタンドを点ける。

「切断面を観察して」ライムが言った。「ぎざぎざか、滑らかか」

未詳 823号			
容貌	住居	移動手段	その他
・白人男性、小柄 ・黒っぽい服	・アジトを確保している可能性大	・イエローキャブ	・現場鑑識の知識あり ・前科者の可能性大 ・指紋の知識あり ・32口径のコルトを所持

「非常に滑らかです」

「電動のこぎりだな」

切断したとき、その動物は生きていたのだろうか。

「とくに変わった点はないか？」

サックスはしばし一心に観察していたが、やがてつぶやくように答えた。「そうですね。なさそうです。骨の塊にしか見えません」

そのときだった。トムが通りがかりにトレーにちらりと目をやって言った。「それが手がかりですか？　また妙なものを」

「妙？」ライムが言った。「妙だって？」

セリットーが訊く。「何か推理でも？」

「推理ってほどのものじゃありませんよ」トムは腰をかがめて匂いを確かめた。「これはオッソブーコだ」

「何だって？」

「子牛のすねですよ。いつだったか、作ってあげたでしょうに、リンカーン。オッソブーコです。子牛のすねの煮こみ」そう言ってトムはサックスに顔をしかめて見せた。

「塩が足りないと文句を言われましたっけね」

「やられた！」セリットーがわめいた。「食料品店で買ったんだ！」

「運が良ければ」ライムは言った。「なじみの食料品店で買ってくれたかもしれないぞ」

そのときクーパーが、沈降検査の結果、サックスが発見した骨に付着した血液はヒトのものではなかったと報告した。「おそらくこれはウシ属の動物のものだ」

「それにしても、犯人は我々に何を伝えようとしてるんでしょう？」バンクスが尋ねた。

ライムにも皆目見当がつかなかった。「とにかく先へ進もう。そうだ、鎖と南京錠からは何か発見できたか？」

クーパーはばりばりと音を立てるビニール袋入りの金物類をざっとあらためた。「いまはどの製造業者も鎖には刻印を打たなくなっている。だから鎖のほうは参考にならないな。錠はセキュア－プロの中級品だ。大して安全《セキュア》じゃないし、玄人が使う錠でもないことだけは確かだ。壊すのにどのくらいかかった？」

「三秒きっかり」セリットーが答える。

「やっぱり。製造番号はなし。全国どこでも、金物店や雑貨店に行けば買える類のものだ」

「鍵式か、それともコンビネーション？」ライムが訊いた。

「コンビネーション錠だよ」

「製造業者に電話しろ。分解してタンブラーから数字の組み合わせを割り出したとしたら、出荷時期と出荷先がわかるものかどうか、問い合わせるんだ」

バンクスがひゅうと口笛を吹いた。「それはまた気の長い」

ライムのひとにらみで青年刑事は耳まで真っ赤になった。「きみの声が意欲に満ちているところから判断するに、バンクス刑事、その仕事はきみにうってつけらしいな」

「はい」――青年刑事は弁解するように携帯電話を持ち上げてみせた。「すぐとりかかります」

ライムは尋ねた。「鎖についているそれは血か？」

セリットーが答えた。「捜査員のものだ。錠を壊そうとして手にひどい切り傷を負った」

「つまり、証拠物件を汚染したわけだ」ライムは顔をしかめた。

「被害者を救おうとしてのことでしょう」サックスが言い返す。

「わかってる。見上げた心意気だ。だが、証拠物件が汚染されたことに違いはない」ライムはクーパーの傍らのテーブルにふたたび目をやった。「指紋は？」

クーパーは、調べてみたが、鎖にセリットーの指紋が付着していただけだったと答えた。

「わかった。では、アメリアが見つけた木片にいこう。指紋を探せ」

「もう調べました」サックスがすかさず答える。「現場で」

万年巡査の娘か――ライムは思った。あだ名通りの平凡な女には見えなかった。美しい者が平凡な人間であることはまずない。

「秘密兵器を試してみようじゃないか。念のために」ライムはクーパーに指示した。

「DFOかニンヒドリンを使ってみろ。それから、ニットーヤグを当ててみろ」

「何です、それ？」バンクスが訊く。

「ネオジム‐イットリウムアルミニウムガーネットレーザー」

クーパーはプラスチック製のスプレー容器に入った液体を木片に吹きつけ、レーザーの光を当てた。それから色つきのゴーグルをかけ、念入りに観察した。「ないな」

レーザーを消し、もう一度木片をよくよく眺める。長さ六インチほどの濃い色目の木だ。タールのような黒い染みがいくつか付着し、塵がこびりついている。クーパーは木片をピンセットでつまんだ。

「リンカーンが箸をお好みなのは知ってる」クーパーは言った。「しかし俺は、ミン・ワ中華料理店で食事を楽しむときはフォークを頼むことにしてるんだ」

「組織をつぶしてしまう可能性があるじゃないか」ライムが唸る。

「可能性はあるが、俺はそんなへまじゃない」クーパーが言い返した。

「木の種類は？」ライムは尋ねた。「スポドグラム検査でもするか？」

「いや。これはナラだね。間違いない」

「のこぎりの跡はあるか？　それとも平らな切り口？」ライムはそう言って頭を持ち上げようとした。突然、首の筋肉が攣り、こらえがたい激痛が走った。ライムは喘ぎ、目を閉じて首をひねり、筋肉をほぐそうとした。すかさずトムの力強い手が伸びてマッサージを始める。すぐに痛みも和らいだ。

「リンカーン？　大丈夫か？」セリットーが確かめる。

ライムは深呼吸をした。「大丈夫だ。何でもない」

「ほら」クーパーが木片を手にベッドに歩み寄り、拡大鏡をライムの目に被せた。

ライムは資料を観察した。「木目に沿っておさのこで切断されている。切断面の木目にかなり凹凸ができてるな。そこから考えると、百年以上前に製材した柱か梁だろう。おそらく蒸気のこぎりで切ったんだな。もっと近づけてくれ、メル。匂いを嗅ぎたい」

クーパーはライムの鼻先に木片を近づけた。

「クレオソート——コールタール染料だ。加圧処理が開発される以前に製材会社が採用していた防腐剤だよ。桟橋、船渠、線路の枕木といったところか」

「枕木じゃないか」セリットーが口を挟んだ。「ほら、今朝の線路脇の事件もあるし」

「可能性はあるな」ライムはクーパーに命じた。「組織のつぶれ具合を調べてみろ、メル」

クーパーは複合顕微鏡で木片を観察した。「確かにつぶれてる。ただし木目と平行にだ。木目と直角にではなくて。つまり枕木ではないわけだ。これは杭か柱の一部だな。重量を支えるものの」

骨片……時代物の木製の杭……

「木に塵が食いこんでいる。これから何かわかるかな」

クーパーは新聞用紙の分厚い綴りをテーブルに置いてビニールカバーを剝ぎ取った。次に木片を手に取り、ひび割れから塵を刷毛で払って新聞用紙に落とした。白い紙に散った粒――星空のネガ版――を観察する。

「密度勾配検査ができる量か？」ライムが訊いた。

密度勾配検査とは、濃度の異なる溶媒で密度勾配を作った試験管に、試料の土を入れて行なう検査だ。土は粒子に分かれ、粒子一つ一つが、自らの密度と溶媒の密度が等しい位置に集まって止まる。ライムはニューヨーク市五区全域の多種多様な土の密度勾配チャート一覧を作成していた。しかしあいにく、この検査は試料が豊富に入手できた場合にしか使えない。クーパーは量が足りないと判断した。「やれないことはないが、このサンプルを全部使わなくちゃならない。それでうまくいかなかったら、他の検査は何一つできないことになる」

ライムは、まずは顕微鏡で調べ、そのあとGC‐MS――ガスクロマトグラフ質量分析計――で分析するよう、クーパーに指示した。

クーパーは刷毛を使って塵の一部をスライドグラスに移した。それから複合顕微鏡でしばらく観察した。「妙だな、リンカーン。これは表土だ。それも普通では考えられないほどの腐植を含んでいる。そのうえその形態が異常だ。相当に腐敗が進み、分解されてる」そう言って顔を上げたクーパーの目の下は、接眼鏡の跡がついて黒っぽく変わっていた。何時間も顕微鏡をのぞいていると、その跡が傍目にわかるほどくっきりとついてしまい、IRD研究室から外へ出たとたん、ビートルズの『ロッキー・ラックーン』の大合唱に迎えられたことをライムは思い出した。

「燃やしてみろ」ライムは命じた。

クーパーは試料をGC－MSにセットした。鈍い音とともに装置が動きだし、次にしゅーっという音が聞こえた。「一、二分かかる」

「結果を待つ間に」ライムは言った。「骨だ……骨が気になってしかたがない。顕微鏡で調べてみてくれ、メル」

クーパーは複合顕微鏡の試料ステージに骨片を慎重に置き、じっくり観察した。「おっと、何かあるぞ」

「何だ？」

「非常に小さい。透明だ。鉗子を取ってくれないか」クーパーはサックスに言い、有鉤鉗子を顎で指した。サックスがそれを手わたすと、クーパーは骨片の髄を注意深く探った。何かを取り出す。

「再生セルロースの断片」クーパーは高らかに言った。

「セロファンか」ライムが応えた。「もっと詳しく」

「引き伸ばした形跡、つまんだ形跡。犯人が故意に残したものではないだろう。縁がちぎれたようになってるからな。業務用のセロファンと矛盾しない」

「矛盾しないか」ライムが唸った。「そういう曖昧な言い方は好きになれん」

「断定するのは危険だからね、リンカーン」クーパーは楽しげに言い返した。

「何々を連想させるとか何々を示唆するとか。なかでも私は矛盾しないという言い方が気に入らない」

「使い勝手のいい言葉だけどな」とクーパー。「ぎりぎりまで大胆に言ってみろっていうなら、これはおそらく食肉店や食料品店で使うセロファンだろうってとこかな。サランラップの類ではないよ。一般家庭用に販売されているラップでないことは断言できる」

そのとき、それまで廊下に出ていたジェリー・バンクスが部屋に戻ってきた。「悪いニュースです。セキュア‐プロの製造会社には、数字のコンビネーションの記録はいっさいないそうです。製造機械がランダムに設定するそうで」

「そうか」

「しかし一つ興味深い話が……製品についてしょっちゅう警察から問い合わせがあるらしいんですが、コンビネーションを手がかりに錠の流通を追跡しようと考えた人はあなたが初めてだそうですよ」

「結局行き止まりだったんだから、いくら興味深くたってしかたがないだろうが」ライムは低い声で毒づいてから、メル・クーパーの方を向いた。クーパーはGC‐MSを見て首を振っている。「どうした？」

「塵のサンプルの結果が出た。あいにく装置が故障してるみたいだな。窒素の値が異常に高くて計測不能だ。もう一度やってみたほうがよさそうだ。試料の量をもっと増やして」

ライムは再検査を指示した。それからまた骨片に目を向ける。「メル、そいつが屠《ほふ》られたのは最近かな?」

クーパーは骨片を少量削り取り、電子顕微鏡をのぞいた。

「バクテリアの活動はほとんど見られない。つまり、このバンビちゃんがお亡くなりになったのはつい最近ってことだ。あるいは、冷蔵庫から出されて八時間以内か」

「つまり、犯人はごく最近購入したわけだ」ライムはつぶやいた。

「いや、一月《ひとつき》前に買って冷凍しておいたのかも」セリットーが口を挟んだ。

「それはないな」クーパーが否定した。「冷凍保存はされてない。氷晶によって組織が破壊された形跡が見られないからね。それに、冷蔵されていたとしても短時間だ。表面が干からびていない。今時の冷蔵庫は食品を乾燥させる」

「手がかりになりそうだな。これを追ってみよう」ライムは言った。

「追う?」サックスが笑い声をあげた。「昨日、子牛の骨を売りませんでしたかって、ニューヨークじゅうの食料品店に電話をかけるつもり?」

「まさか」ライムが応酬する。「過去二日、だよ」

「ハーディ・ボーイズに頼むか?」

「いや、あの二人には例の聞きこみを続けてもらってくれ。本部のエマがまだいれば、彼女に頼もう。もし帰ってしまっていたら、彼女も含めて通信司令官に招集をかけて、時間外手当を払う覚悟で調べさせろ。市内の全食料品店のリストを渡してやれ。犯人が家族四人分の食料品を買ったとは思えないから、購入した商品が五点以下だった顧客に絞ってリストアップするよう伝えてくれないか」

「捜索令状を取りますか？」バンクスが確かめる。

「うるさいことを言う奴が出てきてからでいい」セリットーが答えた。「とりあえずは令状なしでいこう。わからないものだぞ。進んで協力する市民だっているかもしれない。そういう話は何度も聞いた」

「だけど、どの客が子牛のすね肉を買ったか、店のほうでどうやってわかるかしら？」サックスが質問した。それまでの、どうせ他人事といった態度は消えていた。彼女の声には刺《とげ》が感じられた。ライムは、サックスの苛立ちは、ライム自身がしばしば感じていたのと同じもの――証拠の重みに押しつぶされそうな恐怖――の表れだろうかと考えた。犯罪学者をもっとも悩ませる問題は、証拠が少なすぎることではなく、証拠が多すぎる事態のほうなのだ。

「バーコード読取機があるさ」ライムは答えた。「販売データをコンピューターに記録している。在庫管理と仕入のために。遠慮するな、バンクス。いま何か思いついたんだろう。言ってみろ。そう毎回シベリア送りにはしないから」

「あの、バーコード読取機を導入してるのはチェーン店だけなのではないかと」青年刑事は気後れしたように言った。「市内にはバーコードを使っていない個人商店や食肉店が数百軒はありますす」

「いい指摘だ。しかし、犯人なら小さな商店は避けるだろう。顔を覚えられたら一大事だ。買物は大型店でするだろう。覚えられる恐れのない大型店で」

セリットーが通信司令部に電話をかけ、エマに指示を与えた。

「例のセロファンの偏光顕微鏡写真を撮っておこうか」ライムはクーパーに言った。

クーパーはセロファンの小さな切れ端を偏光顕微鏡にセットしてから、ポラロイドカメラを接眼鏡に装着し、写真を撮った。色彩鮮やかな写真だった。灰色の筋が幾つか通った七色の虹。ライムは写真をまじまじと見つめた。その色彩パターンだけを見ても何もわからないが、他のセロファンのサンプルと比較すれば、由来が同一かどうか判断できる可能性がある。

ライムはふと思いついた。「ロン、ＥＳＵ隊員を十名ほどここに集めてくれないか。大至急」

「ここに？」セリットーが聞き返す。

「ある作戦を実施するんだ」

「本気か？」

「もちろんだよ！　いますぐ招集してくれ」

「わかった」セリットーがバンクスにうなずき、バンクスはハウマンに電話をかけた。

「さてと、犯人が残していった他の手がかりを検討してみようか——アメリアが発見した毛髪はどうだ？」

クーパーはゾンデの先で毛髪をつつきながら観察したあと、数本を選り分けて位相差顕微鏡にセットした。位相差顕微鏡は、一つの試料に対して二種類の光源の光を当てる。第二の光はわずかに遅れて照射される——つまり位相差を与える——ため、試料は光に照らされるとともに暗い背景によって際立って見える。

「ヒトの毛髪ではない」クーパーが言った。「それだけは即座に断言できる。これは上毛だな。下毛じゃない」

つまり、動物の毛だということだ。

「種類は？　犬か？」

「子牛のすね毛？」バンクスが口を挟んだ。またもや若者らしい情熱をこめて。

「鱗を見てみろ」ライムはクーパーに指示した。ライムの言う〝鱗〟とは、顕微鏡でしか見えない、毛髪の外側を形成する小皮を指している。

クーパーがコンピューターのキーボードを叩くと、数秒後、鱗状の薄片に覆われた細長い物体のサムネール映像が、ぱっとモニター上に並んだ。「あんたのおかげだよ、リンカーン。例のデータベースを覚えてるだろう？」

ＩＲＤにいたころ、ライムは膨大な数の毛髪の顕微鏡写真を収集し、整理した。「ああ、覚えてるよ、メル。だが私が最後に見たときには、三つ穴バインダーにファイルされていたはずだが。どうやってコンピューターに？」

「スキャンマスターで取り込んだに決まってるじゃないか。ＪＰＥＧ規格で圧縮してある」

ジェイペグ？　何だ、それは？　ものの二、三年で、テクノロジーはライムの理解の及ばぬところまで進歩している。驚異的なことだ……

クーパーが映像を吟味している様子を見ながら、リンカーン・ライムの頭の中で、今朝からずっと拭いきれない疑問――繰り返し顔をのぞかせる疑問がふたたび頭をもたげていた。なぜ手がかりを残す？　人間とは実に驚くべき生物ではあるが、何はさておき、ある事実だけは動かしがたい――生き物であるという事実だけは。笑いを知っている動物、危険な動物、知性を備えた動物、他から恐れられる動物ではあっても、その行動には常に理由がある――人間という獣《けもの》を願望の成就へとつき動かす動機が。科学者であるリンカーン・ライムは、偶然や成り行き、衝動を信じなかった。異常者と呼ばれる者でさえ、たとえそれが歪んだ論理であろうとも彼らなりの論理を持っているもので、だから未詳八二三号が、このように謎めいた手段を通してではあるが何かを伝えようとしているのにも、必ず理由があるはずだ――ライムはそう確信していた。

クーパーが大きな声を出した。「わかった。齧歯類の体毛だ。おそらくねずみだな。剃り落とされたものだよ」

「大した手がかりですね」バンクスが言った。「ニューヨーク市のねずみは百万匹はいるでしょう。ねずみだというだけでは場所を特定できない。そんなものをよこして、犯人は何が言いたいんでしょう？」

セリットーが一瞬目を閉じ、溜息混じりに何事かつぶやいた。サックスはセリットーの顔色には気づかなかった。好奇心をあらわにライムに目を向ける。犯人のメッセージをサックスが理解していないことに気づき、ライムは驚いたが、何も言わなかった。現時点では、この背筋も凍らせる小さな情報の意味を誰かに打ち明けるべき理由は、思い当たらなかった。

ジェームズ・シュナイダーの七番目の、否、天使のごとく愛らしいマギー・オコナーを数えるならば八番目の犠牲者は、ニューヨーク市ロウワー・イースト・サイドのヘスター・ストリートの慎ましい住居で暮らす勤勉な移民一家の主婦だった。

　そしてこの不運な婦人の勇敢な行為が報われた結果、治安隊は犯人の身元を特定することになる。その婦人、ハンナ・ゴールドシュミットはドイツ系ユダヤ人家庭に生まれ育ち、団結の堅いユダヤ人社会において、彼女と夫、そして二人の間に生まれた六人の子どもたち（うち一人は死産だったが）は大いに慕われていた。

ニューヨーク市警交通課がスピード違反程度の軽い罪で停止を命じることはないと熟知していたものの、ボーン・コレクターは制限速度を守ってゆっくりと車を走らせた。

　信号で停まってふと目を上げると、またしても国連平和会議の広告板があった。生気の感じられない笑顔――屋敷の壁に描かれた薄気味悪い顔とそっくりの――を眺め、それから広告板の向こう、彼を取り巻く街を見わたした。ときおり、街を見上げて驚き入ることがあった。立ち並ぶビルの巨大さ、はるか上空に見える最上部の石の刳形、滑らかなガラス、流線型の自動車の列、清潔な身なりをした人々。しかし彼が知るこの街は、暗く、卑しく、すすけて、汗と土の匂いがした。馬が人を踏みつけ、宿無しの不良少年たちが――十歳とか十一歳といった幼い子どももいる――通行人の頭をバットや棍棒で殴りつけ、懐中時計や札入れを奪う……それこそがボーン・コレクターの知るニューヨークだった。

それでもときには、まさにいまもそうだったが、整備の行き届いたアスファルトの道路を銀色に輝くスマートなトーラスXLで走り、ラジオのWNYC局に耳を澄ませ、ときおり赤信号に引っかかれば、すべてのニューヨーカーの例に漏れず、なぜこの街は赤信号でも右折可能にしないのだろうと苛立ちを募らせる自分もまた存在することに、あらためて気づかされる。

彼は耳をそばだてた。車のトランクからどすんどすんという音が聞こえる。しかし、ハンナがどんなにあがいたところで、街の雑音がその声をかき消してくれるだろう。

信号が青に変わった。

教育の行き届いた現代においても、日が落ちたあとに婦人が紳士に伴われず街を歩くことはまれであることは言うまでもなく、その当時、婦人の夜の独り歩きはなおのこと異例であった。しかしながらその不運な晩、ハンナは、ほんのわずかの時間ながら、タブーを冒さざるをえなかった。末っ子が高熱を出し、夫は近くのシナゴーグで一心に祈りを捧げていたため、ハンナは子の燃えるような額を冷ます湿布を買いに夜の通りへ出ていったのだ。玄関の扉を閉めるとき、ハンナは長女に言い残した。

「かんぬきをしっかりかけておきなさい。すぐに戻りますからね」

しかし、何たることか、その言葉は裏切られた。家を出てまもなく、ハンナはジェームズ・シュナイダーに遭遇するのである。

ボーン・コレクターは周囲の荒れ果てた街並みを見まわした。この一帯――最初の犠牲者を埋めたあたり――はマンハッタンのウェスト・サイド、ヘルズ・キッチンと呼ばれ、かつてアイルランド系暴力団のしまだったが、現在は青年エリートがどっと押し寄せ、広告代理店、写真スタジオ、洒落たレストランなどが並ぶようになっている。

ふと厩肥《きゅうひ》の匂いが漂い、馬が一頭どこからともなく車の前に現れたが、ボーン・コレクターはわずかの驚きも覚えなかった。

次の瞬間、その馬が一八〇〇年代の幻影などではなく、いかにも二十世紀らしい料金を取ってセントラル・パークを一周する、観光用の辻馬車を引く馬だとわかった。厩舎がこの近所にあるのだ。

ボーン・コレクターは笑い声をあげた。もっとも、それは虚ろな笑い声だったが。

事件の詳細は推測するしかない。目撃者はいなかった。しかしながら、婦人の恐怖をまざまざと思い描くことは難くない。悪漢は抵抗する婦人を路地に引きずりこんで短剣で彼女を刺したが、残忍なことに、それは殺すのが目的ではなく、抵抗を封じるためであった。それがこの男のやり口だったのである。しかし哀れなゴールドシュミット夫人は気丈だった。巣で待つ幼いひなたちのことを思ったのであろう、彼女は極悪人を激しく攻撃したのだ。男の顔のあたりを幾度も拳で殴り、男の髪を引き抜いた。

男の手を束の間逃れた彼女の口から、恐ろしい悲鳴が漏れた。怖じ気づいたシュナイダーは、なおも数度にわたって彼女を殴ったあと、逃げ去った。

勇敢な婦人は歩道によろめき出て倒れ、近くの住人の通報で駆けつけた治安官の腕の中で事切れた。

この事件記録は、ボーン・コレクターがいまも尻ポケットに入れて持ち歩いている本に収録されていた。『古きニューヨークの犯罪』。その薄い本になぜえもいわれぬ魅力を感じるのか、彼自身にもわからない。その本との関係をぜひとも言葉にしろと迫られれば、中毒のようなものだと彼は表現しただろう。七十五年前に発行された書物だというのに、現在も驚くほど状態は良く、まさに製本術が生んだ宝石だった。それは彼の幸運のお守りであり、魔よけでもあった。市立図書館の小さな分館で見つけたとき、彼はこれまでの人生で幾度目かの窃盗罪を犯した。ある日、その書物をレインコートの懐に忍ばせ、何食わぬ顔で図書館を後にしたのだ。

彼はシュナイダーの犯罪を描いた章を百度は読み返し、ほぼ丸暗記していた。

ゆっくりと車を走らせる。もうまもなく目的地だ。

ハンナの哀れな夫が涙を流しながら遺体にすがったとき、彼は妻の顔を心に焼きつけた——遺体が葬儀場に運ばれていく前に、最後に一目だけ、と（ユダヤ教では、死者はできるだけ早く埋葬することとされている）。そのとき、陶器のようにつややかな妻の頰に残された、珍しい紋章形の痣に目をとめた。それは円形の紋章で、三日月らしき模様が描かれ、その上に星とおぼしき点の集まりがあった。

治安官は、これは憎むべき殺人鬼が哀れな被害者を殴りつけたときについた指輪の跡に違いないと叫んだ。彼らは絵描きにその刻印のスケッチを作らせた（挿し絵ＸＸⅡを参照されたし）。そしてそのスケッチを携えてニューヨーク市内の宝石店を尋ね歩いた結果、ごく最近にそのような指輪を購入した三名の男の住所氏名が判明した。その三名のうち、一人はある教会の助祭であり、もう一人は名門大学で教鞭をとる学者で、この二人の潔白については一点の疑いもなかった。しかし残る一人は、そのはるか以前から治安隊が凶悪犯罪との関わりを疑っていた男、すなわち、ジェームズ・シュナイダーであった。

シュナイダーは、かつてマンハッタンのいくつかの慈善団体の有力者だった。それら団体中でも肺病患者支援同盟、年金受給者福祉協会は著名であろう。治安隊がシュナイダーに疑いの目を向けるようになったのは、シュナイダーが訪問した直後に行方が知れなくなった老人が数名いるという、前述の慈善団体からの通報がきっかけだった。シュナイダーはこれらの行方不明事件では告発を免れ、捜査からまもなく、姿を消していた。

ハンナ・ゴールドシュミット惨殺事件を受け、シュナイダーの根城を暴くためになおも市内の捜索が行なわれたが、シュナイダーが立ち寄りそうな住居は発見されずじまいだった。治安隊はダウンタウンおよび河岸地域の広範囲に人相書きを貼り出したが、シュナイダーを逮捕することはできなかった。これこそ真の悲劇の始まりであった。まもなく街はシュナイダーの卑しい手中に落ち、数多くの命が奪われることになるのである。


通りに人影はなかった。ボーン・コレクターは車を裏通りに乗り入れた。倉庫の扉を開け、板張りのスロープを下って長い地下道に入る。

誰もいないことを確認してから、車の後ろにまわった。トランクを開け、ハンナを引きずり出す。女は肉付きがよく、太っていて、まるで腐葉土の入った袋を引きずっているようだった。またもや苛立ちを募らせながら、乱暴な手つきで女を抱え上げると、彼は幅広い別の地下道を下りていった。ウェスト・サイド・ハイウェイを疾走する車の音が聞こえる。彼女の苦しげな息遣いを耳にして、さるぐつわを緩めてやろうと手を伸ばしかけたとき、女の体が震えたかと思うとぐったりと動かなくなった。息を弾ませながら重い体を運んで地下道の床に下ろし、女の口のテープを緩めてやる。弱々しい音とともに息が漏れた。気絶しただけだろうか。鼓動を確かめる。心臓は問題なく動いているようだ。

足首を縛った物干しロープを切り、身を乗り出してささやく。「ハンナ。一緒に来《コメン・ジー・ミット》てくれ《・ミア・ミット》。ハンナ・ゴールドシュミット……」

彼はさらに身を乗り出し、女の頬を軽く叩いた。「ハンナ。一緒に来い」

すると女がわめいた。「私の名前はハンナじゃない《マイン・ナーメ・イスト・ニヒト・ハンナ》」それから、彼の顎をしたたかに蹴りつけた。

目の前に黄色い光がぱっとひらめき、彼はバランスを失うまいと脇へ一メートルほどよろめいた。ハンナがぱっと立ち上がり、暗闇に包まれた通路をやみくもに駆けだした。彼はすぐにその後を追った。十メートルも行かぬうちにハンナに飛びかかる。女は激しく床に打ちつけられた。彼のほうも同じだった。息が止まりそうになり、うめき声をあげる。

彼は苦痛に耐えかね、必死に呼吸を取り戻そうとしながら、もがく女のＴシャツをつかんで、しばらく脇腹を下にして横たわっていた。女は手錠をはめられたまま仰向けになり、唯一の武器——片足を高く持ち上げて彼の手の上に思い切り振り下ろした。力強い足をもう一度持ち上げる。狙いが外れたおかげで彼の手は無事だったが、女の足が地面を激しく叩いたところを見ると、もし当たっていたら手首が折れていただろう。

「やめろ《ゾー・ニヒト》！」彼はかっとなって唸り、女の喉を素手でつかんで絞め上げた。女は身をよじってかすれた悲鳴をあげたが、やがて身もだえも悲鳴もはたと止まった。数度、体を震わせたあと、じっと動かなくなった。

女の胸に耳を押し当てると、鼓動はごく弱々しかった。今回は芝居ではない。彼は手袋を取り出してはめ、女を引きずって支柱のところまで地下道を引き返した。女の足首を縛り直し、新たに粘着テープを切って口をふさいだ。女の意識が戻りかけるころには、女の体を手でまさぐっていた。彼が女の耳の後ろの肌を愛撫すると、初め女ははっと息を吞み、それから身をすくませた。肘、顎。触れたいと思わせる部位はこの女の体にはそう何か所もなかった。丸々と太って……その体が嫌悪を催させる。

しかしこの肌の下には……彼は女の脚をきつくつかんだ。ポケットを探ってナイフを取り出すと、女は目を見開いてそれを見つめた。一瞬の躊躇もせず、彼はナイフで女の肌を切り裂いた。刃が黄白色の骨にぶつかる。粘着テープの奥から悲鳴が漏れた。狂ったように泣きわめく声。女が脚をばたつかせたが、彼はしっかりと押さえつけていた。気持ちがいいだろう、ハンナ？　女はすすり泣き、大きなうめき声をあげた。彼は身を屈めて女の脚に耳を近づけ、ナイフの刃が骨をこする甘美な音に聞き入った。きい、きい。

次の瞬間、彼は女の腕をつかんだ。

一瞬、二人の視線がぶつかり、女は哀れなほど激しく首を振り、無言で懇願した。彼は女の太った前腕に視線を落とし、ふたたびナイフを深々と食いこませた。激痛に女の全身が強ばる。またしても狂乱した、音のない悲鳴。彼はまた音楽家のように頭を傾け、刃が尺骨をひっかく音に聞き入った。押し、引く。きい。きい。女が気を失ったことに気づいたのは、しばらくたってからだった。

ようやく彼は名残惜しげにその場を離れ、車に戻った。次の手がかりを置き、トランクから箒を取り出して二人分の足跡を慎重に掃き消す。スロープを上り、車を停め、エンジンをかけたままでいったん車を降り、タイヤの跡を箒で消した。

最後に一度、足を止めて地下道の奥を振り返った。女を見つめた。身じろぎもせず見つめた。やがてめったに笑うことのないボーン・コレクターが、ふいに笑みを浮かべた。最初の客が早々と姿を現したのを目にして、驚きを覚えた。十組ほどの小さな赤い目が現れ、やがて二十組、三十組と増え……そのどれもが血を流すハンナの肉体をもの珍しげに見つめているように……そして食欲らしきものを浮かべているように見えた。彼の想像だったのかもしれないが、それは幻影にしてはあまりにも鮮明だった。

12

「メル、被害者の女性の服を調べてくれ。アメリア、手伝ってやってくれるか？」

サックスはまたしても愛想よくうなずいた。警察内に敵を作るまいとしているかのように。ライムの腹の底から彼女に対する激しい怒りがこみあげた。

クーパーの指示に従い、サックスはラテックスの手袋をはめて静かに服を広げると、新しく用意した大きな新聞用紙の上で、隅々まで馬毛のブラシをかけた。小さなかけらがいくつか落ちた。クーパーはテープを使ってそれを集め、複合顕微鏡で観察した。

「大したことはわからないな」ライムにそう報告する。「スチームのせいでほとんど何の痕跡も残っていない。少量の土が見える。密度勾配検査が可能な量じゃないな。おっと待て……素晴らしい。繊維が二本あるぞ。おいおい、見ろよ……」

あいにく私には見えないよ、とライムは腹立ちまぎれに心の中で毒づいた。

「紺色、アクリルとウールの混紡だと思う。カーペットのものほど太くないし、パイル状になっていない。つまり服の繊維だな」

「この暑いのに厚手のソックスやセーターを着こんでいるとは思えない。スキーマスクか?」

「だろうと思う」クーパーは答えた。

ライムは考えこみながら言った。「となると、犯人は本気で我々に被害者を救うチャンスを与えているということになるな。もし初めから殺す気でいるなら、被害者に顔を見られても気にしないだろうから」

セリットーもうなずいた。「しかもこの馬鹿野郎は逃げ切れると信じているわけだ。自分がしっぽを出すとは思ってもいない。奴を追いつめたときに奴が人質を隠していても、こっちの有利に交渉を進められる可能性が出てくるな」

「きみの楽観主義には恐れ入るね、ロン」ライムは言った。

玄関のブザーが鳴ってトムが応じ、一瞬の間をおいてから、くたびれ、打ちのめされたような顔をしたジム・ポーリングが階段を上がってきた。市長室と連邦庁舎で立て続けに二度の記者会見に立ち会えば、誰でもぼろ切れのように疲れるだろう。

「鱒を逃して残念だな」セリットーがポーリングに声をかけた。それからライムに解説した。「このジミーは筋金入りの釣り師でな。毛針まで自分で作るんだぜ。俺はといえば、ビールの六缶パックを抱えて釣り船に乗ってりゃそれで満足だ」

「釣りの心配よりこの犯人を捕まえるのが先だ」ポーリングはそう言い、トムが窓のそばに置いていったコーヒーを手に取った。窓の外を見やり、二羽の大型の鳥と目が合って驚いたのか、目をしばたたかせる。それからライムのほうを振り返り、今回の連続拉致事件のおかげでヴァーモント州への釣り旅行を延期せざるをえなかったのだと説明した。ライムには釣りの経験はなかったが――もとより趣味を持つ暇もなければ、趣味を持ちたいと思う質《たち》でもなかった――それでも我知らずポーリングに羨望のまなざしを向けていた。釣りという行為の静穏さに惹きつけられる。釣りは、孤独の中で技術を磨くことができるスポーツだ。障害者スポーツには他人を相手にする種類のものが多い。他人と競う類の。さまざまなことを世間に――そして自分自身に証明してみせるための。車椅子バスケットボール、テニス、マラソン。ライムは何か趣味を持つとしたら、釣りにしようと決めていた。とはいえ、現在のテクノロジーでは、わずか一本の指で釣竿を振るのは不可能だろう。

ポーリングが言った。「マスコミはこの犯人を連続誘拐犯と呼んでいる」

〝批判に思い当たる節があるのなら〟……ライムはトムの言葉を思い出した。

「市長は錯乱しかけてる。FBIを要請しろと言いだした。本部長と話して、まだ時期じゃないと説得しておいたが。しかし、これ以上の死者を出すわけにはいかないぞ」

「手は尽くす」ライムは辛辣に答えた。

ポーリングはブラックコーヒーを一口飲み、ベッドに歩み寄った。「体のほうは大丈夫だろうな、リンカーン？」

ライムは答えた。「大丈夫だ」

ポーリングは見定めようとするように一瞬ライムを見つめていたが、すぐにセリットーにうなずいた。「要点だけ教えてくれ。三十分後にまた記者会見がある。さっきの会見を見たか？　あの記者がどんな質問をしたか聞いただろう？　娘が茹で殺されたと聞いてご遺族はどういう気持ちでいると思うか、だと」

バンクスが首を振る。「信じられない」

「一発ぶん殴ってやろうかと思ったよ」ポーリングは言った。

三年半前、警官殺しの捜査中、ある記者がポーリングに、容疑者ダン・シェパードが警察の一員であるからという理由で必要以上に厳しい取り調べを行なっていないかと尋ねたとき、ポーリングがそのニュース番組のビデオカメラを叩き壊した一件がライムの脳裏に蘇った。

ポーリングとセリットーは部屋の隅に退き、セリットーが経過を報告した。階段を下りていくポーリングの足音は、前回の半分も意気揚々とは聞こえなかった。

「聞いてくれ」クーパーが大きな声で言った。「毛髪を見つけたぞ。ポケットの中にあった」

「毛根つきか？」ライムは大して期待もせずにそう訊いた。だからクーパーの溜息を耳にしても落胆はしなかった。

「いや。あいにく毛根はない」

毛根が失われた毛髪は個別化が困難で、あくまでも分類が可能な証拠物件であるにすぎない。毛根がなければ、ＤＮＡ型検査を行なって特定の人物と結びつけることができないからだ。それでも、証拠としての証明力は高い。数年前に実施されたカナダ騎馬警官隊の有名な研究によれば、現場で発見された毛髪と容疑者の毛髪の特徴が一致した場合、現場の毛髪が容疑者のものでない確率は四千五百分の一だという。とはいえ、残された毛髪からその持ち主について推測できる事項は、ごく限られている。男女の判別はほぼ不可能で、人種の区別も推測の域を出ない。年齢が推定できるのは、毛髪が幼児のものである場合だけだ。色素顆粒分布も個人差が大きく、また種々の染髪剤が出まわっているため髪の色を推定することは困難で、さらに人間の髪は毎日何十本と抜けるのが普通であり、容疑者の髪が薄くなりかけているかどうかを推測することもできない。

「被害者の毛髪と比べよう。小皮の重なり具合と色素顆粒分布を比較してみろ」ライムは命じた。

一瞬ののち、クーパーが顕微鏡から顔を上げた。「被害者のコールファクスの毛髪ではない」

「特徴を言ってみてくれ」

「明るい茶。まったく縮れていないから、黒色人種ではないだろう。色素の性質からして、黄色人種でもない」

「つまり白色人種である、と」ライムは言い、壁のプロファイル表に顎をしゃくった。「目撃者の証言と一致する。頭髪か、それとも体毛か？」

「直径はほぼ一定だし、色素顆粒分布も均一だ。頭髪だな」

た。

「プロファイル表に、拉致犯は茶色の髪をしていると書き加えましょうかとトムが尋ねた。

「三センチ」

「長さは？」

ライムはいいと答えた。「補強する証拠が出てくるのを待とう。紺色のスキーマスクを被っていることは確かだろうから、それだけを書いてくれないか。爪の下の残留物はどんな様子だ、メル？」

クーパーは微細証拠物件を調べたが、手がかりになりそうなものは発見できなかった。

「きみが発見した掌紋はどうだろう。壁に残っていたものだよ。調べてみようじゃないか。見せてもらえるかい、アメリア？」

サックスは一瞬ためらったが、ポラロイド写真を手にベッドに近づいた。

「なるほど化け物だな」ライムはつぶやいた。それは歪んだ大きな掌の跡で、確かにグロテスクだった。指紋特有の優美な渦巻きや枝状の紋様とは無縁の、短い斑《まだら》状の線の寄せ集め。

「素晴らしくよく撮れてる――きみはまさに写真家エドワード・ウェストンといったところだな、アメリア。だが残念ながらこれは掌紋ではない。この線は稜線ではないよ。手袋だ。皮革製の。古いものだ。そうだな、メル？」

クーパーがうなずく。

「トム、犯人は古い革手袋をしていると書いてくれ」トムにそう指示したあと、ライムは他の全員に言った。「この犯人について少しずつわかり始めてきたな。犯人は現場に指紋や掌紋を残したりはしない。しかし、手袋の跡は残していった。容疑者の所持品からその手袋が発見されれば、指紋がなくても現場の証拠物件とそいつを結びつけることができる。この犯人は抜け目ない。だが、天才ではない」

サックスが質問した。「どんな手袋を着けていたら天才だということになるんですか？」

「綿の裏地つきのスエード手袋」ライムは答えた。それから訊いた。「フィルターはどこだ？　掃除機のフィルターは？」

クーパーがコーヒーメーカーのフィルターそっくりの、円錐型フィルターの中身を白い紙の上にあけた。

微細証拠物件……

地方検事やマスコミや陪審員は、一目瞭然の証拠を好む。血痕のついた手袋、ナイフ、最近発射された銃、ラブレター、精液、指紋。しかしリンカーン・ライムが好む証拠は、目に見えない証拠――塵や匂いといった、犯人が見過ごしやすい証拠だった。

しかし、掃除機は有益な手がかりを捕らえてはいなかった。

「いいとしよう」ライムは言った。「先へ進もうか。手錠を調べよう」

ビニール袋を開いて手錠を取り出し、新聞用紙の上に置くクーパーの手元を、サックスは身を強ばらせて見つめた。ライムの予言通り、血液はほとんど付着していなかった。ニューヨーク市警の法律顧問が検視局に宛てて、責任は市警で引き受ける旨のファックスを流したのを受け、監察医が弓のこで切断する栄誉に浴したのだ。

クーパーは手錠を丹念に調べた。「ボイド&ケラー社製だ。最低価格のモデル。製造番号はなし」クロームメッキの手錠にDFOを吹きつけ、ポリライトの光を当てる。「指紋はない。手袋がこすれた跡だけ」

「開けてみよう」

クーパーがどの手錠にも共通する鍵を差しこみ、かちりと音を立てて手錠が開いた。クーパーはレンズ掃除用のブロウアーを使って錠の内部に空気を吹きつけた。

「まだ私に腹を立てているんだな、アメリア」ライムが言った。「被害者の手のことで」唐突な問いにサックスは面食らった。「腹を立てたなんて」一瞬遅れてサックスは答えた。「ただ、職業倫理に反するのではと。あなたのおっしゃったことが」

「エドモン・ロカールという人物を知っているかね？」

サックスは首を振った。

「フランス人でね。一八七七年に生まれ、のちにリヨン犯罪鑑識研究所を設立した人物だ。IRDを指揮していたころ、私は唯一、ロカールの唱えたある原則を座右の銘としていた。〝相互交換の原則〟だよ。ロカールは、二人の人間が接触すれば、各々に属する物体が必ずもう一方に移動すると考えた。たとえば埃、血液、皮膚細胞、塵、繊維、金属の残留物といったものが、必ず相互に移動するとね。交換された物体を突き止めるのは難しいが、その意味を理解するのはさらに困難を極めるだろう。しかし、交換は例外なく起こり——おかげで、我々は犯人を捕らえることができる」

そんな歴史の断片を聞かされても、サックスにはまるで興味が持てなかった。

「あんたは運がいいよ」メル・クーパーが顔も上げずにサックスに言う。「ライムときたら、きみと監察医に現場で検屍解剖をしてもらって、被害者の胃の内容物を確認する気だったんだからね」

「有益な情報が得られたはずだ」ライムはサックスの目を見ずに言った。

「俺がやめとけと説得した」とクーパー。

「検屍解剖、ですか」サックスは、ライムの何が暴かれようがいまさら驚かないとでもいうように、溜息をついた。

彼女はそもそもここにいもしないじゃないか。ライムは苛立ちとともに考えた。彼女の意識は千マイルも離れた場所にある。

「おっと」クーパーが言った。「見つけたぞ。おそらく手袋の一部だろう」

クーパーは細片を顕微鏡にのせ、のぞいた。

「皮革。赤っぽい色。片面が艶出し」

「赤か。そりゃよかった」セリットーがつぶやいた。サックスに向き直り、説明を加える。「身に着けるものが派手であればあるほど、容疑者の発見が容易になるからな。さだめし、アカデミーではそんなことは教えないんだろう。ガンビーノ・ファミリーのジミー・プレイドを逮捕したときの話をいつか聞かせてやるよ。おまえも覚えてるだろう、ジェリー？」

「ええ、あのズボンなら一マイル離れたところからだって見間違えませんよ」青年刑事が相槌を打つ。

クーパーが先を続けた。「からからに乾燥してる。表面の油分があらかた抜けてるな。古いっていうあんたの読みは当たってるようだ」

「何の革だろう？」

「キッドだな。上等の」

「新品だとすれば、犯人は裕福だということになる」ライムはぶつぶつ言った。「しかし古いとなると、道端で拾ったのかもしれないし、リサイクルショップで購入した可能性もあるわけだ。どうやら、八二三号の持ち物からは、経済状況までは即断できそうもないな。よし。トム、〝赤っぽいキッド革の手袋を着用〟とだけ書いてくれ。さて、他にはどんな手がかりがある？」

「アフターシェーブローションをつけています」サックスが言った。

「そうだ、忘れてた。いいぞ。おそらく別の匂いをごまかすためだろうな。たまにそういう犯人がいる。それも書いておいてくれ、トム。どういう匂いかもう一度教えてもらえないか、アメリア。さっき言っていた通りに」

「ドライな匂い。ジンのような」

「物干しロープはどうだ？」ライムは尋ねた。

クーパーはロープを調べた。「これは前にも見たことがあるな。ビニール製だ。六ないし十種類の合成樹脂から成る合成繊維が数十本と、一本——いや二本だ——の金属繊維からできている」

「製造業者と販売元を知りたい」

クーパーは首を振った。「無理だ。あまりにもありふれてる」

「くそ」ライムはつぶやいた。「結び目は？」

「結び目のほうは特殊だよ。効果的な結び方と言えるな。ほら、こうして二度くぐらせてるだろう？　塩化ビニール樹脂の紐はもっとも結びにくいものだが、こうして結べば緩まない」

「本部には結び目のファイルがあったか？」

「いや」

許せん、とライムは思った。

「あの」

ライムはバンクスに目を向けた。

「僕はヨットに乗るんですが……」

「きみはウェストポート出身か」ライムは言った。

「はい、実はそうですけど。なぜご存じで？」

もしジェリー・バンクスの出身地を特定する科学検査が存在していれば、コネチカット州出身陽性という結果が出ることだろう。「まぐれ当たりだよ」

「それは船乗りの結び方ではありませんね。見たことがないですから」

「有益な情報だ。紐ごとそこに貼っておいてくれ」ライムはセロファンのポラロイド写真とモネのポスターが並んだ隣の壁を顎で指した。「あとでまた検討するとしよう」

玄関のブザーが聞こえて、トムが応えに出ていった。一瞬、ライムの心を嫌な予感がよぎった。ドクター・バーガーが、例の〝プロジェクト〟には興味を失ったと伝えに引き返してきたのではないかと。

しかし、まもなく幾組ものブーツの重い足音が聞こえ、訪問者の正体をライムに教えた。

揃って体格がよく、揃っていかめしい表情を浮かべ、揃って戦闘服に身を固めたESU隊員が、折り目正しい物腰で寝室に現れ、セリットーとバンクスに目礼した。彼らは行動の人であり、そのゆるぎない十組の瞳の奥には、永遠にベッドに縛りつけられた男に対する憐憫の情があるに違いないとライムは思った。

「諸君、ゆうべ拉致事件が起き、被害者の一人が今朝、遺体で発見されたことは聞いているだろう」隊員たちがはいと小声で答え、ライムは続けた。「犯人はまた別の被害者をどこかに隠している。ある手がかりを元に、きみたちには市内各所に向かい、証拠物件を確保してもらいたい。直ちに、しかも一斉にだ。隊員一人が一か所を担当する」

「つまり」立派な口ひげをはやした隊員が危惧するように言った。「援護なしで、ということですか」

「援護は必要ないだろう」

「お言葉ですが、援護なしで奇襲を行なうことには同意しかねます。最低でもパートナーが一人はいなくては」

「銃撃戦に発展することはないと考えている。ターゲットは市内の大手食料品店だ」

「食料品店？」

「全店ではない。各チェーンの一店ずつでいい。〈J&G〉、〈ショップライト〉、〈フード・ウェアハウス〉……」

「具体的な任務は？」

「子牛のすね肉を買う」

「は？」

「各店で一パックずつ。申しわけないが、代金は立て替えておいてくれないかな、諸君。もちろん、あとで市が払い戻す。ああ、それから大急ぎで頼む」

彼女は身動き一つせず、脇腹を下にして横たわっていた。

古い地下道の薄暗さにも目が慣れ、小さな獣が少しずつ迫ってくる姿が見えるようになっていた。その中の一匹をモネールはじっと見張っていた。

脚の傷がきりきりと痛んだが、苦痛の元の大部分は、あの男がナイフの刃を深く食いこませた腕の傷だった。背中で手錠をかけられているせいで傷口が見えず、どの程度の出血なのかさえ確認できない。しかし多量であることは間違いなかった。猛烈にめまいがするし、腕から脇腹にかけて粘り気のある液体がまとわりついているのがわかる。

ひっかくような音——針のような爪がコンクリートにぶつかる音。灰色混じりの茶色の塊が、影の中をちょろちょろと動きまわる。ねずみの群れは、体をひくひくと動かしながら、次第に彼女に近づいてきていた。百匹はいるだろう。

彼女は絶対に動いてはいけないと自分に言い聞かせ、大きな黒いねずみにじっと目を注いだ。そのねずみにはドイツ語で黒という意味のシュヴァルジーという名前をつけていた。シュヴァルジーは群れを率い、前後に行ったり来たりしながら彼女を観察している。

モネール・ゲルガーは、十九歳までに地球を二周した経験があった。スリランカとカンボジアとパキスタンをヒッチハイクで旅した。ネブラスカ州を旅したときは、眉のピアスとブラジャーなしの乳房に、女たちの軽蔑の眼差しを集めた。イランに出かけたときは、男たちが夏の日の犬のように彼女を見つめた。グアテマラ・シティでは公園で夜を明かしたし、野生動物保護区に行こうとして道に迷ったときは、ニカラグアの反政府軍と三日間行動を共にした。

それでも、こんな恐怖は初めてだった。

どうしよう《マイン・ゴット》。

そしてもっとも恐ろしかったのは、これから自分に対してなされようとしている行為だった。

一匹の小柄なねずみが褐色の体をひらめかせて走り出たかと思うと、いったん後ずさり、ふたたびじりじりと近づいた。ねずみは怖い生き物だとモネールは思った。齧歯類というよりは爬虫類に似ているからだ。蛇みたいな鼻と蛇みたいな尻尾。それにあのいやらしい赤い目。

その後ろに子猫ほどもありそうなシュヴァルジーがいた。後ろ足で立ち上がり、魂を奪われたように見つめている。見つめる。待つ。

次の瞬間、小さいほうのねずみが襲いかかった。針のような四本の足をちょこちょこと動かし、彼女の押し殺した悲鳴を無視して、一目散に飛びかかってくる。ゴキブリのようにすばやい動きで、彼女の脚の傷から一口肉をかじり取った。火がついたような痛み。モネールは悲鳴をあげた――もちろん苦痛に、そして怒りに。あんたなんか呼んでない！　かかとでそのねずみの背中を踏みつけると、鈍いぐしゃりという感覚が伝わってきた。ねずみは体を一度だけ震わせたあと、動かなくなった。

新たな一匹が彼女の首に突進し、一口かじって飛びのいた。彼女を見つめ、まるで舌なめずりしながら彼女の肉を味わっているように鼻をひくつかせる。

痛い《ディーザー・シュメルツ》……

かじられたところを起点に、燃えるような痛みが体を駆け抜け、モネールは身を震わせた。痛い《ディーザー・シュメルツ》！　痛い！　モネールはまたじっと横たわっているよう自分に命じた。

小さな襲撃者はもう一度攻撃しようと身構えたが、ふいにぎくりとしたように後ずさりした。その理由は明らかだった。ついにシュヴァルジーがゆっくりとした足取りで群れの先頭に歩み出たのだ。彼の狙いは一つだった。

その調子。その調子よ。

モネールが待っていたのは彼だった。彼は流れ出た血にも彼女の肉にも興味がないと見えたからだ。二十分ほど前、彼女の口をふさぐ銀色のテープに魅入られたようにそろそろと近づいてきていた。

小さいほうのねずみは、仲間の群れの中にちょろちょろと駆け戻り、シュヴァルジーは忌まわしいほど小さな足でじりじりと前に進み出た。立ち止まる。進む。あと二メートル。一・五メートル。

一メートル。

モネールは身動きを止めていた。息の音に彼が怯えるのではないかと恐れ、できるだけ浅く呼吸をする。

シュヴァルジーが足を止めた。ふたたびそろそろと進む。また止まった。彼女の顔から五十センチしか離れていない。

筋肉一つ動かしちゃだめ。

シュヴァルジーの背が丸く盛り上がり、唇がめくれ上がって黄色と茶色の歯がむき出しになる。彼はもう三十センチ近づき、射るような目を彼女に向けて立ち止まった。後ろ足で立ち、鉤爪の生えた前足をこすり合わせてから、また近づいた。

モネールは死んだふりを続けた。

あと二十センチ。来なさいよ《フォルヴェールルッ》！

来なさいったら！

次の瞬間、ねずみは彼女の顔に飛びついた。その体から生ごみと油、糞、腐肉の匂いが漂う。ねずみが鼻をひくつかせ、小さな歯をむき出してテープをかじり始めると、ひげの先がモネールの鼻をくすぐり、じっとしているのが苦痛になった。

ねずみは五分ほど彼女の口の周囲をかじり続けた。一度、別のねずみが飛び出して彼女の足首に食いついた。モネールは目を閉じて苦痛をこらえ、無視しようと努めた。シュヴァルジーはそのねずみを追い払い、薄暗がりに立ってモネールの様子を観察した。

来なさい《フォルヴェールルッ》、シュヴァルジー！　来なさいよ！

シュヴァルジーはゆっくりと戻ってきた。モネールは涙を流しながらも、いやいや顔を下げ、シュヴァルジーに口を差し出した。

かじる、かじる……

早く！

テープに裂け目ができ、ねずみが銀色に輝くビニールを大きくかじり取り始めると、ひどい悪臭を放つ熱い息がモネールの唇にかかった。ねずみはかじり取った切れ端を前足でつかみ、奪われてなるものかとしっかり握り締める。

穴は充分広がっただろうか。

そう願わずにはいられなかった。これ以上、我慢できない。

モネールはそろそろと頭を上げた。一度に一ミリずつ。シュヴァルジーは瞬《まばた》きをし、好奇心をそそられたように身を乗り出した。

口を大きく開くと、テープが裂ける心地よい音が響きわたった。肺に思いきり空気を吸いこむ。元通り呼吸ができる！

そして、大声で助けを求めることができる。

「誰か《ビッテ》、助けてください《ヘルフェン・ジー・ミア》！　お願い、助けて！」

シュヴァルジーは彼女の破れかぶれの叫び声にぎくりとし、大事な銀色のテープを取り落として後ずさりした。しかし、そう遠くへはいかなかった。立ち止まって振り返り、太った後ろ足で立ち上がる。

背を丸めた黒いねずみには目もくれず、モネールは手錠がつながれた支柱を蹴飛ばした。埃と塵が灰色の雪のように降り注いだが、木の支柱はびくともしない。彼女は喉が張り裂けそうになるまで叫び続けた。

「お願い《ビッテ》。誰か助けて！」

車の行き交う耳障りな音が彼女の声を呑みこんだ。

一瞬の静寂。やがてシュヴァルジーが彼女に向かって足を踏み出した。しかし今回は、シュヴァルジー一匹ではなかった。ぬらぬらとつかみどころのない群れがその後に続く。ひくひくと体を震わせ、警戒しつつ。それでも、血の匂いに誘われるように、迷いなく。

骨片に木片。骨片に木片。

「メル、そっちはどうなってる?」ライムはGC-MSに接続されたコンピューターのほうに顎をしゃくった。クーパーは木片から採取した塵の三度目の検査をしていた。

「やはり窒素の量が多いな。計測不能だ」

三度にわたる検査、三度とも同じ結果。分析計の故障検査もしてみたが、機械に異常はなかった。クーパーはじっと考えこんでいたが、やがて口を開いた。「これだけの窒素が含まれるとなると——火器か弾薬の製造会社か」

「だとしたら、マンハッタンではなくコネチカット州のどこかを指すことになる」ライムは時計に目をやった。午後六時三十分。今日は時間が過ぎるのが何と速いことか。過去三年半、時間が過ぎるのが何と遅かったことか。何日も続けて徹夜したような気分だった。

バンクスは先ほど床に転がり落ちた青白い頸骨を脇へどけ、マンハッタンの地図をテーブルに広げて一心に調べ始めた。

その円盤状の骨の模型を置いていったのは、ライムを診《み》ている脊髄損傷の専門医ピーター・テイラーだった。診察を受けるようになってまもないころのことだ。医師は専門的な診察を行なったあと、ぎしぎしときしむ籐椅子にゆったりと腰を落ち着けると、ポケットから何かを取り出した。

「おもしろいものを見せよう」医師は言った。

医師の開いた手にライムはちらりと目をやった。

「これが第四頸椎だよ。きみの首にも同じものがある。折れた頸椎だ。ほら、片側に小さな尾があるだろう?」医師はしばらく模型をもてあそんでいたが、やがて訊いた。

「これを見て何を連想する?」

ライムはテイラーに敬意を抱いていたが——子どもや知能が低い人間を相手にするように接したり、邪魔者扱いをしなかったから——しかしその日のライムは、連想ゲームに興じる気にはなれなかった。だから何も答えなかった。

テイラーはかまわず先を続けた。「私の患者の中には、エイを連想する人もいる。宇宙船だと言う人もいる。飛行機だ、トラックだと言う人も。この質問をすると、たいがい大きなものを連想するんだな。〝いや、カルシウムとマグネシウムの塊に見えます〟と言う人は一人もいない。つまり、そんな小さなものが自分の人生を地獄に変えたなどとは思いたくないわけだね」

ライムは懐疑の眼差しを医師に向けたが、脊髄損傷患者の扱いに熟練した銀髪の温和な医師は、優しい口調で言った。「ともかく話を聞いてくれないか、リンカーン」

テイラーは円盤型の模型をライムの鼻先に近づけた。「このちっぽけなもののおかげで、これほどの苦しみを味わわされるとは不公平だと思っているだろう。そんなことは忘れよう。忘れるんだ。しかし事故の前の自分を忘れてはいけないよ。人生の喜びや悲しみ。幸福、悲劇……きっとまた同じものを感じることができる」そこまで言ったとき、医師の顔から表情が消えた。「しかしはっきり言わせてもらえばね、いま私の目の前にいるのはすべてをあきらめた人間だ」

テイラーは骨をベッドサイドテーブルに置いたまま帰っていった。偶然、忘れたように見えた。しかし時間がたつにつれ、あれは故意に残していったのだとライムにもわかり始めた。この数か月、ライムはその小さな円盤を見つめながら、自殺すべきかどうか迷い続けた。円盤は、テイラーの主張——生きるべきだという議論の象徴となった。だが結局敗北したのはそちらの陣営だった。医師の言葉は、なるほど正論ではあったが、来る日も来る日も、そして来る日もリンカーン・ライムを苦しめる苛立ちと頭痛と疲労感を負かすことはできなかったのだ。

ライムは円盤型の骨から目をそらし、アメリア・サックスを見た。「もう一度、現場の様子を思い出してもらいたいんだが」

「見たものはすべて報告しました」

「何を見たかではなく、何を感じたかが知りたい」

ライムは過去に何千回と行なった現場鑑識を思い起こした。ときに奇跡が起きたものだ。あたりを見まわしているうち、犯人に関する事柄がふと思い浮かぶ。どうしてなのか説明はできない。行動科学者たちは、プロファイリングを自らの発明のように論じた。しかし犯罪学者は数百年も前からプロファイリングを行なってきた。グリッド捜索をし、犯人が歩いた場所を歩き、犯人が残したものを発見し、犯人が持ち去ったものを推測し――犯行現場を離れるころには、肖像画のように明確なプロファイルが心の中に完成している。

「話してくれないか」ライムは促した。「何を感じた？」

「不安。緊張。熱気」サックスは肩をすくめた。「わかりません。本当に。すみません」

もし体が動くものなら、ライムはベッドから飛び降り、サックスの両肩をつかんで揺さぶっただろう。そして怒鳴りちらしただろう。私の言う意味がわからないわけではないだろうに！　わかってるんだろう。なぜ私に協力しない？……なぜ私を無視する？

そのとき、あることを察した……彼女はいまあの場所にいる。あの水蒸気が充満した地下室に。ぼろ切れのようなT・Jの遺体の周囲をさまよっている。胸の悪くなる臭気を感じている。サックスの親指の甘皮がささくれだって血が滲んでいることから、彼女が二人の間によそよそしさという緩衝地帯を維持していることから、ライムはそれを察した。サックスはあのおぞましい地下室にいるのが嫌でたまらず、だから、自分の一部がまだあの場所に残っているという事実をあらためて思い出させたライムにも、反感を抱いているのだ。

「きみはいまあのボイラー室を歩いている」ライムは言った。

「本当に、これ以上お役に立てるとは思えません」

「協力してくれ」ライムは癇癪を抑えつけた。微笑みを浮かべる。「何を考えたか言ってごらん」

サックスの顔から感情が消えた。「あれは……ただの思いつきです。誰もが抱く印象にすぎません」

「だがきみはあの場にいた。誰もがあそこに行ったわけではない。さあ、話してくれ」

「怖かったか何かで……」サックスは何かという曖昧な言葉を悔やむような顔をした。

警察官にあるまじき言葉遣い。

「なぜか――」

「誰かに見られているような気がした？」ライムが訊いた。

その言葉にサックスは驚いた。「そうです。まさにその通りでした」

ライムも同じことを感じた経験があった。数えきれないほど。三年半前、若き警察官の腐乱死体の上にかがみこみ、制服の繊維を拾おうとしたあのときも感じた。誰かがすぐそばで見つめていると確信した。しかし現実には誰もいなかった――わざわざその瞬間を選んで、唸りをあげて裂け、地球が落ちてきたかのような重量とともにリンカーン・ライムの第四頸椎を叩き潰したオーク材の梁以外には。

「他に何を思った、アメリア？」

サックスはもはや逆らわなかった。強ばった唇から力が抜け、視線は、半分丸まった『夜更かしをする人たち』――孤独な、あるいは自ら孤独を選んだ食堂の客たち――のポスターのあたりをさまよっている。「そうですね、こう思ったのを覚えています。〝ここはずいぶん古いのね〟と。二十世紀初頭の工場や何かの写真にそっくりで。だから――」

「ちょっと待った」ライムが大声で遮った。「その印象について考えてみよう。古い、か……」

ライムの視線がランデル測量図の上をさまよった。犯人が古い時代のニューヨークに関心を抱いているらしいという見解は、ライムはその前にも口にしていた。T・J・コールファクスが死んだ建物も古かった。最初の遺体の発見現場となった線路に通じる地下道も、古い時代のものだった。ニューヨーク中央鉄道はかつて地上を走っていた。しかし相次ぐ踏切事故で多数の死傷者が出たため、十一番街は〝死神街〟とあだ名されるようになり、結局、鉄道会社は線路を地下に移さざるをえなくなったのだ。

「そのうえパール・ストリートは」ライムは独り言をつぶやいた。「古きニューヨークでは大通りの一つに数えられていた。犯人はなぜ古い時代のものにそこまでこだわる？」ライムはセリットーに尋ねた。「テリー・ドビンズはまだ警察に？」

「ああ、あの精神科医か？　いるよ。去年、ある事件の捜査で協力してもらった。それで思い出したが、おまえはどんな様子かと訊かれたっけな。二、三度電話をしたがおまえは一度も――」

「わかってる、わかってる、わかってる」ライムは口を挟んだ。「彼をここへ呼んでくれ。八二三号の思考パターンについて意見が聞きたい。さて、アメリア。他には何を考えた？」

サックスは肩をすくめたが、その仕草はあまりにもさりげなさすぎた。「別に」

「まったく何も？」

彼女はいったいどこに感情を隠しているんだろう？　目の覚めるような美女が五番街を歩く姿を目で追いながら、ブレインがこんなことを言ったのをライムは思い出した――〝パッケージが美しいほど、開けるのは難しいものよ〟。

「さあ……ああ、一つ思い出しました。でも何の意味もないと思いますけど。警察官らしい意見とはとても」

警察官らしい……

そうやって自分を縛るとさぞ息苦しいだろうね、アメリア？

「言ってごらん」彼はサックスを促した。

「犯人になったつもりで見てみろとおっしゃいましたね。犯人が被害者を眺めた場所を見つけたときですが」

「ああ。それで」

「その、考えたんです、私……」その一瞬、彼女の美しい瞳に涙があふれかけたように見えた。彼女の青い瞳は、そのときどきによって色が違って見えることにライムは気づいた。彼女はすぐに自制した。「思ったんです。彼女は犬を飼っていたのかしら、と。被害者のことですが」

「犬？　なぜそんなことを考えたんだろう？」

サックスはわずかに躊躇していたが、やがて言った。「友人が……何年か前のことですけど。もし、その、一緒に暮らすようなことになったら、犬を飼いたいねと話していたんです。私はそのずっと前から犬が欲しいと思っていて。コリーが。不思議でした。友人もコリーがいいと思っていたんです。それも知り合う以前から」

「犬か」夏の日に網戸にぶつかる虫のように、ライムの心がぽんと弾けた。「で？」

「あの女性が――」

「Ｔ・Ｊが」ライムは言い直した。

「Ｔ・Ｊが」サックスが先を続ける。「私、ふと思ったんです。もしこの人がペットを飼っていたとしたら、二度と家に帰って遊んであげられないのね、可哀相に、と。彼女の恋人や夫のことなど思い浮かばなかった。ペットのことだけが頭に浮かんだんです」

「しかし、なぜそんなことを？　犬とか、ペットとか。なぜだろう？」

「理由はわかりません」

沈黙。

ようやくサックスが口を開いた。「彼女が縛りつけられている光景を見て連想したんだと思います……そして、犯人は脇に隠れてあの人を眺めていたんだと思いました。オイルタンクの間に立って。まるで囲いの中の動物を見ているみたいだったろうと」

ライムはGC-MSのコンピューター画面に映し出された正弦波に目をやった。

動物……

窒素……

「糞《くそ》！」ライムは唐突に叫んだ。

全員がさっと彼を振り返る。

「それは糞だ」じっと画面を見つめたまま。

「そうか、そうに決まってるじゃないか！」クーパーはそう言って額に落ちた髪をかきあげた。「多量の窒素。これは厩肥だ。それも古い厩肥だ」

突然、ついさっき記憶に蘇った、例の瞬間がライムに訪れた。何の前触れもなく、ある考えが心に浮かんだのだ。羊の群れのイメージ。

セリットーが訊く。「リンカーン。おまえ、大丈夫か？」

羊。のんびりと通りを歩いていく羊。

——まるで動物を見ているよう……

「トム」セリットーが呼んだ。「こいつ、平気なのか？」

——囲いの中の動物を。

ライムの目に、のんきな羊の姿が浮かんだ。首から鈴を下げ、十頭ほどの仲間を従えた羊。

「リンカーン」トムが切迫した声で呼びかける。「汗をかいてますよ。大丈夫ですか？」

「黙って」ライムは命じた。

汗の粒が頬を伝う感触。インスピレーションと心臓発作——二つが引き起こす症状は奇妙に似ていた。考えろ、考えろ……

骨、木の柱、厩肥……

「そうか！」ライムはささやくように言った。ユダの羊、仲間を先導して食肉解体場へ向かう。

「家畜の一時収容所だ！」ライムは部屋中に轟きわたる声で宣言した。「次の被害者は家畜収容所に監禁されている」

13

「マンハッタンには家畜収容所などないぞ」

「昔のだよ、ロン」ライムはセリットーに念を押した。「犯人は古い時代のものに惹きつけられる。刺激を受けるんだ。だから古い家畜収容所と考えるべきだよ。古いほどいい」

著書の準備中、ライムはマフィア紳士、オウニー・マッデンが殺人罪で告発されたある事件に関する本に目を通した。マッデンは、商売敵のウィスキー密造者をヘルズ・キッチンの自宅タウンハウス前で射殺した。しかし有罪にはならなかった——ともかくこの殺人については。彼は証言台に立ち、音楽のようなイギリス風のアクセントで、裏切りをテーマに演説をぶったのだ。「この事件は私の商売敵のでっちあげにほかならない。彼らは私についてあることないこと言い触らしていたんです。裁判長、彼らを見て私が何を連想するか、おわかりでしょうか？　私の自宅のある地域、ヘルズ・キッチンでは、四十二丁目の食肉解体場に向かう羊の群れが通りを歩いていきます。その群れを先導しているのが何だかおわかりですか？　犬でも人間でもない。群れの中の一頭です。首か

未詳 823号			
容貌	住居	移動手段	その他
・白人男性、小柄 ・黒っぽい服 ・赤っぽいキッド革の古い手袋 ・アフターシェーブローション（別の匂いをごまかすため？） ・スキーマスクを着用？　紺色？	・アジトを確保している可能性大	・イエローキャブ	・現場鑑識の知識あり ・前科者の可能性大 ・指紋の知識あり ・32口径のコルトを所持 ・被害者を縛った縄の結び方が特殊 ・「古い時代」に執着

ら鈴を下げたユダの羊ですよ。その羊は群れを率いて一時収容所のスロープへ向かう。到着すると、自分は立ち止まり、残りの羊たちは中へ入っていく。私は罪のない羊です。私に不利な証言をした彼らこそ、ユダの羊なんです」

ライムは指示を伝えた。「図書館に連絡してくれ、バンクス。歴史学者がいるはずだ」

青年刑事は携帯電話をぱたんと開け、電話をかけた。声の調子を一段か二段、落として話を始める。要望を伝えたあと、話を中断してニューヨークの地図を凝視した。

「で？」ライムは急かした。

「専門家を探してくれています。図書館には――」誰かが電話口に出たと見え、バンクスは下を向いて説明を繰り返した。何度かうなずき、やがて顔を上げて宣言するように言った。「二か所……いえ、三か所見つかりました」

「相手は誰だ？」ライムが嚙みつくように訊く。「誰と話してる？」

「市公文書館の館長です……館長の話では、マンハッタンにも大きな家畜収容所があったそうです。一つはウェスト・サイド、六十丁目付近……それから、一九三〇年代か四〇年代にハーレムに一つ。もう一つは独立戦争中にあったロウワー・イースト・サイドの収容所」

「住所が要るんだよ、バンクス。住所だ！」

じっと聞き入る。

「定かではないそうです」

「どうして調べられない？　調べろと言え！」

バンクスが応じた。「向こうにも聞こえていますよ、ライム警部補……えっと、は？　何で調べてるんですって？　当時はイエローページがなかったから、館長が見てるのは、古い――」

「街路一覧付き商業地域人口統計地図」ライムはつぶやいた。「当然だな。推測しろと言え」

「いまそうしてくれてます。推測してくれています」

ライムがたたみかける。「そうか、ならさっさと推測しろと言うんだ」

バンクスはうなずきながら聞いている。

「何だって、何だって、何だって、何だって？」

「六十丁目と十番街の交差点あたり」青年刑事が答える。一瞬の間。「レキシントン・アヴェニューのハーレム川沿い……それから……デランシー農場があった場所。それはデランシー・ストリートの近くでしょうか？――」

「もちろん、そうさ。リトル・イタリーからイースト川へ向かう通りだ。農場が広がっていた。何マイルも。もっと範囲を狭められないか？」

「キャサリン・ストリートの近く。ラファイエット・ストリート……ウォーカー・ストリート。わからないそうです」

「裁判所街のあたりか」セリットーはつぶやき、バンクスに言った。「ハウマンの隊に当たらせろ。三つに分かれるように言え。その三か所すべてに当たらせるんだ」

青年刑事は電話をかけ終えると顔を上げた。「お次は？」

「待つ」ライムが答えた。

セリットーがぶつぶつ言う。「待つってのは苦手だな」

サックスがライムに尋ねた。「電話をお借りしていいでしょうか」

ライムはベッドサイドテーブルの電話を顎で指した。

サックスはためらった。「向こうにもあります？」そう言って廊下を指さす。

ライムはうなずいた。

非の打ちどころのない身のこなしで、サックスは寝室を出ていった。廊下の鏡に、まじめな顔をして、人に聞かれたくないらしい大事な電話をかけている彼女の姿が映る。誰にかけてるんだろう？　恋人、夫か？　それともデイケア・センター？　コリーの話をしたとき、〝友人〟と口にする前に口ごもったのはなぜだ？　わけありだなとライムは確信した。

相手が誰だったにしろ、留守だったらしい。誰も電話に出ないとわかったとたん、彼女の瞳が暗い青に変わった。サックスが顔を上げ、埃っぽい鏡に映る自分をライムが見つめていることに気づく。彼女は背を向けた。受話器が架台に置かれ、サックスが寝室に戻ってくる。

まる五分間、部屋は静寂に包まれた。待ちながら気持ちを落ち着かせる手段をライムは奪われている。体が動かせたころには、憑かれたように部屋を歩きまわる質《たち》だったために、ＩＲＤ部員を苛立ちの極限まで追いやったものだ。しかしいま、ライムは寸暇を惜しんでランデル測量図に目を走らせ、サックスは制帽の下に指を突っこんで頭皮をかきむしっている。もともと存在感の薄いメル・クーパーは、外科医のように落ち着き払って証拠物件を分類している。

セリットーの携帯電話がやかましく鳴りだしたとき、一人を除いた全員がぎくりと飛び上がった。セリットーが電話の声に聞き入る。やがて頬を緩めた。

「やったぞ！　ハウマンの班の一つが十一番街と六十丁目の交差点にいる。すぐ近くから女性の叫び声が聞こえるそうだ。正確な位置はまだ把握できていない。一軒一軒、当たっている」

「走りやすい靴を履け」ライムがサックスに命じた。

サックスの顔が見るからに曇った。彼女はライムの電話をちらりと見た。死刑執行延期を命じる州知事からの電話が、いまにもかかってくるのではと期待するように。それからセリットーに目を向けたが、セリットーはＥＳＵのウェスト・サイド戦略地図を一心に調べている。

「アメリア」ライムは呼んだ。「すでに一人死なせてしまった。非常に残念だ。しかし、この先も見つかるのは死体ばかりとは限らない」

「あなたもあの女性を見れば」サックスの声はかすれていた。「犯人があの人にどんな仕打ちをしたか、もし見ていたら――」

「いや、私も見たよ、アメリア」ライムはゆるぎない、挑むような目をして、感情を抑えた声で言った。「T・Jの身に起きたことなら私も目撃した。熱気のこもる車のトランクに一月《ひとつき》放置された死体を見たこともある。一ポンドのC４爆薬に破壊された人間の腕や脚や顔も見た。ハッピーランド社交クラブの火事の鑑識もしたよ。八十名以上が焼死した。遺族に身元確認をしてもらうのに、焼死者の顔を、あるいはどうにか焼け残った部分をポラロイドカメラで撮影した――あんな遺体の列の間を歩いて正気でいられる人間はいやしないからね。我々を除いて。我々は逃げるわけにはいかない」ライムは深呼吸をして首を襲った激しい痛みをこらえた。「いいか、もしきみが警察官として生きていこうと決めているなら、アメリア……きみがこの先の人生を切り抜けていきたいと思うなら、死んだ者をあきらめることを学ばなくてはならないよ」

他の者が一人、また一人と手を止めて、二人を見つめていた。

今回は、如才ない言葉がアメリア・サックスの口に浮かぶことはなかった。慇懃な微笑みも。彼女は束の間、冷然とした視線を返そうとしていた。しかし、彼女の瞳はガラスのように感情を透かして見せた。ライムに対する激しい怒りが――ライムの発言に対する過剰な反応とも言えそうな激しい怒りが、サックスを渦のように呑みこんだ。ほっそりとした顔が暗い力に降参し、歪む。サックスは真っ赤な後れ毛を手で払いのけると、ひったくるようにしてテーブルからヘッドフォンを取った。階段の一番上で足を止め、相手が思わずすくみあがるような鋭い眼差しをライムに向けた。ライムはその目を見て、美しい女の冷笑ほど冷たいものはないとあらためて知った。

そして、なぜだろう、ふとこんな言葉が頭に浮かんだ――お帰り、アメリア。


「何を持ってきた？　ブツか、情報か、写真か？」

〝小悪党《スクラフ》〟はマンハッタンのイースト・サイド、三番街――ニューヨーク市にとっては、閑静な住宅街の真ん中に居座るストリップ小屋のような一画――のバーに座っていた。そのわびしい安酒場は、もう少し時刻が遅くなると、出世欲をぎらつかせたヤッピーたちで満員になる。しかしいまごろの時間帯は、正体不明の魚やしなびたサラダの夕食をつつく、みすぼらしいなりをした地元民の避難所と化していた。

筋肉質の体と関節の目立つ黒檀のような肌をした男は、やけに真っ白なシャツとやけに緑色のスーツをまとっていた。スクラフのほうに身を乗り出して言う。「ニュースか、暗号か、手紙か？　ヤクか？」

「いや。はは」

「はははなんて言ってるわりにゃ、顔が笑ってねえぞ」フレッド・デルレイは言った。何代か前まで、彼の一家はデルレとフランス風の姓を名乗っていた。百九十センチの長身、無意味な戯言《ざれごと》を連発するくせにめったに笑みが浮かぶことのない顔。デルレイはＦＢＩマンハッタン支局一の腕利き捜査官だった。

「いやいや。笑ったわけじゃないよ」

「で、何を持ってきたって？」デルレイは左耳の後ろに挟んだ煙草の吸い口を、力をこめてつまんだ。

「話せば長いんだって」小柄なスクラフは脂染みた髪をかきむしった。

「ところがおまえにゃ時間がない、と。時は黄金なり、光陰矢の如し。おまえに欠けてるものの一つが、じ、か、ん、だな」

コーヒーが二つ並んだコーヒーテーブルの下にデルレイの大きな手が潜り、スクラフの腿をぐっと握り締める。スクラフが情けない悲鳴をあげた。

半年前、背が低く痩せたスクラフは、M16ライフルを二人組の極右過激派に売ろうとして捕まった。二人組は——本当に極右過激派かどうかはまた別の問題として——偶然にもおとり捜査中のＡＴＦ（アルコール・タバコ・火器局）捜査員だった。

言うまでもなく、ＦＢＩにしても、脂ぎって目を血走らせたスクラフのような小物になど用はない。狙いは銃を市場に流している連中だった。ＡＴＦも銃の流通をかなりさかのぼって捜査したものの、大物の逮捕は望めそうもなく、そこでスクラフの情報屋としての使いでを見極めようと、情報屋の扱いにかけてはＦＢＩナンバーワンと言われるデルレイに預けたのだ。しかしこれまでのところスクラフは、情報や秘密の合図はおろか、がせネタ一つ提供できない、鼻持ちならない臆病者の役立たず《スケル》との評価しか与えられていない。

「どんな罪状にしろ、告訴を取り下げにしてほしいんなら、俺たちを唸らせるようなやばい情報を持ってこなくちゃならねえんだぞ。おまえさん、ちゃんとわかってんだろうな？」

「いますぐにはおたくたちにわたせるようなものは何もないってだけの話じゃないか。いますぐには」

「でまかせ言うな。何か隠してるんだろうが。その面を見てりゃわかるんだよ。何か隠してる」

しゅーっとエアブレーキの音が響き、店の前にバスが止まった。扉が開き、パキスタン人の団体がバスを降りる。

「ふん、くだらねえ国連会議なんかやりやがって」スクラフが不満げにつぶやく。「わざわざニューヨークでやることたあねえよな。それでなくても人だらけで窮屈だってのに。外人だらけでさ」

「くだらねえ国連会議だと？　このちんぴらが。げす野郎めが」デルレイは嚙みつくように言った。「世界平和には反対か、え？」

「別に」

「なら、何かまともなことを言ってみな」

「教えられるようなことは知らねえって」

「この俺を誰だと思ってる？」デルレイはぞっとするような笑みを浮かべた。「俺は

〝カメレオン〟だぞ。にこにこ笑ってやってもいいし、怖い面してにぎにぎごっこにつきあってやってもいい」

「いやだ、頼むよ」スクラフは悲鳴をあげた。「くそ、いてえよ。やめてくれってば」

その声を聞いてバーテンダーが二人のほうに目を向けたが、デルレイがそちらを一瞥すると、すでにぴかぴかに磨き上げられているグラスをさらに磨く仕事をそそくさと再開した。

「わかったよ、一つだけ話してもいい。でも、俺がやばいことになるかもしれないだろ。そうしたら――」

「にぎにぎごっこの時間らしいな」

「やめろ、この野郎。この野郎！」

「おやおや、こりゃまたえらく洗練された会話だ」デルレイは応酬した。「おまえ、B級映画ばかり見てるんじゃないのか。ほら、最後に善玉と悪玉が対決する類の映画だよ。たとえばスタローンと敵役だ。台詞ときたら、馬鹿の一つ覚えだよな。〝この野郎〟。〝くそ、この野郎〟。〝何だと、この野郎〟。ところで、使える情報じゃなけりゃ許さねえぞ。ちゃんとわかってんだろうな？」

そう言うと、デルレイはじっとスクラフに目を注いだ。ついにスクラフが降参した。

「わかった。話すよ。おたくを信用してるからね。おたくは――」

「そうだな、そうだな、そうだな。で、話ってのは？」

「ジャッキーと話してたんだけど、ジャッキーは知ってるよな？」

「ジャッキーなら知ってる」

「奴から聞いた話なんだけど」

「どんな話だ？」

「奴の話だと、今週、やばいブツをやりとりするのに空港は使わねえほうがいいって噂を聞いたって」

「やばいブツってのは何のことだ？　またM16か？」

「言っただろ、俺は関係ねえって。ジャッキーが言ってただけで、俺は――」

「聞いただけ」

「そう。特定のブツの話じゃねえんだって。な？」スクラフは大きな茶色の目でデルレイを見つめた。「俺がおたくに嘘つくと思うのかよ？」

「決して威厳を捨てるな」デルレイはいかめしい顔で教訓を垂れ、ごつい指をスクラフの胸に突きつけた。「で、その空港がどうのって話だが。どっちのだ？　ケネディか、ラガーディアか？」

「知らねえって。誰かがこっちの空港に来るって噂が広まってることしか知らねえよ。誰だかわからねえけど、相当な大物なんじゃねえの」

「そいつの名前は？」

「名前までは聞いてねえよ」

「ジャッキーはどこだ？」

「知るかよ。南アフリカ、かな。リベリアかも」

「で、要するにどういうことなんだ？」デルレイはまた煙草を指先で押しつぶした。

「あてずっぽうだけどさ、たぶん、何か起きる可能性があるから、そのときブツのやりとりをするとまずいって話じゃねえの」

「あてずっぽうか」スクラフはすくみあがったが、デルレイには小男を痛めつける気はもうなかった。頭の中で警報が鳴り響いていた。ATFとFBIの両局が一年前から追っている武器のブローカー、ジャッキーは、アフリカや中央ヨーロッパの軍人やらアメリカ大陸のゲリラといった顧客筋から、空港でテロが起きるという話を聞きつけたのかもしれない。普通の場合ならデルレイの頭にそんな考えが浮かぶことはないが、昨晩、ケネディ国際空港で拉致事件があったばかりだ。その話を聞くまでは、拉致事件にはさして興味はなかった――あくまでもニューヨーク市警の担当事件なのだから。しかし、いま彼の頭には、つい先日ロンドンで起きた、ユネスコ会議爆破テロ未遂事件も浮かんでいた。

「おまえ、話ってのはそれだけか？」

「そうだよ。もう何もねえって。なあ、腹が減ったよ。何か食ってもいいだろ？」

「威厳を捨てるなってさっき教えてやったろ。そうやって情けない声を出すのはやめな」デルレイは立ち上がった。「電話をかけてくる」

ＲＲＶは尻を振りながら六十丁目に停まった。

サックスは現場鑑識スーツケース、ポリライト、大型の十二ボルト懐中電灯をつかんだ。

「間に合った？」サックスはＥＳＵ隊員の一人に呼びかけた。「被害者は無事？」

初め、誰も答えようとしなかった。そのとき、悲鳴が聞こえた。

「どういうこと？」サックスはつぶやくと、ＥＳＵが打ち壊した大きなドアめざして全速力で走った。その奥には広い通路があり、人気《ひとけ》のない煉瓦の建物の地下へと下っている。「被害者はまだこの奥に？」

「そうです」

「どうして？」アメリア・サックスは愕然と聞き返した。

「入るなという命令で」

「入るな、ですって？　被害者が助けを求めてるのよ。聞こえないの？」

ＥＳＵ隊員の一人が言った。「あなたを待つようにと上からのお達しで」

上から。上から、ね。どうせリンカーン・ライムでしょ。どこまでも嫌な奴。

「被害者を探すようにというのが我々への命令でした」隊員が言った。「入るのはあなたです」

サックスはヘッドセットのスイッチを入れた。「ライム！」叱りつけるように呼ぶ。

「聞いてる？」

返答なし……この臆病者。

死んだ者はあきらめろですって？……知ったようなことを言って！　数分前にライムのタウンハウスの階段を駆け下りたときも激しい怒りを覚えたが、いまはその倍も腹が立っていた。

サックスは背後をちらりと振り返り、ＥＳＵの車両の後ろで待機している救急隊員に目をとめた。

「そこのあなた、一緒に来て」

救急隊員は一歩進み出たが、サックスが銃を抜くのを見て足を止めた。

「え、ちょっと待ってくださいよ。僕が行くのは、現場の安全が確認されてからの話でしょう」

「さっさと来るの！」サックスはくるりと背を向けた。救急隊員は銃よりも恐ろしい武器があることを悟ったのだろう、怯えたような顔をして急ぎ足でサックスの後を追った。

地下から悲鳴が響いた。「あああ！　助けて《ヒルフェ》！」すすり泣く声が続く。

可哀相に。サックスは、闇におぼろに浮かび上がる、高さ四メートルの扉、そしてその奥に広がるすすけたような暗闇に向かって駆けだした。

頭の中に声が聞こえる――〝きみは犯人だ、アメリア。いま何を考えている？〟。

消えて、と言い返す。

しかし、リンカーン・ライムは消えなかった。

〝きみは殺人犯で拉致犯なんだ、アメリア。きみならどこを歩く？　どこに手を触れる？〟。

やめて！　私はあの女性を助けたいの。鑑識なんか……

「いや《マイン・ゴット》！　誰かあ！　助けてええ！」

走れ――サックスは自分を叱りつけた。全速力で！　犯人はいない。ここは安全よ。あの女性を……

サックスは足を速めた。腰のユーティリティベルトが乾いた音を立てる。しかし、地下道を七、八メートルほど下ったところで、唐突に立ち止まった。頭の中で論争が起こる。やがて勝たせたくなかったほうに軍配が上がった。

「ああ、もう」吐き出すように言う。スーツケースを置き、蓋を開けた。それから救急隊員に向かってぶっきらぼうに訊いた。「あなた、名前は？」

不安顔の青年が答える。「タッド・ウォルシュです。あの、何がどうなってるんです？」そう言って暗闇の奥に目をやる。

「痛い……お願い、助けて《ビッテ・ヘルフェン・ジー・ミア》！」

「援護して」サックスは小声で言った。

「援護？　ちょっと待ってください、それは僕の仕事じゃない」

「銃を持って。いい？」

「あなたを何から援護しろっていうんです？」

サックスはオートマチックを彼の手に押しつけ、膝をついて座った。「安全装置は外してあるから。気をつけてね」

輪ゴムを二本取り、靴にかける。次にピストルを救急隊員から受け取って、同じように輪ゴムをかけるよう指示する。

震える手で救急隊員が輪ゴムをかける。

「思うんですけど——」

「静かに。犯人はまだいるかもしれないのよ」

「ちょっと待ってくださいよ」彼がささやいた。「僕の職務規約にそんな項目はありません」

「右に同じ。ほら、電灯を持って」そう言って懐中電灯をわたす。

「だけど、もし犯人がいるとしたら、明かりを狙ってくるんじゃないですか。いや、僕だったら明かりを狙いますけど」

「じゃ、高い位置に持って。私の肩越しに照らしてて。私が先に行くから。そうすれば、撃たれるとしたら的は私でしょ」

「あなたが撃たれたら僕はどうすれば？」タッドはティーンエイジャーみたいな声を出した。

「私だったらまっしぐらに逃げるけど」サックスはつぶやいた。「さ、ついてきて。明かりをあまり動かさないようにしてね」

　左手で黒いスーツケースを引きずるようにして持ち、銃を体の前に構え、暗闇を透かして足元を見つめながら奥へ進む。前の現場と同様、箒で掃いたおなじみの形跡が残っている。

「お願い《ビッテ》、やめて《ニヒト》、お願い《ビッテ》、やめて《ニヒト》、お願い《ビッテ》……」短い悲鳴が響いたあと、何の音も聞こえなくなった。

「いったいこの先で何が起きてるんです？」タッドがかすれた声で訊く。

「しーっ」サックスは低い声で彼を黙らせた。

　ゆっくりと進む。サックスはグロックを握る右手の指に息を吹きかけ――汗を乾かして滑らないようにするために――タッドが持った懐中電灯の明かりがふらふらとさまよって照らし出す木の支柱、影、放置された機械などに用心深く目を凝らした。

　足跡はない。

　あるはずがなかった。犯人は抜け目ない。

〝しかし知恵比べならこっちも負けない〟――ライムの声が耳に響く。サックスは、うるさいわねと心の中で怒鳴り返した。

　ここからはもっとゆっくり。

　あと二メートル。立ち止まる。そろそろと足を踏み出す。若い女性のうめき声には耳をふさいで。またしてもあの感覚に襲われた――誰かに見られているという強烈な感覚。

ぬらりとした鋼鉄の照準につけ狙われているような。フルメタル・ジャケットの弾丸を食らえば、この防弾チョッキでは防げない。いずれにしろ、犯罪者の半数はブラック・タロンを使う——脚か腕に当たれば、胸に命中したのと同じ効果をもたらす弾丸。しかもはるかに大きな苦痛を与えられる。ブラック・タロンは人間の体をずたずたに引き裂くとニックは言っていた。ニックのパートナーの一人がその憎むべき弾丸で撃たれ、ニックの腕の中で死んだのだ。

——頭上と背後……

ニックのことを考えたとたん、筋肉の盛り上がった彼の胸に頬を寄せて横たわり、イタリア系の男特有の精悍な顔のシルエットを目でたどりながら、人質救出のための突入作戦の話に耳を傾けた夜の記憶がふと蘇った——〝中で待ち構えている奴は、突入の瞬間を狙って襲いかかる。頭上と背後から襲撃してくる……〟

「忘れてた」サックスはさっとしゃがみ、勢いよく振り返ると、弾を撃ち尽くす覚悟で銃口を天井に向けた。

「どうしたんです?」タッドが震え声でささやいた。「どうしたんです?」

虚空が彼女を見つめ返していた。

「何でもないわ」そう答えて深呼吸し、立ち上がる。

「やめてくださいよ」

奥からはごぼごぼという音が聞こえてくる。

「まったく」タッドの甲高い声がふたたびささやく。「こんなの最悪だ」

この人、臆病なのねとサックスは思った。私が言いたいことをみんな先に言うんだもの、怖がりに決まってる。

サックスは立ち止まった。「明かりを上に向けて。奥のほう」

「うわ、ひどいな……」

前の現場で発見した動物の毛の意味を、サックスはようやく理解した。セリットーとライムが交わした目配せを思い出す。あの時点ですでにライムは犯人の計画を見抜いていたのだ。次の被害者がどのような目にあうか知っていたのに——なおもＥＳＵに待機を命じた。ライムに対する嫌悪がさらに募る。

目の前の床にぽっちゃりした娘が力なく横たわっていた。血の海に。彼女は生気のない目を光のほうに一瞬向けたかと思うと、気を失った。ちょうど家猫ほどもありそうな巨大な黒いねずみが腹に這い上り、彼女の肉づきのよい首に近づこうとしていた。黒ずんだ歯をむき出し、顎の先から肉を食いちぎる。

サックスはずっしりと重い、漆黒のグロックの銃口を静かに持ち上げ、左の掌を台尻に添えて支えた。慎重に狙いを定める。

——射撃は呼吸するように。

息を吸い、吐く。引き金を絞る。

発砲するのは警察に入って初めてだった。四発。被害者の胸に乗っていた巨大な黒いねずみの体がばらばらに飛び散る。被害者の向こう側の床を狙ってもう一発撃ち、パニックに陥ってサックスと救急隊員のほうに突進してきた一匹に向けてさらにもう一発放つ。他のねずみは物音一つ立てず、水が砂に染みこむようにすっと姿を消した。

「信じられない」救急隊員が言った。「被害者に当たるかもしれないでしょう」

「十メートルしか離れていないのに？」サックスは鼻で笑った。「まさか」

突然、無線が息を吹き返し、ハウマンの声が銃撃戦かと尋ねた。

「いいえ」サックスは応答した。「ねずみを始末しただけです」

「了解」

サックスは救急隊員から懐中電灯を受け取ると、足元を照らしながら被害者に近づいた。

「もう大丈夫よ。もう大丈夫だから」

娘は目を開け、頭を左右に激しく振った。

「お願い《ビッテ》、お願い《ビッテ》……」

血の気がまったく失せている。青い瞳がサックスをじっと見つめた。目をそらすのを怖がっているかのように。

「お願い《ビッテ》、お願い《ビッテ》……お願い……」そうつぶやく声がやがて号泣に変わり、救急隊員が傷口に包帯を当てると、すすり泣きながら手足をばたつかせた。

サックスは血にまみれたブロンドの頭を胸に抱き、ささやきかけた。「もう大丈夫。

もう大丈夫よ。もう大丈夫だから……」

14

マンハッタンのダウンタウン上空に浮かぶそのオフィスからは、はるかニュージャージー州まで見わたせた。大気中の塵が夕焼けを見事に美しく見せている。

「やるしかない」

「無理だ」

「やるしかない」フレッド・デルレイはそう繰り返し、コーヒーを一口飲んだ。少し前、スクラフと話した店のコーヒーも不味かったが、これはそれに輪をかけて不味い。「連中から取り上げちまおうぜ。向こうだって文句は言うまい」

「あれは市警の事件だぞ」FBIマンハッタン支局長補が答える。支局長補は小心者で、おとり捜査などとうてい務まる男ではなかった。その顔を見たとたんに誰だって察しがつくだろう――おっと、見ろよ、FBIのお出ましだぜ。

「それは違うね。市警がそういう扱いにしてるだけだ。でかいヤマだぞ」

「国連会議に八十人も捜査官を取られているんだ」

「この事件は国連会議に関連がある」デルレイは言った。「絶対だ」

「だとしたら、国連警備班に報告しよう。連中に……おい、その目つきはよしてくれ」

「国連警備班？　国連警備班だと？　なあ、あんた、見かけ倒れって言葉を聞いたことあるか？……ビリー、あの写真、見ただろう？　今朝の現場の？　土の中から手がにょっきり突き出して、指の皮が削ぎ落とされてたあの写真を？　異常者がそこらをうろついてるんだよ」

「ニューヨーク市警からは、随時、報告を受けている」支局長補はきどった口ぶりで言った。「それから、市警の要請に備えて、行動科学課が待機している」

「ふん、聞いてあきれるね。行動科学課が待機だと？　この殺人鬼をとっつかまえなくちゃ意味がないんだよ、ビリー。とっつかまえなくちゃな。そいつの頭ん中をのぞいてみたところでしかたねえんだ」

「情報屋の話をもう一度聞かせてくれ」

デルレイは、岩にひびが入れば見逃さない男だった。またふさがってしまうのをぼんやり眺めていたりはしない。このときも、一斉射撃のチャンスをデルレイはとらえた。

スクラフ、ヨハネスバーグだかモンロヴィアだかにいるジャッキー、そして今週ニューヨークの空港で大事件が起きるから近寄るなという極秘情報が武器密輸業界に流れたこと。「この犯人のことだよ」デルレイは断言した。「間違いねえ」

「市警が特別捜査本部を置いている」

「だが、テロ対策班は動いてねえ。電話をかけて調べたよ。市警のテロ対策の連中は誰も何も知らされてない。あちらさんはな、〝観光客に万が一のことがあれば市の評判が落ちる〟程度の意識しか持っちゃいないんだよ。俺はこの事件を追いたいんだ、ビリー」フレッド・デルレイは、おとり捜査官になってからの八年間に、一度も口にしたことのない言葉をつけくわえた。「頼む」

「根拠は何だ？」

「おいおい、くだらんことを訊くなよ」そう言ってデルレイは、生徒をたしなめる教師のように人差し指を振ってみせた。「聞けよ。ご立派な新テロ防止法案が俺たちの味方についてるじゃないか。だが、それだけじゃ足りないっていうんだろ、捜査権の根拠が欲しいんだな？　なら、俺が捜査権をやるよ。港湾安全管理に対する重罪。拉致。この犯人はタクシー車両を運転してるんだから、州際通商法違反だと議論してやってもいいぞ。しかし、そんなゲームをして遊びたいわけじゃあないだろう、え、ビリー？」

「人の話を聞いてないのか、デルレイ。ご高説はありがたいがね、合衆国法律集なら眠っていても暗唱できるよ。私が聞きたいのは、この事件を我々が引き継ぐとして、どんな根拠を挙げれば誰の恨みも買わずにすむかってことさ。いいか、たとえこの犯人を逮捕して刑務所に送りこんだとしても、市警とは引き続き協力関係を維持していかなければならないんだぞ。私の兄貴に向こうの兄貴を殴り倒してもらうような真似をする気はないね。やってやれないことはないにしても。やってやりたいと思うたびに実行してるわけにはいかない。それに、捜査主任のロン・セリットーは優秀な男だ」

「警部補が指揮を？」デルレイはふんと鼻を鳴らした。耳の後ろから煙草をつまみ上げ、束の間、鼻先に近づけた。

「彼を監督してるのはジム・ポーリングだ」

デルレイは目を見開いて、わざと怯えたような顔をしてみせた。「ポーリングだって？　あのリトル・ヒットラー？　〝おまえには黙秘権があるぞ、なぜかって、俺がおまえの頭をかち割ってやるからさ〟のポーリング？　あいつが？」

支局長補はこれには答えなかった。「セリットーは優秀だ。本物の仕事の虫だよ。彼とは二度、合同捜査で協力した」

「この犯人はいきあたりばったりに死体をばらまいてるみたいに見えるが、実は着々と計画を進めてるんだと俺は思うがな」

「どういうことだ？」

「ニューヨークには上院議員がわんさと集まってる。下院議員もいりゃ、各国の元首も来てる。いま犯人が殺して歩いてるのは、単なる練習台だと思う」

「きみは私に隠れて行動科学課と話したのかね？」

「匂うんだよ」デルレイはそう言うと、長い鼻の頭を我知らず指先でつついた。

支局長補がふうと大きく息をつくと、いかにもＦＢＩ捜査官らしくきれいに髭を剃った頰がへこんだ。「その情報屋というのはどういう男なんだ？」

デルレイにしても、スクラフが本当の意味での情報屋だとはとても思えなかった。情報屋と呼ばれる連中の多くは役立たず《スケル》――骸骨《スケルトン》の略――だった。痩せ細った鼻持ちならないけちなペテン師。まさにスクラフそのものだ。

「スクラフはダニみたいな奴だ」デルレイは認めた。「しかしジャッキーって男、スクラフに噂を伝えた奴は信頼できる」

「きみの希望は理解できるよ、フレッド。よくわかる」そう言った支局長補の口調にはいくばくかの同情が滲んでいた。デルレイの要求の背景にある事情を重々承知していたからだ。

ブルックリンで育った少年時代から、デルレイは警察官志望だった。二十四時間、警察官をやれるのなら、何が専門の警察官でも別にかまわないと思っていた。しかしＦＢＩに入局してまもなく、彼は天職に出会った――おとり捜査だ。

漫才コンビのぼけ役でもあり、デルレイのお守り役も務めたパートナー、トビー・ドリトルとともに、デルレイは多数の重罪犯を刑務所に送りこんだ――彼らの刑期を積み上げると、千年に達した（いつだったかパートナーに「なあトビー、これで俺たち〝千年コンビ〟だぜ」と誇らしげに言ったことがあった）。デルレイの成功の秘訣は、彼のあだ名〝カメレオン〟からも察せられる。その名は、ハーレムのクラック密売人の家で、クスリでいかれた中毒者を演じたわずか二十四時間後には、真紅の幅広リボンを肩から斜めにかけ、完璧なハイチなまりの英語を話すハイチ高官に化けてパナマ領事館の夕食会に出席するという離れ業をやってのけたあと、献上されたものだった。デルレイとドリトルの二人がATFや麻薬取締局の捜査に臨時に駆り出されるのは日常茶飯事だったし、市警の要請に応じることもたまにあった。麻薬や武器の密売捜査が専門ではあったが、それに次ぐ得意分野は贓品《ぞうひん》捜査だった。

おとり捜査では、皮肉にも、優秀さに反比例して捜査官としての寿命は短くなる。噂が広まるとともに、FBIが相手にするような大物はそう簡単には引っかからなくなっていくからだ。ドリトルとデルレイの場合も、いつのまにか現場の捜査に携わる時間よりも、情報屋や他のおとり捜査官を監督している時間のほうが長くなっていた。しかし、そういった仕事は本意ではないとはいっても――現場以上にデルレイを興奮させるものはなかった――他の捜査官と比較すれば、支局に閉じこもっている時間が短くてすむ仕事ではあった。だから異動の希望を出そうなどとはこれっぽっちも思わなかった。

しかし二年前――ニューヨークが暖かな陽射しに包まれた四月のある朝、事態は一変した。デルレイが支局を出てラガーディア空港へ向かおうとしていたとき、ワシントンDCのFBI副長官から電話がかかった。FBIは厳格な階級組織であり、副長官のようなお偉方がなぜ直接自分に電話をかけてくるのかとデルレイは首をひねった。しかし、その理由はすぐに判明した。副長官の沈痛な声が、その朝、デルレイもまさにそのとき出かけようとしていた先、オクラホマシティ連邦ビルの一階で、トビー・ドリトルがマンハッタンから派遣された連邦検事補とともに宣誓証言の打ち合わせをしていたことを告げたのだ。

二人の遺体は、翌日、飛行機でニューヨークに帰ってきた。

その同じ日、デルレイはその後何通も提出することになるRFT二二三〇書式を初めて提出し、FBIテロ対策部への異動願を申請した。

密かに政治学や哲学の本を読みあさるフレッド・デルレイに言わせれば、爆破テロは重罪中の重罪だった。金銭欲や権勢欲には、反アメリカ的な要素などないと彼は考えていた――ウォール街から連邦議会議事堂に至るまで、アメリカ中どこでだって助長される素質じゃないか、と。しかし、金銭欲や権勢欲の旺盛な市民がときに合法と違法の境界線を踏み違えれば、デルレイは喜んで彼らを追跡した――ただし、私怨からそうしたことは一度もなかった。一方、信念のために人を殺すのは――自分の信念さえまだ確立できていないような子どもたちまで殺《あや》めるような行為は、まさに国家の心臓にナイフを突き立てるに等しい行為ではないか。トビーの葬儀のあと、ブルックリンの家具もまばらな二間のアパートに座り、デルレイはそういった犯罪こそ自分の手で暴きたいと心に決めた。

ところがあいにく、カメレオンの名声が行く手を阻んだ。FBI一と言われたおとり捜査官はいまや、東海岸全域の捜査官や情報屋を把握するFBI一の指揮官となっていた。上官たちは、FBIの中でも比較的平穏な部署の一つに彼を行かせるのは惜しいと考えた。デルレイはちょっとした伝説になっており、近年のFBIの輝かしい功績の一部は、彼一人の手柄でもあった。そんな事情を背景に、彼の度重なる異動願は遺憾の意とともにことごとく却下された。

　支局長補は過去のそういった経緯を知り尽くしており、心からこうつけくわえた。

「何とかしてやりたいところなんだが、フレッド。すまないな」

　しかしその支局長補の言葉にデルレイが聞きつけたのは、岩の割れ目がさらに広がった気配だけだった。そこでカメレオンは手持ちの仮面の中から一つを選び出して着けると、相手をじっと見つめた。あの偽《にせ》金歯をつけたままだったらよかったのにと思う。犯罪者を演じているときのデルレイは、どんな相手でもすくみあがるような眼光を放つタフな男だった。そしてその視線には、やくざな世界で生きる者なら本能的に察知する、見誤ろうはずのないメッセージがこめられていた——おまえは俺に借りがあるだろう、返してもらおうじゃないか。

　日和見主義者の支局長補はついにおずおずと口を開いた。「ともかく何か必要だ」

「何か？」

「とっかかりだ。とっかかりがない」

　支局長補は、市警から事件を奪い取る理由がないと言っているのだ。

　政治、政治、くそ政治。

　デルレイは顎を引いたが、彼の目は、まるで磨いたように輝く茶色の瞳は、支局長補の顔に据えられたまま、一ミリたりとも揺るがなかった。「今朝、犯人は被害者の指の肉を削いだんだぞ、ビリー。骨がむき出しになるまでな。そのあと生きたまま土に埋めた」

いかにもFBI捜査官らしい、手入れの行き届いた両手をきれいに剃られた顎の下で組み、支局長補はゆっくりと言った。「一つ思いついたことがある。市警の副本部長だ。エッカートという男だが。きみも知ってるだろう？　彼とは懇意にしていてね」


被害者の娘は、ストレッチャーに仰向けに横たわって目をつむっていた。意識はあるものの、朦朧としていた。顔色はあいかわらず青白かった。腕にブドウ糖液の点滴を受けている。脱水症状が改善されたためか、あのような事態の直後にしては供述も一貫しており、意外なほど落ち着いていた。

サックスは地獄の入口にふたたび歩み寄ると、闇に包まれたスロープを見下ろした。無線のスイッチを入れ、リンカーン・ライムを呼ぶ。今回は返答があった。

「現場はどんな様子だ？」ライムがのんきに尋ねた。

サックスの返事はそっけなかった。「被害者を救出しました。ご興味がおありでしたら、ですが」

「ああ、それはよかった。容体は？」

「元気とは言えません」

「だが生きている、そうだろう」

「かろうじて」

「ねずみの件で怒っているんだな、アメリア？」

サックスは答えなかった。

「私がボー・ハウマンの部下に被害者の救出を控えるように命じたから。聞いてるのかい、アメリア？」

「聞いてます」

「現場が汚染される原因には五種類ある」とライムは言った。彼の声がまたしてもあの低い誘いかけるような響きに変わったことに、サックスは気づいた。「天候。被害者の家族。容疑者。記念品を拾おうと集まる野次馬。最悪なのは最後の一つだ。何だかわかるか？」

「いいえ」

「他の警察官だ。もしESUの突入を許可していたら、痕跡はすべて消えていただろう。きみはもう鑑識の手順を心得ている。きっとすべての証拠物件を手つかずで保存していることだろうね」

サックスはこう言い返さずにはいられなかった。「こんな目にあわされて、被害者がこれまで通りの生活ができるとは思えません。体中にねずみがたかっていたんですよ」

「ああ、それはそうだろうな。それがねずみの習性だ」

習性……

「もう五分や十分早かったところで、大した違いがあったとは思えない。被害者は

――」

かちり。

サックスは無線を切り、救急隊員のウォルシュに歩み寄った。

「被害者から事情を聞きたいんだけど。朦朧として無理かしら？」

「まだ大丈夫でしょう。すでに地元の開業医に引き継ぎました――裂傷と咬創を縫合してくれるよう伝えて。あと三十分もしたら鎮痛剤を欲しがるでしょうけどね」

サックスは微笑みを浮かべ、娘の横にしゃがんだ。「どう、調子は？」

ぽっちゃり太ってはいるが、とても綺麗な娘だった。彼女がうなずく。

「少し質問してもいいかしら？」

「ええ、お願いします。あいつを捕まえてほしいもの」

セリットーが現場に到着し、二人に近づいてきた。娘に微笑みかける。娘はぼんやりと彼を見返した。セリットーは警察のバッジを見せたが娘は目もくれない。セリットーが名前を名乗った。

「大丈夫ですか、お嬢さん？」

娘は肩をすくめた。

蒸し暑いなか、大汗をかいたセリットーは身振りでサックスを脇へ呼んだ。「ポーリングは来たか？」

「見かけてません。リンカーンの家にいるのかも」

「いや、いま向こうに問い合わせてみた。大急ぎでシティ・ホールに行ってもらわないといけないんだが」

「何か面倒でも？」

セリットーは頬がたるんだ顔をしかめ、声をひそめた。「まずいことになってる——警察無線は盗聴不可能なはずだろう。ところが、マスコミの連中ときたら、秘密通信の解読装置でも持ってる奴がいるらしい。我々が被害者を発見しながら直後に救出しなかったという情報が流れてる」セリットーはそう言いながら娘のほうに顎をしゃくった。

「まあ、事実ですから」サックスは無愛想に言った。「私が来るまで待つようにとライムがＥＳＵに命じたんです」

セリットーは愕然とした。「いやはや、その通信をマスコミが録音してなかったことを祈るのみだな。ポーリングを引っ張り出して事態を収拾してもらわなけりゃ」セリットーは娘を顎で指した。「事情聴取は？」

「まだです。いまちょうど始めようとしていたところです」サックスはそう答えると、気が進まないながら無線のスイッチを入れた。ライムのやかましい声がふたたび聞こえてくる。

「……てるのか？　おい、このへぼ電話は壊れて——」

「聞こえてます」サックスは何事もなかったように答えた。

「いったいどうした？」

「電波妨害でしょう。いま被害者のそばにいます」

そのやりとりに娘が戸惑ったように目をしばたたかせ、サックスはにこりと笑った。「独り言じゃないわ」そう言ってマイクを指さす。「捜査本部と話してるの。あなた、名前は?」

「モネール。モネール・ゲルガー」彼女は咬傷だらけの腕を見下ろし、包帯を持ち上げて傷の具合を確かめた。

「事情聴取はさっさとすませて」ライムの指示が聞こえる。「鑑識にとりかかろう」

サックスはスティック型のマイクを手で覆ってから、セリットーのほうを向いて苦々しげにささやいた。「この人、上司としては最低ね。サー」

「適当に機嫌をとっておけよ、巡査」

「アメリア!」ライムのわめき声。「答えろ!」

「事情聴取を始めます。それで文句ないでしょ?」サックスがぴしゃりと言い返す。

セリットーが質問した。「何があったか、話してもらえますか」

モネールは断片的な説明を始めた。イースト・ヴィレッジにある共同住宅の洗濯室にいたこと。男が待ち伏せしていたこと。

「共同住宅とは?」セリットーが確認する。

「ドイツ会館です。えっと、住んでるのは、ほとんどがこっちで働いているか学校に通っているドイツ人」

「男が待ち伏せしていて、それから？」セリットーが促す。ライムよりもこの大柄な刑事のほうが粗野で短気な印象を与えるのに、実際には彼のほうが思いやりに満ちた人間らしい。

「車のトランクに押しこめられて、ここに連れてこられました」

「犯人の顔を見ましたか？」

　モネールは目を閉じた。サックスが質問を繰り返すと、モネールは顔は見なかったと答えた。ライムの推測通り、犯人は紺色のスキーマスクを被っていた。

「それに手袋《ウント》も」

「どんな手袋でしたか？」

　暗い色のもの。何色だったかまでは覚えていない。

「変わった特徴はありましたか？　拉致犯のことですが」

「いいえ、とくに。白人でした。それはわかりました」

「タクシーのナンバープレートを見ましたか？」セリットーが訊いた。

「何を？《ヴァス》」娘はつい母国語に戻って聞き返した。

「タクシーの――」

　突然、ライムの声が聞こえ、サックスは飛び上がった。「ダス・ニュメルンシールト」

　この人、どうしてそんなことまで知ってるわけ？　サックスがその言葉を繰り返すと、娘は首を振り、それから目をしばたたかせた。「どういうこと？　タクシー？」

「犯人はイエローキャブに乗っていたんでしょう？」

「イエローキャブ？　いいえ《ナイン》。違います。普通の車でした」

「聞こえた、リンカーン？」

「聞こえたよ。犯人はもう一台車を持っているというわけだな。それに、被害者をトランクに押しこめたのなら、ステーションワゴンでもハッチバックでもないはずだ」

サックスがライムの推測を伝える。娘はうなずいた。「そう、セダンみたいな車」

「車の色は覚えていますか？」セリットーが質問を続ける。

「明るい色だったと思います。シルバーかグレー。あとは、えっと、何て言うんでしたっけ？　薄い茶色のこと」

「ベージュ？」

モネールがうなずく。

「ベージュかもしれない、と」サックスはライムにもわかるようつけくわえた。

セリットーが訊いた。「トランクの中には何か入っていませんでしたかね？　何でもいいんだが。たとえば工具、布、スーツケースとか？」

モネールは何もなかったと答えた――空っぽでした。

ライムが質問した。「匂いは？　トランクの中の匂いは？」

サックスがその質問を中継する。

「わかりません」

「ガソリンや油の匂いは？」

「しませんでした。あれは……清潔な匂いでした」

「となると、新車かもしれないということか」ライムはつぶやいた。

モネールはしばらく泣きじゃくっていた。やがて、首を振った。サックスが手を握ってやると、ようやく先を続けた。「長い時間走りました。いえ、長く思えたわ」

「その調子よ」サックスは励ました。

ふとライムの声が割りこんだ。「脱ぐように言ってくれ」

「は？」

「服を脱ぐように言ってくれ」

「いやです」

「救急隊に言ってローブを借りろ。彼女の服が必要なんだ、アメリア」

「でも」サックスは小声で言った。「彼女、泣いてます」

「頼むよ」ライムの声に苛立ちがにじむ。「ぜひとも必要だ」

セリットーがサックスにうなずき、サックスがしぶしぶながら服が必要なのだと説明すると、意外なことに、モネールは即座にうなずいて了解した。頼まれなくても、血まみれの服を早く脱いでしまいたかったらしい。セリットーはモネールに気を遣って、ボー・ハウマンのところへ歩いていき、何事か相談を始めた。救急隊員が差し出したガウンをモネールが羽織ると、私服刑事の一人が自分のスポーツコートを肩にかけてやった。

サックスはジーンズとTシャツを袋に入れた。

「終わりました」サックスは無線のマイクに向かって報告した。

「次は、被害者立ち会いで現場鑑識をしよう」ライムが言った。

「は？」

「ただし、絶対にきみが先に歩くこと。被害者が物証を汚染するのを防ぐためだ」

サックスはＥＳＵの車が二台並んだ脇で、担架に乗せられて背を丸めている娘のほうを見やった。

「あの状態では無理ですよ。犯人に切り傷を負わされています。深々と骨まで。出血したために、ねずみが集まってきた」

「自力で歩けるのか？」

「おそらく。ですが、あんな目にあわされた直後です」

「彼女なら犯人とともに歩いた道筋を教えられるはずだ。犯人が立った場所も」

「これから救急医療室に搬送します。多量に失血してますから」

ためらい。やがてライムの朗らかな声が聞こえた。「ともかく本人に訊いてみてくれ」

しかしその朗らかさは見せかけで、サックスの耳に届いたのは焦りだけだった。ライムが周囲におもねることに慣れた人間ではないこと、おもねる必要のある人間ではないことは、サックスにもわかった。ライムは、我《が》を貫くことに慣れきっている。

ライムが繰り返した。「現場をひとまわりするだけだ」

くたばれ、リンカーン・ライム。

「どうしても――」

「必要なこと、でしょう。どうせ」

無線の向こうは無言だった。

サックスはモネールを見つめていた。次の瞬間、声が――いや、彼女自身の声が聞こえた。「これからあそこに下りて証拠を探すんだけど。一緒に来てもらえるかしら？」

娘の目に浮かんだ表情が、サックスの心をぐさりと刺し貫いた。涙があふれだす。

「いや、いや、いや。絶対にいや。いやです《ビッテ・ニヒト》。いや。お願い《ビッテ・ニヒト》……」

サックスはうなずき、娘の腕をそっとつかんだ。ライムの反論を予期して身構えながら、マイクに向かって話し始めたが、意外にもライムはこう応じた。「それならいいさ、アメリア。無理強いすることはない。現場に着いてから何があったか、それだけを訊いてくれ」

犯人を蹴ったこと、手近な地下道に逃げこんだことを娘が説明した。

「それからまた蹴飛ばしてやったの」娘はいくぶん満足げに言った。「そうしたら犯人の手袋が脱げて。犯人はかっとなって私の首を絞めました。そして――」

「手袋が脱げたまま？」ライムが遮った。

サックスがその質問をモネールに伝えた。「そうです」

「指紋が取れる！　いいぞ！」マイク越しにライムの怒鳴り声がひび割れて響いた。

「それはいつの話だ？　どのくらい前のことだ？」

モネールは、たぶん一時間半くらい前だと答えた。

「くそ」ライムがつぶやく。「皮膚に付着した指紋は一時間、長くても九十分で消えてしまう。きみは皮膚から指紋を採取できるかね、アメリア？」

「やったことがありません」

「そうか、しかしやってもらうしかない。急げ。現場鑑識スーツケースにクロームコートというラベルのついた包みがある。そこからカードを一枚抜き取れ」

サックスは印画紙に似た、十二センチかける十八センチの光沢のあるカードの束を見つけ出した。

「ありました。粉を首にはたきますか？」

「いや、犯人が触《さわ》ったと思われる場所に光沢面を下にして押しつけて。三秒くらいそのまま待つ」

サックスはその指示に従った。モネールは醒めた目を空に向けていた。サックスはライムの指示を聞きながら、柔らかなマグナ・ブラシを使って金属パウダーをカードに振りかけた。

「どうだ？」ライムの期待のこもった声。

「いまひとつですね。指の形は出てますけど。稜線は見えません。捨ててしまいましょうか？」

「現場から採取したものは、どんなものであれ絶対に捨ててはいけないよ、サックス」ライムはいかめしい声で説教をした。「持って帰ってくれ。ともかく見てみたいから」

「もう一つ、忘れてたんですけど」モネールが言った。「犯人に触《さわ》られました」

「暴行されたの？」サックスは優しく尋ねた。「レイプ？」

「いえいえ。セックスという意味ではなくて。肩とか、顔とか、耳の後ろとかに触られたんです。肘も。強く握られて。なぜかはわからないけど」

「聞こえた、リンカーン？　犯人は被害者に触れたそうです。でも、それで性的に興奮したというようなことはなさそうです」

「そうか」

「それから《ウント》……もう一つ忘れてました。犯人はドイツ語を話してました。うまくはなかったけど。学校で習っただけみたいな感じで。それで、あたしのことをハンナと呼んだ」

「何と呼んだって？」

「ハンナ」サックスはマイクに向かって繰り返した。「どうしてかしらね」娘に尋ねる。

「わからない。でも何度もそう呼んでました。その名前を発音するのが好きみたいだった」

「聞こえましたか、リンカーン？」

「ああ、聞こえたよ。さて、鑑識に移ろうか。時間がもったいない」

サックスが立ち上がると、モネールがつと手を伸ばしてサックスの手首をつかんだ。

「ミス……ザックス。ドイツ系の名前よね？」

サックスは微笑んだ。「ええ、ずっと昔は。何世代か前まではドイツ人だったから」

モネールはうなずいた。それからサックスの掌を自分の頬に押し当てた。「どうもありがとう《フィーレン・ダンク》。ありがとう、ミス・ザックス。本当にありがとう《ダンケ・シェーン》」

15

ＥＳＵのハロゲン懐中電灯を三本、かちりと音を立てて灯すと、場違いな白くまぶしい光が洪水のようにあふれ、気味の悪い地下道を照らし出した。

一人で現場に下りたサックスは、束の間、床を見つめて立ち尽くした。何かがさっきと変わっている。何だろう？

ふたたび銃を抜き、さっとしゃがむ。「犯人がいます」サックスは支柱の陰に隠れて小声で伝えた。

「何だって？」ライムが聞き返す。

「戻ってきたんです。さっきはねずみの死骸があったのに。消えてる」

ライムの笑い声が聞こえた。

「何がそんなにおかしいの？」

「違うよ、アメリア。お仲間が死骸を持っていったんだ」

「お仲間？」

「昔、ハーレムでこんな事件があったな。腐敗したばらばら死体が発見された。胴体の周囲に大きく円を描くようにして、骨があちこちに隠されていてね。頭蓋骨はドラム缶の中、足指の骨は枯れ葉の中……。全市が大騒ぎになった。マスコミは、悪魔崇拝者のしわざだの、連続殺人鬼のしわざだのと騒いだ。犯人が誰だったか、わかるかね？」

「さっぱり」サックスは強ばった声で答えた。

「被害者だよ。自殺だったんだ。そのあと、アライグマやねずみやリスが遺体を盗んでいった。戦利品としてね。理由はわからないが、連中は記念品集めが好きらしいな。さて、そこはどこだ？」

「スロープの一番下」

「そこから何が見える？」

「幅の広い地下道。それとは別に細めの地下道が二本。木の柱に支えられた凹凸のない天井。支柱はどれもへこんだり傷がついたりしています。床は古いコンクリート。うっすらと土がかぶっています」

「土と、厩肥？」

「そのようです。部屋の真ん中、私の目の前に、被害者がくくりつけられていた柱」

「窓は？」

「一つもありません。ドアも」サックスは幅の広い地下道の奥に目を凝らした。地下道の奥は一千マイルの彼方まで続く暗闇に消えている。絶望感が足元から這い上がって彼女をとらえた。「広すぎるわ！　これじゃ広すぎて検証しきれません」

未詳 823号			
容貌	住居	移動手段	その他
・白人男性、小柄 ・黒っぽい服 ・赤っぽいキッド革の古い手袋 ・アフターシェーブローション（別の匂いをごまかすため？） ・スキーマスクを着用？　紺色？ ・濃い色の手袋	・アジトを確保している可能性大	・イエローキャブ ・最近の型のセダン ・色は明るいグレー、シルバー、あるいはベージュ	・現場鑑識の知識あり ・前科者の可能性大 ・指紋の知識あり ・32口径のコルトを所持 ・被害者を縛った縄の結び方が特殊 ・「古い時代」に執着 ・被害者の一人を「ハンナ」と呼ぶ ・初歩的なドイツ語の知識あり

「アメリア、肩の力を抜け」

「こんなところじゃ、何一つ見つかるわけがない」

「手に負えないと思う気持ちもわかる。だが、我々が収集する証拠物件には、たった三種類しかないことだけを肝に銘じておけばいい。物質、身体組織、指紋などの画像。それだけだ。そう考えれば、それほど気負うほどのことではないだろう」

言うは易し、ね。

「それにそこの現場は、見た目ほど広くはない。犯人と被害者が歩いた場所だけに集中しろ。支柱のそばに行け」

サックスは支柱に近づいた。注意して足元を確かめながら。

ＥＳＵの懐中電灯は明るかったが、それがかえって暗闇を濃く沈ませ、拉致犯が潜んでいそうな場所をいくつも暴き出した。背骨に沿って寒気が駆け下りる。そばにいてね、リンカーン――サックスは不本意ながらそう願った。もちろん、あなたには腹を立ててるけど、あなたの気配を聞かせて。息遣いだけでもいいから。

サックスは立ち止まり、ポリライトの光を地面に走らせた。

「箒で掃いてあるんだな？」ライムが確かめる。

「ええ。前と同じように」

スポーツブラをしているのに防弾チョッキが乳房をこすり、外もやはり暑かったが、ここには我慢ならない熱気がこもっていた。肌がちくちくとむずがゆく、防弾チョッキの下を無性にかきむしりたくなった。

「支柱まで来ました」

「周囲の土を掃除機で集めろ」

小型掃除機のスイッチを入れた。その音が怖かった。近づく足音も銃の撃鉄を引く音も、ナイフを抜く音もかき消してしまう。思わず背後を振り返る。一度。二度。銃に手を伸ばしかけ、掃除機を取り落としそうになる。

サックスは、モネールの体が横たわっていた場所の土に残った輪郭を見つめた。私は犯人。彼女を引きずってくる。彼女に蹴られる。私はよろめいて……

モネールは一方向にしか蹴ることができなかったはずだ。スロープとは反対の方向へ。犯人は転ばなかったとモネールは言っていた。すると、足で着地したことになる。サックスは薄暗がりの奥へ数十センチ入ってみた。

「あった！」サックスは叫んだ。

「何事だ？　どうした？」

「足跡です。一か所だけ、掃くのを忘れてます」

「被害者のではないんだな？」

「違います。彼女はランニングシューズを履いていました。これには溝がありません。ドレスシューズの底に似ています。鮮明な足跡が二つ。これで犯人の足のサイズがわかりますね」

「いや、サイズまではわからないよ。靴の底は、アッパーより大きい場合もある。しかし、参考にならないわけではない。現場鑑識キットに、静電プリンターが入っている。細いスキャナーがついた小ぶりの箱だ。その隣にアセテートフィルムが何枚かある。紙を剝がしてフィルムを足跡にのせ、スキャナーをその上に走らせてくれ」

サックスは装置を探し出し、足跡の画像を二枚作成した。それを慎重に紙の封筒に納める。

それから支柱に戻った。「それから、藁が一本ありました。箒から落ちたものです」

「箒から——？」

「すみません」サックスはあわてて言い直した。「何から落ちたものかわからないんでしたね。藁が一本あります。拾って袋に入れます」

鉛筆の扱いにも慣れてきた。ねえ、リンカーン、私が現場鑑識から永久に引退した暁には、何をして祝う予定かわかる？　中国料理を食べに行くつもり。

ＥＳＵの懐中電灯の明かりは、モネールが逃げこんだ細い地下道の奥までは届かなかった。サックスは、昼と夜の境界線でいったん立ち止まり、それから闇に足を踏み出した。懐中電灯の光で足元をさっとなでる。

「黙ってないで、アメリア」

「あまり見るものはありません。ここも掃いた形跡があります。まったく、抜け目ない犯人だわ」

絞めようとする。

「土を掃いた跡だけ」

彼女に飛びかかり、押し倒す。かっとなっている。頭に血が上っている。そして首を絞めようとする。

サックスは地面を見つめた。

「何かあった——膝をついた跡です！　首を絞めようとしたとき、きっと被害者の腰に馬乗りになったのね。そのときに膝の跡が残って、箒で掃いたとき見過ごした」

「それも静電プリンターだ」

今回は手早くすんだ。機器の扱いのこつが次第につかめてきている。画像を封筒に滑りこませたとき、サックスの目がまた別のものをとらえた。土の上にもう一つの痕跡。

あれは何だろう。

「リンカーン……何か見えるんですが……どうやら手袋が落ちた場所みたいです。被害者と争ったとき」

ポリライトを点ける。サックスは目を疑った。

「指紋だわ。指紋を発見しました！」

「何？」ライムが信じられないというように聞き返した。「被害者のものではないんだな？」

「違います。そのはずがありません。被害者が転がった跡は別にあります。彼女はずっと手錠をかけられていました。これは犯人が手袋を拾ったときのものです。ここも箒で掃いたつもりだったんでしょうけど、見逃したんです。大きな、完璧な指紋よ！」

「蛍光染料を吹きつけて、その大きな獲物を実物大のポラロイドで写せ」

二枚目で鮮明な写真が撮れた。道端で百ドル紙幣を拾ったような気分だった。

「その一帯の土を掃除機で集めて、支柱に戻れ。グリッド捜索だ」ライムの指示が飛ぶ。

サックスは慎重に歩いた。行く。戻る。一度に三十センチずつ。

「上を見るのも忘れるな」ライムが促す。「天井にへばりついていたたった一本の体毛から、犯人を挙げたこともあるぞ。その男は三八口径の拳銃で三五七口径弾を撃ち、ブローバックで前腕の毛が吹き飛んで、それが王冠型刳形にへばりついた」

「見ています。天井は石張りです。汚れてます。何もありません。何かを隠す場所もありません。桟もドアも」

「次の手がかりはどこだ？」

「何もありません」

行き、戻る。五分過ぎた。六分、七分。

「今回は何も残さなかったのかも」サックスは思いつきを言った。「モネールが最後の被害者とか」

「違う」ライムが確信ありげに断言する。

そのとき、木製の柱の陰で何かがひらめいた。

「隅で何か……これね。ありました」

「手を触れる前に写真だ」

サックスは写真を撮り、次に鉛筆を使って、丸まった白い布を持ち上げた。「女性の下着です。湿ってる」

「精液？」

「わかりません」匂いを嗅いでみろと言うだろうか。

しかし、ライムの次の命令はこうだった。「ポリライトを当ててみろ。蛋白質なら蛍光を発する」

サックスは引き返してポリライトを取り、スイッチを入れた。布は白く照らし出されたが、液体は輝かなかった。「違います」

「袋に入れろ。ビニールのほうだ。次は？」ライムの声が熱を帯びる。

「葉が一枚。細長くて薄く、片端が尖っています」

枝から切られて相当に時間が経過しているらしく、完全に乾き、褐色に変わっている。

ライムの苛立たしげな溜息が聞こえた。「マンハッタンの落葉植物はおよそ八千種だ。大いに参考になる手がかりとは言えないな。葉の下には？」

なぜまだ何かあると思うのだろう。

しかしライムの言う通り、それで終わりではなかった。新聞用紙の切れ端があった。片面は白紙だが、反対側には月の満ち欠けが描かれている。

「月相？」ライムはつぶやいた。「指紋は？　ニンヒドリンを吹きつけて、急いでライトを当ててみろ」

ポリライトのまぶしい光を当てても何も浮かび上がらなかった。

「以上です」

一瞬の間。「手がかりは何の上にのっている？」

「えっと、わかりません」

「わかるはずだ」

「地面の上」サックスはつっけんどんに答えた。「土の上」他に何の上にのっているというのだ？

「周辺の土と変わらないか？」

「変わりません」そう答えたものの、なおもよく観察してみた。おや、違っている。

「いえ、まったく同じじゃないわ。色が違います」

彼が間違うことは絶対にないのだろうか。

サックスが土を集めていると、ライムが呼びかけた。「アメリア？」

「はい？」

「彼はそこにはいないよ」励ますような声。

「でしょうね」

「きみの声がいつもと違うような気がした」

「平気です」サックスはぶっきらぼうに言った。「匂いを確かめています。血の匂い。湿気とかび。それから、またアフターシェーブローションの香り」

「前と同じ？」

「ええ」

「どこから漂ってくる？」

空気を嗅ぎながら、サックスは螺旋を描いて歩いた。前と同じく、五月祭の踊りのように。やがて別の支柱を探し当てた。

「ここです。ここが一番強いわ」

「〝ここ〟とはどこだね、アメリア？　きみは私の脚であり、目でもある。忘れないでもらいたいね」

「木の支柱の一本です。被害者がくくりつけられていたのと同じような。十五フィートほど離れています」

「犯人はそれに寄りかかったのかもしれないな。指紋は？」

サックスはニンヒドリンを吹きつけ、光を当てた。

「ありません。でも、香りはかなり強い」

「その支柱の、匂いのもっとも強い部分からサンプルを採ってくれ。キットにモト・ツールが入っている。黒だ。携帯用ドリルだよ。サンプリング用ビットをドリルに固定する。くりぬき用ビットに似たやつだ。それから、チャックという部品が入っている。それは――」

「私、家にボール盤を持ってますから」サックスはそっけなく遮った。

「そうか」ライムが答える。

ドリルを使って支柱の一部分を削り取り、額の汗を拭いてから確かめる。「ビニール袋ですか？」ライムがそうだと答える。眩暈を覚え、うつむいて呼吸を整える。ここは息苦しい。

「他には？」ライムが訊いた。

「もう何も見えません」

「よくやったぞ、アメリア。さあ、戻ってきみの宝物を見せてくれ」

16

「気をつけろ」ライムががみがみと言った。

「僕はこれのプロなんですよ」

「そいつは新品か、使い古しか」

「しーっ」とトム。

「おい、その態度は何だ。その剃刀は新品なのか、使い古しか？」

「息を止めて……ほら、終わりましたよ。赤ん坊の尻みたいにすべすべだ」

完了したのは科学検査ではなく、美容上の処理だった。

トムがライムのひげを剃るのは一週間ぶりだった。洗髪もすみ、きれいに後ろに梳かしつけてある。

三十分ほど前、サックスと証拠物件の帰りを待つ間に、ライムはクーパーを寝室から追い出した。トムが新しいカテーテルにK－Y潤滑剤を塗って挿入した。それがすむとトムはライムをまじまじと眺めて言った。「ひどい顔だな。自分でわかってます？」

「かまうもんか。かまう必要がどこにある？」

そう言い放ったとたん、ふいに、かまう必要があることを痛感した。

「ひげを剃ってあげましょうか?」トムが訊いた。

「そんな暇はない」

ライムが心の奥底に抱いていた懸念は、身ぎれいにした姿を見られたら、ドクター・バーガーの自殺幇助をしようという気が失せるのではないかという心配だった。絶望した患者は、身なりなどかまわないものだ。

「体も洗いましょう」

「断る」

「でも、客人がいらしてるんですよ、リンカーン」

ようやくライムは唸るように答えた。「しかたないな」

「それから、そのパジャマにもお引き取り願いましょう、いいですね?」

「このパジャマでちっともかまわん」

だが、これも〝しかたないな〟という意味だった。

体をきれいに洗い、ひげを剃り、ジーンズと白いシャツに着替えたライムは、介護士が目の前に差し出した鏡には目もくれなかった。

「そんなもの、片づけてくれ」

「著しく改善されました」

リンカーン・ライムは嘲るように鼻を鳴らした。「サックスが戻るまで、私は散歩に振り返る。

行ってるよ」そう宣言すると、頭をまた枕に預けた。メル・クーパーが困惑した表情で

「頭の中で、ね」トムが注釈を加えた。

「頭の中で？」

「想像するんだよ」ライムがさらに注釈を加えた。

「そりゃなかなかできない芸当だ」クーパーが言った。

「どこでも望みの場所を散策できて、強盗にあう心配もない。山をハイキングしても永久に疲れない。思い立ったら山に登ることだってできる。五番街でウィンドウショッピングもできる。もちろん、私が見たものが現実に存在するとは限らないがね。だからってどうということもないだろう？　どうせ星だって同じなんだから」

「星も同じ？」クーパーが聞き返す。

「我々の目に見えている星の光は数千年とか数百万年前に発せられたものだ。光が地球に届くころには、それを発した星は移動してしまっている。我々が見た場所にいまもあるわけではないのさ」一気に疲労感を覚え、ライムは溜息をついた。「星の中には、すでに燃え尽きて消えたものもあるだろうな」そう言って目を閉じた。

「だんだん難しくなるな」

「そうでもないよ」ライムはロン・セリットーに答えた。

セリットー、バンクス、サックスは家畜収容所から戻ったばかりだった。

「下着、月、植物」陽気な悲観論者ジェリー・バンクスがつぶやいた。「道順を書いた地図だとはとても思えませんよ」

「土も忘れるな」地質学に愛着を持つライムは言った。

「どういう意味か見当はついたか?」セリットーが尋ねる。

「まだだ」ライムは答えた。

「ところでポーリングは何をやっているんだろうな」セリットーはぶつぶつと言った。

「呼び出しにもいまだに応答がない」

「姿は見てないよ」とライム。

戸口に人影が現れた。

「これはこれは」その人影から、耳に心地よいバリトンが発せられた。

ライムは寝室に足を踏み入れた痩せた男に軽くうなずいて挨拶をした。男はきまじめな顔をしていたが、こけた頰がふっと緩み、彼がときおり見せる温かな笑みを浮かべた。ニューヨーク市警の行動科学課は、テリー・ドビンズ一人に支えられていた。クワンティコのFBI行動科学課で訓練を積み、法科学と心理学の学位を持っている。

ドビンズはオペラとタッチ・フットボール好きで、三年半前の事故直後、リンカーン・ライムが病院で目を覚ましたときも、ベッド脇に腰を下ろし、ウォークマンから流れるオペラ『アイーダ』に聞き惚れていた。そして、あとで判明したことだが、ドビンズがこのとき三時間かけて話をしていったのが、障害を乗り越えるためのカウンセリングの第一回だったのだ。

「さてさて、電話をしてもかけ直してこない患者について、教科書には何と書いてあったっけな？」

「精神分析は後まわしだ、テリー。今回の犯人についてはもう聞いてるだろう？」

「ざっとはな」ドビンズはそう言ってライムの体に目を走らせた。医師の資格はなくとも、生理学の知識は持っている。「大丈夫なのか、リンカーン？　少し顔色が悪いようだが」

「今日はちょっと運動しすぎたものでね」ライムはうなずいた。「昼寝したい気分だよ。私がぐうたらの怠け者だってことは、きみも知ってるだろう」

「ああ、そうだったな。犯人について疑問があると夜中の三時でも電話してきて、いったい何だってベッドになんか入ってるんだって言いたそうにする奴だった。で、どうした？　プロファイルをしろと？」

「どんなことでも教えてもらえれば助かる」

セリットーがドビンズに概要を説明した。ライムの記憶にもある通り、ドビンズはメモをいっさいとらなくとも、耳にした情報を、褐色がかった赤毛に覆われた頭の中に残らず納めることができる人間だった。

ドビンズは壁に貼ったプロファイル表の前を行ったり来たりしながら、ベテラン刑事のだみ声に耳を傾け、ときおり目を上げては表を眺めていた。

ふと指を一本立ててセリットーを遮る。「被害者、被害者だが……全員、地下で発見されてるんだな。生き埋め、地下室、家畜収容所の地下道」

「そうだ」ライムがうなずく。

「先を続けて」

セリットーが説明を再開し、モネール・ゲルガー救出劇について話した。

「そうか、わかった」ドビンズはぼんやりと答えた。それから急に立ち止まると、また壁に向き直った。足を広げて立ち、腰に両手を当てて、未詳八二三号に関する乏しい情報をじっと見つめる。「リンカーン、このきみの意見についてもう少し聞かせてくれないか。古い時代のものを愛好しているという点について」

「どう解釈すべきかはわからない。これまでのところ、犯人の残した手がかりはどれも古い時代のニューヨークに関連したものばかりだ。二十世紀初頭の建築材料、家畜収容所、スチーム供給システム」

ドビンズはつと前に進み出ると、プロファイル表を指先で突いた。「ハンナ。このハンナという名前は？」

「アメリア？」ライムがサックスを促す。

サックスは、犯人が明白な理由もなくモネール・ゲルガーをハンナと呼んだことを説明した。「被害者によれば、その名前を発音して喜んでいるようだったそうです。それから、ドイツ語で話しかけられたと言っていました」

「しかも、わざわざ危険を冒してまでその女性を拉致したわけだ」ドビンズは指摘した。「タクシーで空港に乗りつける——犯人にしてみればこれは安全だ。しかし、洗濯室に潜むとなると……よほどドイツ系の人間を捕まえたかったと見える」

ドビンズは細長い指に赤みがかった髪を一房からませながら、ぎしぎしと音を立てる籐椅子の一つにどさりと腰を下ろし、脚を前に投げ出した。

「よし、プロファイリングをしてみよう。地下……それが鍵だな。そこからわかるのは、犯人は何かを隠している人物だということだろう。地下と聞いて私が最初に連想するのは、ヒステリーだ」

「奴の行動はヒステリックじゃない」セリットーが反論した。「憎らしいほど冷静で計算高い」

「いや、その意味でのヒステリーではないよ。精神障害のカテゴリーだ。患者の生活に精神的に受け止めがたい出来事が起きたときに顕在化する障害で、その心的外傷《トラウマ》を潜在意識が別のものに転換する。患者自身を守るためにだ。典型的な転換ヒステリーでは、身体的症状が顕れる——嘔吐、痛み、麻痺。しかし、この犯人の場合は、それと似ているが別種の問題を抱えているんだと思うね。解離症状と我々専門家は呼んでいるんだが、トラウマの影響が身体にではなく精神に顕れる。ヒステリー性健忘や徘徊。あるいは多重人格という形で」

「ジキルとハイドか」今回はメル・クーパーがバンクスの機先を制してぼけ役を演じた。

「いや、本物の多重人格者ではないと思うが」ドビンズが答えた。「多重人格の症例は非常にまれだし、典型的な多重人格者は、今回の犯人よりも低年齢低ＩＱの例が多い」そう言ってプロファイル表のほうにうなずいた。「一方、この犯人は如才ないし頭がいい。明らかに非衝動型犯罪者だ」ドビンズはしばし窓の外を見つめていた。「興味深い事例だね、リンカーン。この犯人はおそらく、そうしたほうが好都合なときだけ――つまり、人を殺したいときだけ――別の人格を引っぱり出す。その点に注目すべきだ」

「なぜ？」

「理由は二つ。第一に、そこからこの男の主たる人格についていくつか情報が得られるからだ。この男は人を傷つけるためではなく、人を助けるための訓練を受けている。仕事の上で、あるいは家庭環境で。たとえば聖職者、カウンセラー、政治家、ソーシャルワーカー。第二に、この男は自分の未来の青写真を描いている。それが何かわかれば、居所も突き止められる可能性がある」

「青写真とは、たとえばどんな？」

「犯人は、長年、人を殺したいと思っていたのかもしれない。しかし、最近になって役割モデルを発見するまで、実行に移さずにいた。その役割モデルを、本で見つけたか、映画からか。面識のある人物かもしれない。自分を重ね合わせられる対象、その人物が実際に犯した犯罪が、彼自身の殺人の免罪符となるような。この先はあくまでも私個人の見解になるんだが――」

「かまわん」ライムは言った。「聞かせてくれ」

「古い時代にこだわる点から推測すると、この犯人のもう一つの人格は、過去の人物だと思う」

「実在の？」

「それはわからないな。架空の人物かもしれないし、実在かもしれない。ハンナという女性が誰であれ、その人物にまつわる人間の一人だろうね。それもドイツ人。あるいはドイツ系アメリカ人か」

「多重人格の引き金になったのは何だと思う？」

「フロイトはエディプス期における性的葛藤――いかにもフロイトらしいだろう？――が原因だと考えた。最近では、発育期の障害は原因の一つにすぎず、どんなトラウマも引き金となりうるという見方が一般的になっている。それもたった一つの出来事とは限らない。性格の問題かもしれないし、長年にわたる私生活や職場での挫折感かもしれない。何とも言えないね」プロファイル表を見つめるドビンズの目は、ぎらぎらと輝いていた。「しかし、できればこの男を生け捕りにしてもらいたいな、リンカーン。ぜひとも診察室のソファに座らせて、じっくり話を聞いてみたい」

「トム、ちゃんとメモをとってるんだろうな？」

「へえ、だんな《ブワナ》」

「一つ質問が」ライムが言いかけた。

するとドビンズはくるりと振り返った。「こうだろう、リンカーン――なぜ手がかりを残していくのか。そうだな？」

「そうだ。なぜ手がかりを残す？」

「犯人の行動を思い返してみろ……きみにメッセージを伝えているんだよ。サムの息子やゾディアックの場合のように、とりとめのない支離滅裂なものとは違う。この犯人は分裂病ではない。メッセージを伝えようとしているんだ――きみの言語でね。科学捜査という言語で。理由か？」ドビンズは表に忙しく目を走らせながら、また行ったり来たりし始めた。「私が思い当たるのは、きみたちにも罪を押しつけようとしている可能性だ。ほら、犯人にとっても殺人はたやすいことではないわけだろう。しかし我々を共犯に仕立て上げられるのなら、気が楽になる。被害者を救えなかった我々にも、被害者の死に幾分か責任があるというわけだな」

「だが、それには心強い面もある。そうだろう？」ライムが訊いた。「犯人はこの先も推理可能な手がかりを残してくれるということになる。パズルが難しすぎれば、我々に責任をなすりつけにくいからな」

「そうだ、確かにそうだな」ドビンズの顔から微笑みは消えていた。「しかし、別の側面も考慮しなくてはならない」

セリットーが答えを口にした。「連続殺人は次第にエスカレートする」

「いかにも」ドビンズがうなずいた。

「これ以上ペースを上げるのは至難の業ですよ」バンクスがつぶやいた。「三時間に一人の割合で殺してるんですから」

「いや、何か手を考えるだろう。いちばん考えられるのは、同時に複数の被害者を狙い始める可能性だ」ドビンズはそう言って目を細めた。「おい、大丈夫か、リンカーン」

ライムは額に玉のような汗を浮かべ、やたらに目をしばたたかせていた。「疲れただけだ。老障害者には刺激が強すぎてね」

「最後にもう一つ。連続殺人事件では、被害者のプロファイルが鍵を握る。しかしこの事件を見ると、被害者の性別も年齢も経済力もまちまちだ。全員が白人だが、白人の多い地域で被害者を探しているわけだから、統計的に重要な意味を持つとは思えない。その点を考えると、犯人が被害者を選んだ基準は現時点では判断できないな。もしその基準がわかれば、犯人の先まわりができるだろう」

「ありがとう、テリー」ライムは礼を言った。「しばらくいてくれないか」

「ああ、リンカーン。きみの頼みなら」

次の瞬間、ライムは命令口調に戻った。「さて、家畜収容所で採取した証拠物件の鑑定にかかるぞ。まずは何だ？　下着か？」

メル・クーパーはサックスが現場から持ち帰った証拠袋をきれいに並べた。それから、下着の入った袋を眺めた。「カトリーナ・ファッション社製ダムール・シリーズ。綿百パーセント、ゴムバンド。生地はアメリカ製。裁断と縫製は台湾」

「見ただけでそこまでわかるの？」サックスが目を丸くして尋ねる。

「いや、ここに書いてあるのを読んだだけだよ」クーパーはそう言ってラベルを指さした。

「何だ、びっくりした」

一同は笑った。

「とすると、次の被害者も女性だと言いたいのかしら？」サックスが訊く。

「おそらく」ライムが答えた。

クーパーは袋を開けた。「この液体の正体はわからないな。ガスクロマトグラフにかけてみよう」

ライムは、月相が描かれた紙片を見えるところに掲げてくれとトムに頼み、子細に眺めた。こういった紙片は、きわめて高い精度で個別化が可能な証拠物件だ。破り取った元の紙とちぎれた紙片がぴったり一致すれば、指紋並みの精度で二つを結びつけることができる。問題は、言うまでもなく、対照資料となるべき元の紙が手元にないという点だった。果たして発見できるだろうか。犯人はこの紙片を破り取ったあと、元の紙を破り捨てたかもしれない。それでもライムは、残っていると仮定するほうを好んだ。彼が思い描くどこかにあると期待する質《たち》だった。発見される瞬間をどこかで待っていると。どこかにある対照資料は、たとえば——塗料片が欠け落ちた自動車、爪が折れた指、遺体に残された旋条痕つきの弾丸を発射した銃身だった。そういった対照資料は――必ず犯人のそばにあって――ライムの心の中で人格を得る。横柄であったり、残酷であったり。

あるいは不可解であったり。

月の満ち欠け。

ライムは、犯人が満月の周期に呼応して行動している可能性はないかとドビンズに尋ねた。

「ないな。月はいま、満月の周期にはない。新月から四日めだ」

「となると、この月はまた別の意味を持っているということか」

「そもそもそれが月ならばの話でしょう」サックスが言った。

誇らしげな顔をしているなとライムは思った。それも無理はないが。「いい着眼点だ、アメリア。犯人は円を並べたつもりかもしれない。インクに意味があるのかもしれない。紙のことで何か言いたいのかもしれない。幾何学かも。あるいはプラネタリウム……」

ライムは、サックスが自分をじっと見つめていることに気づいた。いや、ひげを剃り、髪を梳かし、着替えをしたことにいま初めて気がついただけのことかもしれない。

それにしても、いまはどう感じているのだろう？　ライムに腹を立てているのか、関心がないのか。ライムには判断がつかなかった。いまこの瞬間のアメリア・サックスは、ライムにとって未詳八二三号に負けず劣らず謎めいた存在だった。

そのとき、廊下からファックス機の作動音が聞こえた。トムが取りに出て行き、まもなく二枚の紙を手に戻ってきた。

「エマ・ローリンズからですよ」そう言ってライムの目の前に紙を広げた。「食料品店のバーコード読取機を調査した結果ですね。過去二日間に、子牛のすね肉を含めて五点以下の買物をした客がいた食料品店は、マンハッタン内に十一店舗」トムはポスターに書き写し始めてから、ライムにちらりと目を向けた。「食料品店の名前も書くんですよね？」

「もちろんだ。あとで相互参照するのに必要になる」

トムはプロファイル表に店名を書き連ねた。

ブロードウェイと八十二丁目の角
〈ショップライト〉
ブロードウェイと九十六丁目の角
〈アンダーソン食料品店〉
グリニッチ・ストリートとバンク・ストリートの角
〈ショップライト〉

二番街の七十二丁目と七十三丁目の間
〈グローサリー・ワールド〉

バッテリー・パーク・シティ
〈J&Gエンポリアム〉

二番街一七〇九番地
〈アンダーソン食料品店〉

三十四丁目とレキシントン・アヴェニューの角
〈フード・ウェアハウス〉

八番街と二十四丁目の角
〈ショップライト〉

ハウストン・ストリートとラファイエット・ストリートの角
〈ショップライト〉

六番街とハウストン・ストリートの角
〈J&Gエンポリアム〉

グリニッチ・ストリートとフランクリン・ストリートの角
〈グローサリー・ワールド〉

「ずいぶん範囲が狭まったものね」とサックスが辛辣に言った。「これじゃ全市が対象じゃない」

「根気だよ」忍耐とは無縁のリンカーン・ライムが応じた。

メル・クーパーはサックスが発見した藁を調べていた。「とくに変わったところはないな」そう言って藁を放り出す。

「新しいものか？」ライムは訊いた。新品ならば、同じ日に箒を売った店のリストと子牛肉を売った店のリストをすりあわせてみればいい。

しかしクーパーの答えはこうだった。「それも考えた。だがこいつは買って半年は経過してる」次にクーパーは、新聞用紙の上でドイツ人の娘の服を振って微細証拠物件を探した。

「いくつか落ちたぞ」紙に目を凝らして言った。「土だ」

「密度勾配検査ができる量か？」

「いや。ただの塵だな。現場のものだろう」

クーパーは、血まみれの服から落ちた他の微細証拠物件をつぶさに眺めた。

「煉瓦の塵だ。どうしてこんなに煉瓦ばかりなんだ？」

「ねずみを撃ったときのものです。壁は煉瓦でした」

「ねずみを撃っただと？　現場で？」ライムが顔をしかめた。

サックスは弁解がましく言った。「あの、そうです。被害者に群がっていたもので」

ライムはかっとなったが、こうつけくわえるに留めた。「銃を発射すると、ありとあらゆる物質が飛び散って現場を汚染するんだぞ。鉛、砒素、炭素、銀」

「それからここに……また例の赤っぽい革だ。手袋の。それと……もう一つ繊維だ。別種のものだな」

犯罪学者は繊維の発見を歓迎する。クーパーが見つけた繊維は、裸眼でかろうじて判別できるほどの、細い灰色の羽毛のようなものだった。

「素晴らしい」ライムは大きな声で言った「他には？」

「現場を撮影した写真と」サックスが答えた。「指紋の写真があります。被害者の首から採ったものと、犯人が手袋を拾ったときのもの」そう言って写真をライムに向ける。

「よし」ライムは写真を子細に眺めた。

サックスの顔は心ならずも達成感に輝いていた——成功の喜び。自らの未熟さに対する嫌悪の裏返し。

ライムが指紋のポラロイド写真を調べていると、階段を上る足音が聞こえ、ジム・ポーリングが現れた。寝室に入るなり、リンカーン・ライムの変身ぶりに驚いた顔をしてから、大股にセリットーに近づいた。

「いま現場に行ってきたよ。被害者を救えたそうだな。よくやったぞ、諸君」ポーリングはそう言ってサックスに向かってうなずき、〝諸君〟にはサックスも含まれていることを示した。「しかし、奴はまた別の被害者を拉致したとか？」

「あるいは、これから拉致しようとしているか」ライムは指紋に目を注いだままつぶやくように答えた。

「目下、手がかりを検討中です」とバンクス。

「おい、ジム、ずいぶん探したぞ」セリットーが言った。「市長室まで電話しちまった」

「本部長のところにいてね。もっと人員をまわしてくれと拝み倒してきた。国連警備班から五十人、もらったぞ」

「ジム、話がある。問題発生だ。さっきの現場でちょっとまずいことが……」

セリットーがそう言いかけたとき、これまでに聞いたこともないような大声が寝室に轟きわたった。「問題？　問題がどこにある？　問題なんか一つもねえよな、え？　ひとつも」

ライムが目を上げると、背の高い痩せた男が戸口に立っていた。漆黒の肌。場違いな緑色のスーツに、茶色の鏡のように磨き上げられた靴。ライムの心は急降下した。「デルレイじゃないか」

「リンカーン・ライム。ニューヨーク市警仮鬼警部アイアンサイド殿。よう、ロン。そっちはジム・ポーリングか。調子はどうだい、旦那?」

「何の用だ?」ポーリングが訊いた。

デルレイが答えた。「察しが悪いな、旦那方。おまえたちは失業だ。営業停止だよ。そうとも。馬券屋が営業停止になるのと同じでね」

17

一つ穴の狢《むじな》。

ベッドの周囲を歩いてリンカーン・ライムを眺めながら、デルレイはそう考えているに違いなかった。そういう人間は少なくない。麻痺患者が会員制クラブだとすれば、彼らはジョークや意味ありげな会釈やウィンクを携えてそのパーティに割りこんでくる。俺はあんたが好きだよ、なあ、だってあんたを肴に楽しませてもらってるもんな。

その種の態度は短時間のうちにうんざりさせられるものだと、リンカーン・ライムは経験からすでに知っていた。

「おいおい、見なよ」デルレイはクリニトロン製のベッドをつついて言った。「『スター・トレック』にでも出てきそうな代物じゃねえか。ライカー司令官、シャトルに乗船せよ」

「帰れ、デルレイ」ポーリングが言った。「これは我々の事件だ」

「こちらの患者の容体はいかがですかな、ドクター・クラッシャー?」デルレイは軽口を叩いた。

するとポーリングが一歩前に進み出た。はるかに長身のＦＢＩ捜査官が、雄鶏のように胸を反らせて見下ろす。

「デルレイ、聞こえただろう？　帰れ」

「な、俺もそういうベッドがほしいな、リンカーン。それにけつをのっけて野球中継を見る。いや、まじめな話、リンカーン、体のほうはどうなんだ？　何年ぶりだろうな？」

「この人たちはノックしたのか？」ライムはトムに尋ねた。

「いいえ、ノックなさいませんでした」

「ノックしなかった」ライムは言った。「そういうことであれば、お帰りいただいてもよろしいですかな？」

「令状がある」デルレイは口の中でつぶやき、胸ポケットから書類をちらりとのぞかせた。

アメリア・サックスの右の人差し指は、さかんに親指を痛めつけていた。親指からは血がにじみ始めている。

デルレイは寝室を見まわした。即席の研究室に目をみはったが、感心したような表情は一瞬で引っこんだ。「あとは俺たちが引き継ぐ。悪いな」

ライムは二十年にわたって市警に勤めたが、これほど強引な乗っ取りは初めてだった。

「馬鹿を言うな、デルレイ」セリットーが口を開いた。「ＦＢＩは市警に譲ると言った

未詳 823号			
容貌	住居	移動手段	その他
・白人男性、小柄 ・黒っぽい服 ・赤っぽいキッド革の古い手袋 ・アフターシェーブローション（別の匂いをごまかすため？） ・スキーマスクを着用？　紺色？ ・濃い色の手袋	・アジトを確保している可能性大 ・以下の店の近隣 ブロードウェイと82丁目の角 〈ショップライト〉 ブロードウェイと96丁目の角 〈アンダーソン食料品店〉 グリニッチ St.とバンク St.の角 〈ショップライト〉 二番街の72丁目と73丁目の間 〈グローサリー・ワールド〉 バッテリー・パーク・シティ 〈J＆Gエンポリアム〉 二番街1709番地 〈アンダーソン食料品店〉	・イエローキャブ ・最近の型のセダン ・色は明るいグレー、シルバー、あるいはベージュ	・現場鑑識の知識あり ・前科者の可能性大 ・指紋の知識あり ・32口径のコルトを所持 ・被害者を縛った縄の結び方が特殊 ・「古い時代」に執着 ・被害者の一人を「ハンナ」と呼ぶ ・初歩的なドイツ語の知識あり ・地下に執着 ・二重人格 ・聖職者、ソーシャルワーカー、カウンセラーの可能性

未詳 823号			
容貌	住居	移動手段	その他
	34丁目とレキシントン Av.の角 〈フード・ウェアハウス〉 八番街と24丁目の角 〈ショップライト〉 ハウストンSt.とラファイエットSt.の角 〈ショップライト〉 六番街とハウストン St.の角 〈J & Gエンポリアム〉 グリニッチSt.とフランクリンSt.の角 〈グローサリー・ワールド〉		

んだろう」

　捜査官は底光りする黒い顔をさっとセリットーに向け、彼を見下ろした。

「譲る？　譲るだって？　俺はこの捜査に関しちゃ何の相談も受けてねえぞ。おまえ、俺に電話したか？」

「いや」

「じゃ、誰が誰と話をした？」

「それは……」セリットーは虚を突かれてポーリングを見やった。

　ポーリングが答えた。「ＦＢＩには状況報告が行っているはずだ。市警にはそれ以上の義務はない」こうなってはポーリングも防戦一方といった口調だった。

「状況報告。なあるほど。で、なあ、その状況報告とやらは正確にはどうやって配達されるんだ？　郵便馬車で来るのか？　書籍小包か？　教えてくんねえか、ジム。いままさに捜査が進行中だってのに、次の日に報告書が届いて何の役に立つ？」

　ポーリングが応酬する。「我々のほうで必要がないと判断した」

「我々？」デルレイが間髪入れずに聞き返す。顕微鏡でなければ見えないような腫瘍も見逃さない外科医のように。

「必要がないと私が判断した」ポーリングも負けじと言い返す。「これは市警で捜査すべき事件だと市長を説得した。捜査は順調に進んでいる。だから帰ってくれ、デルレイ」

「しかも午後十一時のニュースまでに片をつけられると判断したってわけか」

次の瞬間、ポーリングが吠えた。「我々がどう判断したかなど、おまえには関係ないだろう。これは我々の事件だ」その大きな声にライムはぎくりとした。有名なポーリングの癇癪についてはライムも伝え聞いていたが、その現場に立ち会うのは初めてだった。

「実は、だ。いまから俺たちの事件になったんだな、これが」デルレイはそう言いながら、クーパーの検査機器が並んだテーブルの脇を過ぎた。

ライムが口を挟んだ。「頼むよ、フレッド。どうやらこの犯人の扱いが呑みこめてきたところなんだ。協力はする、だから事件を取り上げるのはやめてくれ。この犯人は、きみがこれまでに扱った犯罪者とはまるで違う」

デルレイはにやりと笑った。「はて、このくそ事件について、一番最近耳にした噂は何だっけな？　民間人が鑑識をしてるって話だったか」ＦＢＩ捜査官は、クリニトロンにちらりと目をやってから続けた。「パトロール警官が現場鑑識を任されたって話か。それとも特殊部隊に食料品を買わせたんだったか」

「サンプル収集のためだ、フレデリック」ライムは鋭い口調で言い返した。「標準業務準則に適っている」

デルレイは失望したような表情を浮かべた。「だからってＥＳＵを出動させるのか、リンカーン？　国民の血税を費やして。そうだ、『悪魔のいけにえ』ばりにチェーンソーで人をめった切りにしたって話も……」

その話はどこから漏れたのだろう。被害者の手首切断に関しては口外しないと全員が誓ったのに。

「そうそう、被害者を発見したのに、ハウマン隊が即座に突入せずに被害者を放っておいたって話は何だろうな？　チャンネル5が無線のやりとりをキャッチしたらしいぜ。誰かが突入するまで、被害者は五分も泣き叫んでたって話じゃねえか」デルレイはセリットーを見て意地の悪い笑みを浮かべた。「ロン。なあ、さっきおまえたちがこそこそ話してた問題ってのは、まさかそのことじゃねえよな？」

ここまで近づいたのに、とライムは考えていた。犯人を理解しかけていた。未詳八二三号の言葉を理解できるようになりかけていた。未詳の姿が見え始めていたのだ。その瞬間、ライムは驚きにがつんと殴られたような衝撃を覚えた。自分はこうして心から愛する仕事にふたたび携わっている。無為な数年を過ごしたあとで。そしていま、その仕事が彼の手から奪い去られようとしている。腹の底から怒りがふつふつとわきあがった。

「事件はやるよ、フレッド」ライムは唸るように言った。「だが、我々をはずさないでくれ。それはやめてくれ」

「おまえさん方はすでに二人死なせている」

「いや、一人だ」セリットーは、まだ頭から湯気が出ているポーリングを危惧するように見やりながら、デルレイの言葉を正した。「最初の一人はどうしようもなかった。あの被害者は犯人の名刺代わりだった」

ドビンズは腕を組んでやりとりを黙って見守っていた。しかし、ジェリー・バンクスは口を挟んだ。「犯人の行動パターンがつかめたんです。これ以上の死者は出さずにすむでしょう」

「被害者が声を限りに助けを求めてるってのに、ESUがぼんやり聞き惚れてたりしなければ、だろ」

セリットーが言いかけた。「あれは俺の――」

「私の判断だった」ライムが大きな声で遮った。「私の」

「しかしな、おまえは民間人だ、リンカーン。だからおまえの判断だったってのはありえない話だ。提案したってんならそうかもしれない。勧告したってのもまたそうかもしれない。だが、おまえの判断だったってのはちと無理がある」

デルレイはふたたびサックスに視線を転じた。サックスを見つめたまま、ライムに言う。「ペレッティに鑑識はさせるなと言ったそうじゃねえか。それこそ恐ろしく妙な話だ。どうしておまえがしゃしゃり出てそんなことを言う？」

ライムは答えた。「ペレッティよりも私のほうが優秀だからだ」

「ペレッティだって世間知らずのお坊ちゃんじゃねえさ。そうとも。ペレッティと俺でエッカートのところに世間話に行ってきたくらいだからな」

エッカート？　市警副本部長の？　どうしてエッカートがからんでくる？

サックスの顔を――ほつれた赤毛に縁取られた青い目が視線を合わせまいと泳ぐのを

見て、ライムはその理由を察した。

ライムが鋭い目でサックスを一瞥すると、サックスはあわてて目をそらした。ライムはデルレイに向かって言った。「ほほう……ペレッティがね。犯人が最初の被害者を見下ろしていた通りの通行を許可したのは、ペレッティじゃなかったか？　我々に重要な証拠を収集する機会さえ与えずに現場を開放してしまったのは、ペレッティだったろう？　そこにいる私のサックスが先を見越して封鎖した現場を。私のサックスの判断は正しく、ヴィンス・ペレッティ以下、他の全員の判断は間違っていたんだぞ。そうさ、サックスの判断は正しかった」

サックスは自分の親指をじっと見つめていた。それは日頃からお馴染みの光景だったと見え、ポケットからティッシュペーパーをさっと取り出すと、血のにじみ始めた親指に巻きつけた。

デルレイが手短にまとめた。「要するに初めから俺たちを呼んでおけばよかったってわけだ」

「とにかく帰れ」ポーリングがつぶやく。次の瞬間、彼の目の奥で何かがぷつんと弾け、ポーリングはわめいた。「さっさと出て行け！」

ものに動じないデルレイも、さすがに驚いたように目をしばたたかせ、警部の口から飛び散る唾を避けようと後ずさりした。

ライムは眉を寄せてポーリングのほうを向いた。最悪の事態を避けるチャンスがまだ残されているかもしれないのに、ポーリングが癇癪を起こせばそれもふいになる。「ジム……」

しかしポーリングはライムを無視し、またしても怒鳴りちらした。「出て行け！　この事件はおまえらの手にはわたさん！」そしてその場の全員が呆気にとられるなか、ポーリングはデルレイに飛びかかり、緑色のスーツの襟元をつかむと、デルレイを壁に押しつけた。一瞬、室内の空気が張りつめたが、やがてデルレイは指の先で楽々と警部を押し戻すと、携帯電話を取り出し、ポーリングに差し出した。

「市長に電話してみるんだな。ウィルソン本部長でもいい」

ポーリングは無意識のうちにデルレイから身を引いて、小柄な自分と背の高いデルレイとの間に距離を置いた。「そんなにこの事件が欲しいなら、くれてやる」そう言い放つと、大股に階段に向かい、下りていった。玄関のドアがばたんと大きな音を立てて閉まる。

「頼むよ、フレッド」セリットーが口を開いた。「協力しようや。協力すれば、この犯人の首根っこを押さえられる」

「この事件にはＦＢＩのテロ対策班が必要だ」デルレイの口調は、理屈の固まりといったふうに変わっていた。「市警にはテロ対策班がない」

「テロ対策？」ライムは聞き返した。

「国連平和会議だよ。俺の情報屋の話では、空港で何かが起きるって噂が流れてたらしい。この犯人が被害者を拉致したのも空港だ」

「私のプロファイリングでは、この男はテロリストではないな」ドビンズが口を開いた。

「犯人の頭の中で何が起きているにしろ、これは心理的な動機に基づいた行動だ。イデオロギーではなく」

「そうか、しかしな、クワンティコと俺たちは別の見方をしてる。おまえさんの見解はありがたく拝聴しておくが。ともかく俺たちはテロの前提で考えてる」

ライムは観念した。疲労が気力を奪っていく。セリットーと顔中に剃刀の傷をつけた青年刑事など、この家に現れないでくれればよかったのだ。アメリア・サックスに会わずにすんでいればよかったのだ。皺一つない白いシャツなどでめかしこんだりするんじゃなかった。固い襟が首をこすり、だが首より下は何がこすれようがどうせ感じない。

我に返ると、デルレイがライムに話しかけていた。

「何だって？」ライムは凛々しい眉を吊り上げた。

デルレイが質問を繰り返す。「政治は動機にはなりえないのかと訊いた」

「動機には興味はない」ライムは答えた。「私が興味を抱くのは、証拠だ」

デルレイがふたたびクーパーのテーブルに目を向ける。「そうか。ともかく事件はこっちでいただきだ。ちゃんとわかってんだろうな？」

「俺たちに選択肢はあるのか？」セリットーが訊く。

「歩兵を提供するか。さもなきゃ完全にあきらめるか。そんなとこだろうな。悪いが、証拠物件はもらってく」

　バンクスはためらった。

「わたしてやれ」セリットーが命じた。

　青年刑事は最後の現場から採取した証拠の袋を集め、大きなビニール袋にまとめて入れた。デルレイが手を差し出す。バンクスはその細長い指をちらりと見てから、ビニール袋をテーブルの上にぽんと投げ出し、寝室の奥の側に――市警側に戻った。リンカーン・ライムはさながら両陣営に挟まれた非武装地帯で、アメリア・サックスはライムのベッドの足側に立ち尽くしている。

　デルレイがサックスのほうを向いた。「サックス巡査？」

　一瞬の間を置いてから、ライムの顔に目を向けたまま、サックスは返事をした。「はい」

「エッカート副本部長からの言づてだ。俺たちと一緒に支局に来て、現場鑑識の結果を報告してくれとのことだった。月曜日には転属先へ行けるとか何とか言ってたな」

　サックスはうなずいた。

　デルレイはライムに向き直り、真顔で言った。「心配するなって、リンカーン。必ず奴を捕まえてみせる。次におまえの耳に届くのは、町の門で奴がさらし首になってるって噂だろう」

　デルレイが他のＦＢＩ捜査官にうなずき、彼らは証拠物件をまとめて階段を下りていった。廊下からデルレイがサックスに呼びかける。「来るんだろう、巡査？」

サックスは、パーティに出てはみたものの、来なければよかったと後悔している女学生のように、両手を固く握りしめて突っ立っていた。

「すぐに行きます」

デルレイの姿が消え、階段を下りていった。

「あいつら」バンクスが不満げにつぶやき、手帳をテーブルに叩きつけた。「まったく、信じられますか？」

サックスは行ったものかどうか迷っている。

「行ったほうがいい、アメリア」ライムは言った。「下で馬車が待ってるぞ」

「リンカーン」サックスがベッドに近づく。

「気にするな。きみはなすべきことをしたまでだ」

「鑑識なんて私には関係ないのよ」サックスはぶっきらぼうに言った。「やりたいと思ったことも一度もないし」

「しかも、もう二度とやらずにすむ。終わりよければ、だろう？」

サックスはドアのほうに歩きかけたが、つと振り返ると、唐突に言い放った。「あなたは、証拠以外のものがどうなろうとかまわないってわけ？」

セリットーとバンクスがあわてた様子を見せたが、サックスは二人を無視した。

「おい、トム。アメリアを玄関までお送りしてくれ」

サックスはかまわず続けた。「あなたにとっては何もかもゲームなんでしょ？　モネールはね――」

「誰だって？」

サックスの瞳がぎらぎらと光を放った。「ほら！　ね？　被害者の名前さえもう忘れてる。モネール・ゲルガーよ。地下道で発見された……あなたにかかれば、被害者もパズルの一片にすぎないんだわ。モネールの全身にねずみがたかってたのに、あなたときたら、それがねずみの習性だですって。習性だからしかたない？　彼女は人生が変わるほどの傷を負ったというのに、あなたが心配するのは、大事な大事な証拠のことだけ」

「存命の被害者の場合」ライムは物憂げな口調で講義を始めた。「齧歯類の咬傷は絶対に深部には及ばない。ちっちゃなねずみに一か所でも噛まれれば、どのみち狂犬病ワクチンの投与を受けなければならないさ。もう何か所か咬傷が増えたからって、どうということはないだろう？」

「本人の意見を聞いてみるのね」そう言い返したサックスの笑みは、それまでとは違っていた。障害者を嫌う看護婦や介護士が浮かべるような、悪意に満ちたものに変わっていた。リハビリ病棟に行けば、同じ笑みを顔に貼りつけた看護婦や介護士が列をなして歩いている。確かにライムは、上っ面だけ愛想のいいアメリア・サックスは気に入らず、生意気なサックスのほうが好ましいと思ってはいたが、これでは……

「一つ教えて、ライム。なぜ私を選んだわけ？」

「トム。こちらの客人は長居をしすぎたようだ。お帰りいただきたいから――」

「リンカーン」トムがたしなめようとする。

「トム」ライムはぴしゃりとはねつけた。「私は帰ってもらってくれと頼んでいる」

「私は右も左もわからない」サックスがふいに割りこむ。「だからなんでしょ！　本物の鑑識員では都合が悪かったのよ。指図できないから。ところが私なら……あっちへ行け、こっちへ来いと好きに動かせる。私ならあなたの望み通りのことをするし、ご託を並べたり不平を言ったりしないものね」

「ふん、歩兵の反乱ってやつか……」ライムは天井に目を向けてつぶやいた。

「あいにく私はあなたの歩兵じゃないわ。初めからこんなことには関わりたくなかった」

「私だってそうさ。しかし、現にこうして関わっている。一つのベッドに入ったようなものだな。ま、少なくとも一人はこうしてベッドの中だ」ライムは心得ていた。彼が氷のような笑みを浮かべれば、サックスの冷ややかな微笑みも太刀打ちできぬほど、相手を黙らせる効果を発揮すると。

「まったく、あなたって人はわがまま小僧ってとこね、ライム」

「おい、巡査、そのへんでやめておけ」セリットーが大声でたしなめた。

しかしサックスは黙らなかった。「自力では鑑識ができなくなって、それは気の毒だと思うわ。だけど、あなたは自尊心を満足させたい一心で、捜査そのものを失敗の危険にさらしてる。そんなくだらないことはやめたらどう」サックスはそう言うと制帽をつかみ、走るように寝室を出ていった。

　ライムは玄関のドアが叩きつけられる音、ともすればガラスが割れる音が聞こえるものと身構えた。しかし、かちりという小さな音が聞こえたきり、物音はしなかった。

　ジェリー・バンクスは手帳を拾い上げると、必要以上の集中力を発揮してそれをめくり始め、一方のセリットーは申しわけなさそうに言った。「リンカーン。俺が悪かった。俺が――」

「いいんだ」ライムは、あくびでもすれば心のうずきも鎮まるだろうという、見当違いの期待を抱いて大口を開けた。「まるで気にしてないよ」

　気まずい沈黙のなか、刑事たちは、空白の目立つテーブルの脇にしばらくぼんやりと突っ立っていた。やがてクーパーが口を開いた。「片づけでもするかな」そして、黒い顕微鏡ケースを持ち上げてテーブルにのせ、サキソフォンを分解する音楽家のように、愛撫するような優しい手つきで接眼レンズを外し始めた。

「さてと、トム」ライムは言った。「日が落ちたな。ということは、だ。バーの開店だぞ」

　彼らの司令本部は堂々たるものだった。リンカーン・ライムの寝室など比べものにもならない。

連邦ビルの一フロアの半分を占領し、四十人近くの捜査官が詰め、コンピューターや制御パネルが並び、まるでトム・クランシーの映画の一シーンのようだった。捜査官はみな弁護士か投資銀行家のようないでたちだ。真っ白なシャツにタイ。〝ぱりっとした〟という言葉がまず心に浮かぶ。そしてその真ん中に立つアメリア・サックスは、ねずみの血と埃、それに百年も前に死んだ牛の糞のかけらにまみれた紺色の制服を着て、一人完全に浮いている。

ライムとやりあった直後は体が震えていたが、それもおさまっていた。言ってやりたい言葉、言ってやりたかった文句が相変わらず百も頭の中をぐるぐる駆け巡ってはいたものの、サックスは、周囲で進行中の物事に意識を集中させろと自分に言い聞かせた。

非の打ちどころのないグレーのスーツを着こんだ長身の捜査官が、デルレイと話しこんでいる——そろって大柄な二人が、額を寄せ合い、真剣な面持ちで。サックスは、きっとあれがＦＢＩマンハッタン支局長トーマス・パーキンスだろうと思ったが、絶対の確信があるわけではなかった。パトロール警官がＦＢＩと接する機会など、クリーニング店の店主や保険のセールスマンと同様、めったになかった。その捜査官は真面目一辺倒の、有能な男と見えた。壁にピンで留めた大きなマンハッタン全図にときおり目を向けている。パーキンスはデルレイの説明を聞きながら何度かうなずいていたが、やがてマニラ紙のフォルダーが山と積まれたファイバーボード製のテーブルに歩み寄り、捜査官たちをひとわたり見まわすと、口を開いた。

「諸君、ちょっと聞いてくれ……いま、ワシントンのＦＢＩ長官と司法長官と連絡をとった。ケネディ空港の拉致犯の話は諸君もすでに聞いているだろう。珍しい事例だ。性的動機なく誘拐するというのは、連続殺人事件としては異例だろう。実を言えば、南管区でこのような犯罪を扱う初めての事例となる。今週、国連で開かれている会議との関連を念頭に置いて、本部、クワンティコ、国連事務総長事務局と協力することになる。捜査のイニシアチブは我々に一任するという。今後はこの捜査がすべてに優先する」

支局長はそこまで説明してデルレイに目配せした。デルレイが先を続ける。「ニューヨーク市警から捜査を引き継いだが、今後も市警の協力を仰ぐことになる。現にいま、これまでの現場について説明してもらうために、捜索員に来てもらっている」デルレイの話しぶりは、先ほどまでとは別人のようだった。ドラッグの売人のような口調は見事に消えていた。

「物証の保管票は作成しただろうね？」パーキンスがサックスに確かめる。

サックスはまだ作成していないと正直に答えた。「被害者を救うので手一杯でしたから」

支局長は困惑した様子だった。たとえ有罪間違いなしとの前評判の事件でも、公判で物証保管の継続性に穴があることが露呈すれば、その時点で検察側の負けは決まったようなものだった。被告側の弁護人がまっさきに引っ張り出す問題もそれだった。

「帰る前に必ず作成してくれよ」

「わかりました」

私がエッカートに告げ口したことを察したときのライムの顔。あの表情……

——私のサックスはまたしても先を見越した。私のサックスは現場を保存した。

サックスはまたしても爪をいじった。やめなさいったら——いつものようにそう自分に言い聞かせながらも、皮膚を剝がす手を止めない。痛みが心地よかった。セラピストたちには決して理解できない快感。

支局長が言った。「デルレイ捜査官？　今後の捜査方針を全員に説明してもらえないか」

デルレイは支局長から他の捜査官たちのほうに向き直った。「現時点では、捜査官が総出で市内のめぼしいテログループの根城を当たって、犯人の住居を知る手がかりを手当たり次第に収集している。情報屋も、おとり捜査官も総動員でだ。そのために目下進行中の捜査に影響が出るかもしれないが、その危険を冒してもこちらを優先すべきと我々は判断した。

ここに集まった我々の役割は、迅速に対応することだ。六人一組の班に分かれて、情報が入り次第、動いてもらう。人質救出班と突入班が全面支援する」

「あの」サックスが口を挟んだ。

パーキンスが顔を上げ、眉をひそめた。どうやらここでは、質疑応答の時間でもないのにブリーフィングを中断させるのは御法度らしい。「何だね、巡査？」

「あの、ちょっと疑問が。被害者はどなたが？」

「被害者？　あのドイツ人の娘のことか？　再度、事情聴取すべきだというのかね？」

「いえ、違います。次の被害者のことです」

「ああ、犯人が新たな被害者を狙う可能性なら、無論、常に視野に入れて捜査に当たる」

　サックスは引き下がらなかった。「犯人はすでに別の人質を監禁しています」

「本当かね？」支局長がそう言ってデルレイに目を向けると、デルレイは肩をすくめた。

支局長はサックスに尋ねた。「きみはどうして知っている？」

「その、知ってるわけではないんですが。でも、犯人は最後の現場に手がかりを残していますし、次の被害者を監禁しているのでなければ、あるいはすぐにでも誰かを捕まえようとしているのでなければ、手がかりを残したりはしないはずです」

「肝に銘じておこう」支局長は答えた。「人質の身の安全を確保するために、できるだけ迅速な対応を心がける」

　デルレイがサックスに言った。「こっちでは獣《けだもの》そのものに焦点を合わせるのが最善の手だと考えているんだよ」

「サックス刑事――」パーキンスが言いかけた。

「刑事ではありません。警邏課巡査です」

「そうか、ともかく」支局長はファイルの山に目を落として続けた。「きみの鋭い意見を聞かせてもらえれば、大いに役に立つと思うが」

三十人の捜査官がサックスに注目した。女性も二人混じっている。

「見たことをそのまま話してくれや」デルレイは火のついていない煙草を真っ白な歯にくわえた。

サックスは二度の鑑識の結果をかいつまんで話し、ライムとテリー・ドビンズが達した結論を説明した。捜査官の大部分は、犯人の型破りの手口に戸惑いの色を浮かべた。

「まるでゲーム感覚だな」捜査官の一人がつぶやく。

別の一人が、手がかりの中に政治的メッセージがあれば解読を試みたいのだがと尋ねた。

「いえ、私たちはこの犯人がテロリストであるとはまったく考えていませんので」サックスは断言した。

パーキンスが力強い視線をサックスに向けた。「一つ訊きたいんだがね、巡査。この犯人は頭の切れる男だということは、きみも認めるだろう？」

「非常に頭の切れる男です」

「我々の裏の裏をかいているとは考えられないだろうか」

「どういうことでしょう？」

「きみたちは……ニューヨーク市警はと言うべきか、市警はこの拉致犯をただの異常者と考えている。いや、犯罪を犯しやすい性質の人間、が正しい言い方だったな。しかし、こうは考えられないだろうか。相手は市警を欺けるほど頭のいい人間だと。そうしておいて別の事件を起こそうとしていると」

「たとえば？」

「手がかりだ。あれは陽動作戦とは考えられないかね？」

「いいえ。あの手がかりは犯人からの指示です」サックスは答えた。「警察を被害者へ導くための」

「それはわかってる」せっかちで有名なトーマス・パーキンスが言う。「しかし、それと同時に犯人は我々の関心を別のターゲットからそらそうとしているのではないかね？」

　サックスはそのとき初めてその可能性に思い至った。「確かにその可能性はあります」

「そしてウィルソン市警本部長はさっそく国連警備班の人員を誘拐事件の捜査に移してしまう。ひょっとするとこの犯人は、我々の関心を他へそらそうとしているのかもしれん。そうしておけば、誰にも煩わされずに本来の目的を果たすことができる」

　サックスは、その日の朝、パール・ストリートに集結した警察官を眺めながら、似たような発想がふと心に浮かんだことを思い出した。「その本来の目的が国連だと？」

「我々はそう考えている」デルレイが答えた。「ロンドンのユネスコ爆破未遂事件の犯人が、巻き返しを図っているのかもしれない」

そうだとすれば、ライムはまるで見当違いの方角に進んでいたということになる。サックスの罪悪感がいくぶん和らいだ。

「さて、巡査。証拠物件を一つずつ説明してもらおうか」パーキンスが言った。

彼女自身が現場で収集した証拠物件の一覧表をデルレイから受け取ると、サックスは一つ一つ説明していった。サックスが説明している間も、周囲はあわただしかった——電話を受ける者、立ち上がって別の捜査官と小声で話す者、メモをとる者。しかし、サックスが一覧表に目を落とし、「最後の現場で、犯人の指紋を採取しました」と口にした瞬間、司令本部はしんと静まり返った。サックスはふと顔を上げた。その場の全員の顔に、驚愕と思しきものが浮かんでいた——ＦＢＩ捜査官に、驚きという感情がいまさらそなわっていればの話だが。

サックスは助けを求めるようにデルレイを見た。デルレイは首を傾げた。「いま、指紋を採取したと言ったか？」

「ええ、そうです。最後の被害者ともみあううちに手袋が脱げ、犯人がそれを拾ったとき、指が地面をかすめたんでしょう」

「いまどこにある？」デルレイがあわてた様子で尋ねる。

「信じられないな」捜査官の一人が大声で言った。「どうしていままで黙ってた？」

「だって、私——」

「探せ、探せ！」別の声が叫んだ。

司令本部にどよめきのうねりが波のように広がっていく。

サックスは震える手で証拠袋の山をかき分け、指紋を撮影したポラロイド写真をデルレイに手わたした。デルレイはそれを目の前に持ち上げ、子細に眺めた。それから、指紋の専門家らしき人物に見せる。「いいぞ。間違いなくAグレードだ」その専門家は太鼓判を押した。

指紋がA、B、Cの三グレードに分類され、大半の法執行機関がCグレードの指紋に証明力を認めないことなら、サックスも知っていた。しかし、そのときまで指紋を採取したことを言わなかった自分に対し、FBI捜査官が一様に失望するのを目の当たりにして、サックスが自分の証拠収集能力に対して抱いていたわずかながらの誇りはものの見事に打ち砕かれた。

次の瞬間、司令本部は上を下への大騒ぎになった。デルレイが捜査官の一人に指紋の写真を手わたすと、その捜査官は司令本部の片隅に置かれた最新鋭のコンピューターと、それに接続されたオプティ・スキャンという名のスキャナーに駆け寄り、丸みを帯びた大型読みとりベッドにポラロイド写真をセットした。また別の捜査官はコンピューターのスイッチを入れてコマンドを入力し始め、デルレイはその脇で電話をひったくるようにしてつかんだ。そのままいらいらと爪先で床を叩いていたが、どこかに電話がつながると、受話器に口を近づけた。

「ジニー、デルレイだ。非常に申しわけないが、北東部のAFISの照合要請をすべて断って、これから俺が送るやつを最優先で照合してくれ……パーキンスならここにいる。パーキンスの許可もとれるし、それで足りなきゃワシントンのお偉いさんに電話してもいい……ああ、例の国連の件だ」

全米各地の警察がFBIの指紋自動識別システムを利用していることを、サックスは承知していた。デルレイが当面断れと言っているのは、そういった警察からの照合要請だ。

コンピューターに向かっていた捜査官が言った。「スキャン完了。いま先方に送っています」

「結果はどのくらいで返ってくる?」

「十分か十五分でしょう」

デルレイは褐色の五本の指先を合わせた。「頼む。頼む。頼む」

まるでサイクロンの目の中にいるようだった。サックスの周囲から、銃、ヘリコプター、車両、テロ対策班交渉係といった言葉が聞こえてくる。電話で話す声、キーボードを叩く音、地図を広げる音、拳銃を点検する音。

パーキンスは電話で話している。相手は人質救出班か、FBI長官か、市長か。大統領かもしれない。誰にもわかりはしない。サックスはデルレイに言った。「まさか指紋がそんなに重要だとは知りませんでした」

「指紋はいつだって重要な証拠物件だよ。少なくとも、AFISが導入されてからはな。

昔は、粉をはたきつけて指紋を採るのは、ただのパフォーマンスってことが多かった。被害者やマスコミに、とにかく何かしてるってところを見せつけるためのな」

「また冗談を」

「いや、ちっともふざけてなんかないぞ。たとえばニューヨーク市だ。ぶっつけ照合なんかしてたら――つまり容疑者が一人もいない場合だな――ぶっつけ照合なんかしてたら、指紋カードを全部照合し終わるまでに五十年かかる。本当だぞ。しかし自動照合ならどうだ？　十五分で片がつく。それに、昔は照合率も二パーセントだか三パーセントだった。それがいまじゃ二十パーセントとか二十二パーセント近くまで達してる。そうさ、指紋は黄金だよ。ライムには指紋のことは報告しなかったのか？」

「ライムならもちろん知ってます」

「知ってて何もしなかった？　おやおや、さすがのあいつもぼけたか」

「おい、巡査」支局長が送話口を手で覆って呼んだ。「いますぐCOC（証拠物件保管継続証）カードを書きこんでしまってもらえないか？　証拠物件をPERTに送りたい」

PERT――証拠鑑定班。サックスは、FBIが証拠鑑定班の創設に当たってライムに支援を要請したという話を思い出した。

「はい、すぐにとりかかります」

「マロリー、ケンプル、物証をそのへんのオフィスに移動して、こちらのゲストにCOCカードをわたしてやれ。ペンは自分で持ってるだろうね、巡査？」

た。

「はい、あります」

サックスは、二人の捜査官の後に続いて小さなオフィスに入った。落ち着かなげにボールペンの芯をかちかちと出したり引っこめたりしながら、二人がFBI版COCカードの包みを探して戻ってくるのを待つ。それを受け取って腰を下ろすと、包み紙を破いた。

背後から、口達者のデルレイの声が聞こえてくる。どうやらあの人格が一番出たがりのようだ。ここへ来る車の中で、誰かがデルレイのことをカメレオンと呼ぶのを耳にしたが、サックスにもその由来がわかり始めていた。

「パーキンスのことは〝ビッグ・ディク〟って呼んでる——〝一物《ディック》〟じゃないぞ、いまそう考えてたろう。字引《ディクショナリー》のディクだ。まあ、あいつに任しておけばいい。腕が立つのは間違いないからな。そのうえ、ワシントンDCにつながるありとあらゆるコネを持ってるからなおいい。こういう事件じゃ、何はともあれ、そういうコネこそ必要だからな」デルレイは、最高級の葉巻の香りを確かめるように、紙巻き煙草を鼻先に持っていった。「なあ、巡査、おまえさんもいい勘をしてる」

「何のことでしょう？」

「重大事件から手を引いたことさ。関わらないほうが身のためだ」ほっそりとした黒い顔、つやつやとして、目のまわりにしか小皺のない彼の顔が、サックスと会って以来、初めて真剣みを帯びたように見えた。「おまえさんの人生で最良の選択だったな、広報課に異動するってのは。あそこならまともな仕事ができるし、人間が腐ることもない。そうさ、そういうものだよ。この仕事は人間を腐らせる」

ジェームズ・シュナイダーの狂った欲望の最後の犠牲者の一人は、当時、政局の不安（大方の予想通り、労働者階級の暴動がその前年に始まっていた）が原因で、商売が不可能でないにしても困難になっていたメキシコシティからマンハッタンにやってきた、オルテガという名の青年だった。しかし、野心に燃える青年起業家は、ニューヨークにやってきてわずか一週間後には行方不明となってしまう。最後に目撃された場所がウェスト・サイドの酒場前であることを知った治安隊は、青年がシュナイダーの新たな犠牲となった可能性を疑った。悲しいかな、まもなくそれは真実であったことが判明する。

ボーン・コレクターは、ニューヨーク州立大学やワシントン広場の周辺をタクシーで十五分ほど流した。人通りは多かった。しかし、その大部分が若者だった。夏季講座に出席中の学生。スケートボードに興じる者。祭りじみた不思議な雰囲気だった。歌手、奇術師、曲芸師。一八〇〇年代に人気を集めていた、バワリー・ストリートの〝博物館街〟を思い出す。もとよりあれは本物の博物館などではなく、ストリップショーや奇形の見せ物、命知らずの曲芸、フランス製絵はがきからキリストが磔《はりつけ》にされた十字架のかけらに至るあらゆる土産物を売る出店などがひしめく歓楽街だった。

一度、二度と速度を緩めたが、タクシーに乗りたい、あるいは乗る金の余裕のある人間は誰もいなかった。そこでボーン・コレクターは南に向きを変えた。

シュナイダーはセニョール・オルテガの両足に煉瓦をくくりつけ、ハドソン川の桟橋の下に沈めた。濁った水と魚の群れが青年を骨だけの姿に変えることを予期して。青年の遺体は行方不明から二週間後に発見された。川に投げ入れられたとき、不運な犠牲者が生きていたのか、意識はあったのかどうか、断定はできずじまいだった。それでも、意識はあっただろうと推測された。シュナイダーは残酷にも、セニョール・オルテガの顔が海の墓場の表面からわずか数インチの深さに留まる長さに、わざわざロープを短く調整していた――青年は上を見つめ、救済者となるはずの空気を求めて、両手で必死に空《くう》をかいたことであろう。

ボーン・コレクターは歩道脇に立つ青ざめた若者に目をとめた。エイズだな、と考える。しかし骨は健康そのもののはずだ――しかもそうまではっきりと存在を主張して。きみの骨は永遠に朽ちない……男はタクシーを探しているのではないらしく、ボーン・コレクターのタクシーはその前を通り過ぎた。ボーン・コレクターはリアビュー・ミラーに映るやせこけた若者の体を貪欲に見つめた。

道路に視線を戻したその瞬間、年輩の男がタクシーを停めようと片手を上げて歩道から通りに足を踏み出すのが見え、ボーン・コレクターはすんでのところでステアリングを切った。男が大慌てで飛び退き、タクシーは男の前をわずかに過ぎたところで急停車した。

男が後部ドアを開け、車内に半身を乗り出した。「ちゃんと前を見て走ってくれよ」諭すようにそう言う。その声に怒りは感じられない。

「悪かった」ボーン・コレクターは申しわけなさそうに小声で謝った。

年輩の男は束の間ためらい、顔を上げて通りを見わたしたが、他にタクシーはない。しかたなく乗りこむ。

ドアが音を立てて閉まった。

とくと観察する。年寄り、瘦せている。皮膚は絹のように骨に吸いついているだろう。

「どちらまで？」

「イースト・サイドに頼む」

「了解」ボーン・コレクターはそう答えてスキーマスクを被り、ステアリングを鋭く右に切りこんだ。タクシーは西に向かって猛スピードで走り出した。


（下巻へつづく）

用語解説

リンカーン・ライム著『証拠物件』第四版（ニューヨーク、フォレンジック・プレス刊、一九九四年）巻末用語解説より抜粋。転載許可。

ガスクロマトグラフ（ＧＣ）／**質量分析計**（ＭＳ）　科学捜査において未知の物質の鑑定に使われる二種類の分析器。多く連動させて使用される。ガスクロマトグラフは試料を各成分に分離して質量分析計に送り、質量分析は質量数から化学構造を同定する。

偽装　犯人が犯罪現場の証拠物件を移動し、加え、あるいは取り除くことによって、犯罪事実がなかったように、あるいは別の人物がその犯罪を行なったと見えるよう演出すること。

グリッド捜索　証拠捜索で頻用される手法。捜索者は犯罪現場を一方向に往復し（たとえば南北）、次に同じ現場を九十度異なった方向（東西）に歩く。

血痕予備検査　裸眼では観察できないものを含め、犯罪現場に血痕が存在するかどうかを判定する各種の化学検査。もっとも一般的な手法に、ルミノール試験やオルトトリジン試験がある。

質量分析　「ガスクロマトグラフ／質量分析計」の項参照。

死斑　遺体の皮膚に青紫に変色した部分ができること。死後、血液が変色し、体の下側に定着するために起こる。

指紋自動識別システム（ＡＦＩＳ）　指紋照合・指紋データ蓄積を目的としたコンピューターシステム。

射撃残渣《ざんさ》　銃器を発射すると、射手の手や衣服に物質（主としてバリウムとアンチモン）が付着する。ヒトの皮膚に付着した物質は、洗い落とすなど故意に、あるいは容疑者が逮捕され手錠をかけられるなど（ことに背後で手錠をかけた場合）過度の接触によって偶然に取り除かれないかぎり、発射から六時間程度残留する。

証拠物件　刑法における証拠物件とは、被告側あるいは訴追側が主張する事実の真実性を証明するために公判に提出される品目あるいは物質。無生物、身体組織、画像（指紋など）がこれに含まれる。

証拠物件の同定　証拠物件の属するカテゴリーや分類を明らかにすること。証拠物件の単一の由来を明らかにする個別化とは区別される。犯罪現場で紙片が発見されたとすると、その紙片は、たとえば、雑誌の印刷に頻繁に用いられる四十ポンドの光沢紙であると同定できる。また、容疑者の所持品の中にあった雑誌のあるページの欠けた部分にぴたりと当てはまれば、その紙片はその雑誌に由来すると個別化できる。個別化された証拠物件は、言うまでもなく、同定された証拠物件に比べて証拠の証明力は高い。

証拠物件の個別化　「証拠物件の同定」の項参照。

証拠物件保管継続証　犯罪現場で採取された時点から法廷で証拠として提出されるまで、証拠物件を保管管理した人物の氏名を時系列に連ねたリスト。

真空蒸着（ＶＭＤ）　滑らかな物体表面に付着した潜在指紋の検出にもっとも有効な手法。金または亜鉛を真空中で加熱蒸発させて試料上に薄膜を作り、潜在指紋を明視化する。

走査型電子顕微鏡（ＳＥＭ）　試料に電子を衝突させて物体の表面像をコンピューターのモニターに映し出す電子顕微鏡。大部分の光学顕微鏡の倍率は五百倍程度であるが、走査型電子顕微鏡ではおよそ十万倍の倍率で観察が可能。エネルギー分散型Ｘ線分析装置と連動させると、技術者が顕微鏡の映像を見ながら同時に試料の成分を同定することが可能になる。

対照資料　犯行現場で採取された、由来の明らかな証拠物件で、由来の不明な証拠物件との異同識別に使われる。たとえば、被害者の血液や毛髪は、対照資料である。

ＤＮＡ型検査　容疑者から採取した対照資料と異同識別するため、特定の生物学的証拠物件（血液、精液、毛髪など）の細胞に含まれる遺伝子構造を分析し、配列化すること。染色体の基本構造単位であるＤＮＡ——デオキシリボ核酸——を精製、比較して行なう。対照資料との類似性を判定するにとどまる場合と、証拠物件が特定の個人に由来するものであるかどうかを、数億分のいくつという確率で断定する場合とがある。一般に、遺伝子鑑定、また（誤って）ＤＮＡ指紋鑑定とか遺伝子指紋鑑定とも呼ばれている。

特殊光源（ＡＬＳ）　波長、色が異なる光を発する種々の高解像度ランプ。潜在指紋や各種微細証拠物件、生物学的証拠を明視化するために使用される。

ニンヒドリン　紙、段ボール、木材など、多孔性の表面に付着した潜在指紋を明視化する化学薬品。

微細証拠物件　ときに裸眼では見えないような微細な証拠物件。埃、塵、身体組織、繊維など。

複屈折　結晶性の物質に光が入射するとき、二つの屈折光が現れる現象。

法歯学者　法歯学の専門知識を有する学者。遺体の歯や証拠物件に残された歯形を鑑定し、鑑識活動を支援する。

法人類学者　骨学の専門知識を有する学者。遺骨の鑑定や墓地発掘に協力し、鑑識活動を支援する。

摩擦稜線　指、掌、足の裏の皮膚に見られる稜線。その紋様は個人によって異なる。犯罪現場から採取される摩擦稜線の痕跡（現場指紋）は、以下の通り分類される。（1）可塑性——パテなど可塑性の高い物質に残される指紋、（2）顕在——塵や血液など異物が付着した皮膚が残した指紋、(3)潜在——皮脂や汗といった分泌物の付着した皮膚が残した指紋で、多くは不可視。

未詳　身元未詳の容疑者。

密度勾配検査(D-G)　複数の土壌サンプルが同じ地点に由来するものであるか比較照合する検査法。濃度の異なる液体によって密度勾配を作った試験管に土壌サンプルを入れて沈降させる。

ロカールの相互交換原則　フランスの犯罪学者エドモン・ロカールが説いた原則で、犯人と犯罪現場あるいは被害者との間で、どれほど微細なものであれ、またどれほど検出が困難なものであれ、物体が常に交換されるというもの。

単行本は文藝春秋より一九九九年九月二〇日刊

文春文庫

ボーン・コレクター　上

定価はカバーに
表示してあります

2003年５月10日　第１刷
2019年６月５日　第14刷

著　者　ジェフリー・ディーヴァー
訳　者　池《いけ》田《だ》真《ま》紀《き》子《こ》
発行者　花田朋子
発行所　株式会社　文藝春秋

東京都千代田区紀尾井町 3-23　〒102-8008
TEL　03・3265・1211㈹
文藝春秋ホームページ　http://www.bunshun.co.jp

落丁、乱丁本は、お手数ですが小社製作部宛お送り下さい。送料小社負担でお取替致します。

印刷・凸版印刷　製本・加藤製本
Printed in Japan
ISBN978-4-16-766134-2

（　）内は解説者。品切の節はご容赦下さい。

ジャック・カーリイ（三角和代 訳）
デス・コレクターズ
三十年前に連続殺人鬼が遺した絵画が連続殺人を引き起こす！ 異常犯罪専従の捜査員カーソンが複雑怪奇な事件を追う。驚愕の動機と意外な犯人。衝撃のシリーズ第二弾。（福井健太）
カ-10-2

ジャック・カーリイ（三角和代 訳）
ブラッド・ブラザー
刑事カーソンの兄は知的で魅力的な殺人鬼。彼が脱走、次々に殺人が。兄の目的は何か。衝撃の真相と緻密な伏線。ディーヴァーに比肩するスリルと驚愕の好評シリーズ第四作！（川出正樹）
カ-10-4

ジャック・カーリイ（三角和代 訳）
髑髏の檻
宝探しサイトで死体遺棄現場を知らせる連続殺人。天才殺人鬼を兄に持つ若き刑事カーソンが暴いた犯罪の全貌とは？ 驚愕の展開を誇る鬼才の人気シリーズ第六作。（千街晶之）
カ-10-6

ジャック・カーリイ（三角和代 訳）
キリング・ゲーム
手口も被害者の素性もバラバラな連続殺人をつなぐものとは？ ルーマニアで心理実験の実験台になった殺人犯の心の闇に大胆な罠を仕込む超絶技巧。シリーズ屈指の驚愕ミステリー。
カ-10-7

アガサ・クリスティー 他（中村妙子 他訳）
厭な物語
アガサ・クリスティーやパトリシア・ハイスミスの衝撃作からロシア現代文学の鬼才による狂気の短編まで、後味の悪さにこだわって選び抜いた〝厭な小説〟名作短編集。（千街晶之）
ク-17-1

ハンナ・ジェイミスン（高山真由美 訳）
ガール・セヴン
家族を惨殺され、一人ロンドンの暗黒街で生きる21歳の娘、石田清美。愛する人のいる日本へ帰るべく大博打に出た彼女は犯罪の渦中へ。25歳の新鋭が若い女性の矜持を描くノワール。
シ-23-1

ジェフリー・ディーヴァー（土屋　晃 訳）
悪魔の涙
世紀末の大晦日、ワシントンの地下鉄駅で無差別の乱射事件が発生。手掛かりは市長宛に出された二千万ドルの脅迫状だけ。捜査本部は筆跡鑑定の第一人者キンケイドの出動を要請する。
テ-11-1

（　）内は解説者。品切の節はご容赦下さい。

ジェフリー・ディーヴァー（土屋　晃　訳）
青い虚空
護身術のホームページで有名な女性が惨殺された。やがて捜査線上に〝フェイト〟というハッカーの名が浮上。電脳犯罪担当刑事と元ハッカーのコンビがサイバースペースに容疑者を追う。
テ-11-2

ボストン・テラン（田口俊樹　訳）
神は銃弾
娘を誘拐し、元妻を惨殺したカルトを追え。元信者の女を相棒に、男は血みどろの追跡を開始。CWA新人賞、日本冒険小説大賞受賞、'01年度ベスト・ミステリーとなった三冠達成の名作。
テ-12-1

ボストン・テラン（田口俊樹　訳）
音もなく少女は
荒んだ街に全てを奪われ、耳の聞こえぬ少女は銃をとった。運命を切り拓くために。二〇一〇年「このミステリーがすごい！」第二位、読む者の心を揺さぶる静かで熱い傑作。（北上次郎）
テ-12-4

ボストン・テラン（田口俊樹　訳）
その犬の歩むところ
その犬の名はギヴ。傷だらけで発見されたその犬の過去に何があったのか。この世界の悲しみに立ち向かった人々のそばに寄り添った気高い犬の姿を万感の思いをこめて描く感動の物語。
テ-12-5

スコット・トゥロー（上田公子　訳）
推定無罪（上下）
リアルな法廷描写とサスペンス、最後に明かされる衝撃の真相！　ハリソン・フォード主演で映画化された伝説の名作、ここに復活。1988年度の週刊文春ミステリーベスト10、第1位。
ト-1-11

スコット・トゥロー（二宮　磬　訳）
無罪　INNOCENT（上下）
判事サビッチが妻を殺した容疑で逮捕された。法廷闘争の果てに明かされる痛ましく悲しい真相。名作『推定無罪』の20年後の悲劇を描く大作。翻訳ミステリー大賞受賞！（北上次郎）
ト-1-13

アダム・ファウアー（矢口　誠　訳）
数学的にありえない（上下）
ポーカーで大敗し、マフィアに追われる天才数学者ケイン。彼のある驚異的な「能力」を狙う政府の秘密機関と女スパイ。確率論と理論物理を駆使した、超絶技巧的サスペンス。（児玉　清）
フ-31-1

（　）内は解説者。品切の節はご容赦下さい。

WORLD WAR Z（上下）
マックス・ブルックス（浜野アキオ　訳）

中国奥地で発生した謎の疫病。感染は世界中に広がり、人類とゾンビとの全面戦争が勃発する。未曾有の災厄を描くパニック・スリラー。ブラッド・ピット主演映画原作。（風間賢二）

フ-32-1

真夜中の相棒
テリー・ホワイト（小菅正夫　訳）

美青年の殺し屋ジョニーと、彼を守る相棒マック。傷を抱えて裏社会でひっそり生きる二人を復讐に燃える刑事が追う。男たちの絆を詩情ゆたかに描く暗黒小説の傑作。（池上冬樹）

ホ-1-7

時限紙幣
ロジャー・ホッブズ（田口俊樹　訳）
ゴーストマン

爆薬の仕掛けられた現金一二〇万ドルを奪還せよ。犯罪の始末屋ゴーストマンの孤独な戦いがはじまる。クールな文体で描く二十一世紀最高の犯罪小説。このミス三位。（杉江松恋）

ホ-10-1

その女アレックス
ピエール・ルメートル（橘　明美　訳）

監禁され、死を目前にした女アレックス——彼女が秘める壮絶な計画とは？「このミス」1位ほか全ミステリランキングを制覇した究極のサスペンス。あなたの予測はすべて裏切られる。

ル-6-1

死のドレスを花婿に
ピエール・ルメートル（吉田恒雄　訳）

狂気に駆られて逃亡するソフィー。かつて幸福だった聡明な女は、なぜ全てを失ったのか。悪夢の果てに明らかになる戦慄の悪意！『その女アレックス』の原点たる傑作。（千街晶之）

ル-6-2

悲しみのイレーヌ
ピエール・ルメートル（橘　明美　訳）

凄惨な連続殺人の捜査を開始したヴェルーヴェン警部は、やがて恐るべき共通点に気づく——『その女アレックス』の刑事たちを巻き込む最悪の犯罪計画とは。鬼才のデビュー作。（杉江松恋）

ル-6-3

傷だらけのカミーユ
ピエール・ルメートル（橘　明美　訳）

カミーユ警部の恋人が強盗に襲われ、重傷を負った。執拗に彼女の命を狙う強盗をカミーユは単身追う。『悲しみのイレーヌ』『その女アレックス』に続く三部作完結編。（池上冬樹）

ル-6-4

（　）内は解説者。品切の節はご容赦下さい。

ティム・オブライエン
村上春樹 訳
ニュークリア・エイジ
ヴェトナム戦争、テロル、反戦運動……我々は何を失い、何を得たのか？　六〇年代の夢と挫折を背負いつつ、核の時代の生を問う、いま最も注目される作家のパワフルな傑作長篇小説。
む-5-30

ティム・オブライエン
村上春樹 訳
本当の戦争の話をしよう
人を殺すということ、失った戦友、帰還の後の日々――ヴェトナム戦争で若者が見たものとは？　胸の内に「戦争」を抱えたすべての人に贈る真実の物語。鮮烈な短篇作品二十二篇収録。
む-5-31

ティム・オブライエン
村上春樹 訳
世界のすべての七月
村上春樹が訳す「我らの時代」。三十年ぶりの同窓会に集う'69年卒業の男女。ラブ＆ピースは遠い日のこと、挫折と幻滅を経、なおハッピーエンドを求め苦闘する同時代人を描く傑作長篇。
む-5-36

マイケル・ギルモア
村上春樹 訳
心臓を貫かれて（上下）
みずから望んで銃殺刑に処せられた殺人犯の実弟が、兄と父、母の血ぬられた歴史、残酷な秘密を探り、哀しくも濃密な血の絆を語り尽くす。衝撃と鮮烈な感動を呼ぶノンフィクション。
む-5-32

グレイス・ペイリー
村上春樹 訳
最後の瞬間のすごく大きな変化
村上春樹訳で贈る、アメリカ文学の「伝説」、NY・ブロンクス生れ、白髪豊かなグレイスおばあちゃんの傑作短篇集。タフでシャープで温かい、「びりびりと病みつきになる」十七篇。
む-5-34

グレイス・ペイリー
村上春樹 訳
人生のちょっとした煩《わずら》い
アメリカ文学のカリスマにして、伝説の女性作家と村上春樹のコラボレーション第二弾。タフでシャープで、しかも温かく、滋味豊かな十篇。巻末にエッセイと、村上による詳細な解題付き。
む-5-35

トルーマン・カポーティ
村上春樹 訳
誕生日の子どもたち
悪意の存在を知らず、傷つけ傷つくことから遠く隔たっていた世界。イノセント・ストーリーズ――カポーティの零した宝石のような逸品六篇を村上春樹が選り、心をこめて訳出しました。
む-5-37

（　）内は解説者。品切の節はご容赦下さい。

マイケル・ギルモア
村上春樹 訳
心臓を貫かれて（上下）
みずから望んで銃殺刑に処せられた殺人犯の実弟が、兄と父、母の血ぬられた歴史、残酷な秘密を探り、哀しくも濃密な血の絆を語り尽くす。衝撃と鮮烈な感動を呼ぶノンフィクション。
む-5-32

英『エコノミスト』編集部（東江一紀・峯村利哉 訳）
2050年の世界
英『エコノミスト』誌は予測する
バブルは再来するか、エイズは克服できるか、SNSの爆発的な発展の行方は……グローバルエリート必読の「エコノミスト」誌が、20のジャンルで人類の未来を予測！（船橋洋一）
エ-9-1

ロバート・キャパ（川添浩史・井上清一 訳）
ちょっとピンぼけ
二十年間に数多くの戦火をくぐり、戦争の残虐を憎みつづけ写しつづけた報道写真家が、第二次世界大戦の従軍を中心に、あるときは恋をも語った、人間味あふれる感動のドキュメント。
キ-1-1

ドナルド・キーン（角地幸男 訳）
日本人の戦争
作家の日記を読む
永井荷風、伊藤整、高見順、山田風太郎らは日本の太平洋戦争突入から敗戦までをどのように受け止めたのか。作家の日記に刻まれた生々しい声から非常時における日本人の魂に迫る評論。
キ-14-1

イアン・トール（村上和久 訳）
太平洋の試練 真珠湾からミッドウェイまで（上下）
ミッドウェイで日本空母四隻が沈み、太平洋戦争の風向きは変わった――。米国の若き海軍史家が、〝日本が戦争に勝っていた百八十日間〟を、日米双方の視点から描く。米主要紙絶賛！
ト-5-1

ロレッタ・ナポリオーニ（村井章子 訳）
「イスラム国」はよみがえる
「イスラム国」は空爆の瓦礫から甦る！　テロ組織のファイナンスという独自の視点から「国家建設」というISの本質を見抜いた著者が、その実験の結末までを新章で緊急書下ろし。（池上　彰）
ナ-3-1

（　）内は解説者。品切の節はご容赦下さい。

デイヴィッド・ハルバースタム（山田耕介・山田侑平 訳）
ザ・コールデスト・ウインター　朝鮮戦争（上下）
スターリンが、毛沢東が、マッカーサーが、トルーマンが、金日成が、そして凍土に消えた名もなき兵士達が、血の肉声で語るあの戦争。著者が十年をかけて取材執筆した、最後の最高傑作。
ハ-29-1

フランク・ブレイディー（佐藤耕士 訳）
完全なるチェス 天才ボビー・フィッシャーの生涯
東西冷戦下、世界王者に輝き、米国の英雄となった天才。だが、彼は奇行と過激な発言で表舞台から去る。神童はなぜ転落したのか。映画『完全なるチェックメイト』の原点。（羽生善治）
フ-33-1

ダライ・ラマ（山際素男 訳）
ダライ・ラマ自伝
ノーベル平和賞を受賞したチベットの指導者、第十四世ダライ・ラマが、観音菩薩の生れ変わりとしての生い立ちや、亡命生活などの波乱の半生を通して語る、たぐい稀な世界観と人間観。
ラ-6-1

マイケル・ルイス（東江一紀 訳）
世紀の空《から》売《う》り
世界経済の破綻に賭けた男たち
世界中が、好況に酔っていた2000年代半ば、そのまやかしを見抜き、世界経済のシステム自体が破綻する方に賭けた男達がいた。世界同時金融危機の実相を描く痛快NF。（藤沢数希）
ル-5-1

マイケル・ルイス（東江一紀 訳）
ブーメラン
欧州から恐慌が返ってくる
サブプライム危機で大儲けした男たちが次に狙うのは「国家の破綻」。アイスランド、アイルランド、ギリシャ、ドイツ——欧州危機の実相を生々しく描いた傑作NF。（藤沢数希）
ル-5-2

ティム・ワイナー（藤田博司・山田侑平・佐藤信行 訳）
CIA秘録
その誕生から今日まで（上下）
アメリカ中央情報局=CIAの六十年に及ぶ歴史は、失敗と欺瞞の連続だった——。二十年近く取材し続けた調査報道記者が、その誕生から今日までの姿を全て情報源を明らかにして描く。
ワ-2-1

（　）内は解説者。品切の節はご容赦下さい。

トム・ジーグフリード（冨永　星　訳）

もっとも美しい数学　ゲーム理論

戦争も、生物の進化も、利益を追う人間の心までも、「ゲーム理論」で読み解ける！　アメリカ屈指のサイエンスライターの描くエキサイティングな知の最先端。数式ゼロ！　（極東ブログ）

S-4-1

ピーター・D・ウォード（垂水雄二　訳）

恐竜はなぜ鳥に進化したのか

絶滅も進化も酸素濃度が決めた

なぜ恐竜のような巨大な生物が生まれ、消えていったのか？　答えは酸素濃度にあった。六億年の酸素濃度の推移が明らかになったとき、まったく新しい進化仮説が誕生した。（三中信宏）

S-5-1

ジョー・マーチャント（木村博江　訳）

アンティキテラ　古代ギリシアのコンピュータ

海底から引き揚げられた二千年前の機械。複雑な歯車の構造を持つそれを、いったい誰が何のために創ったのか？　研究者の名誉をかけた百年に渡る熱いドラマを描く。（小久保英一郎）

S-8-1

マーシャ・ガッセン（青木　薫　訳）

完全なる証明

100万ドルを拒否した天才数学者

難問ポアンカレ予想を証明したものの、名誉も賞金も拒絶して森の奥へと消えたロシアの数学者ペレルマン。旧ソ連で、同じ数学エリート教育をうけた著者が素顔を明かす。（福岡伸一）

S-9-1

リチャード・ワイズマン（木村博江　訳）

その科学が成功を決める

ポジティブシンキング、イメージトレーニングなど巷に溢れる自己啓発メソッドは逆効果!?　科学的な実証を元にその真偽を検証。本当に役立つ方法を紹介した常識を覆す衝撃の書。

S-10-1

シーナ・アイエンガー（櫻井祐子　訳）

選択の科学

コロンビア大学ビジネススクール特別講義

社長は平社員よりなぜ長生きなのか。その秘密は自己裁量権にあった。二十年以上の実験と研究で選択の力を証明。NHK白熱教室で話題になった盲目の女性教授の研究。（養老孟司）

S-13-1

クリストファー・チャブリス　ダニエル・シモンズ（木村博江　訳）

錯覚の科学

「えひめ丸」を沈没させた潜水艦艦長は、なぜ〝見た〟はずの船を見落としたのか？　日常の錯覚が引き起こす記憶のウソや認知の歪みをハーバード大の俊才が徹底検証する。（成毛　眞）

S-14-1